Berliner
MAUER
KRIMI

Horst Bosetzky / Jan Eik

Am Tag, als Walter Ulbricht starb

Kriminalroman

Jaron Verlag

Horst Bosetzky alias -ky lebt in Berlin und gilt seit über dreißig Jahren als einer der erfolgreichsten deutschen Kriminalautoren der Gegenwart. Innerhalb der Krimireihen «Es geschah in Berlin ...» und «Berliner Mauerkrimis» erschienen von ihm zuletzt die Bände «Bücherwahn» (2010) und «Schau nicht hin, schau nicht her» (mit Steffen Mohr, 2009).

Jan Eik, geboren 1940 in Berlin als Helmut Eikermann, ist seit 1987 freiberuflicher Autor und Publizist. Er schrieb zahlreiche Kriminalromane und -erzählungen sowie Hör- und Fernsehspiele. Im Jaron Verlag erschienen von ihm «Schaurige Geschichten aus Berlin» (2007), «Der Berliner Jargon» (2009) und «DDR-Deutsch» (2010) sowie mehrere Bände der Reihe «Es geschah in Berlin ...», zuletzt «Goldmacher» (2010).

1. Auflage 2010

www.jaron-verlag.de
Umschlaggestaltung: Bauer + Möhring, Berlin, unter Verwendung eines Fotos von Martin Richter
Satz: Pinkuin Satz und Datentechnik, Berlin
Druck und Bindung: CPI – Clausen & Bosse, Leck

ISBN 978-3-89773-635-1

DIE FAKTEN

Während der 28 Jahre zwischen dem Bau der Mauer am 13. August 1961 und ihrem Fall am 9. November 1989 wagten etwa 5600 Menschen eine Flucht über die Ostsee.
In dem eng verknüpften Netz aus ziviler und militärischer Überwachung an Land und auf See verfingen sich über 4500 Frauen, Männer und sogar Kinder. Sie mussten meist mehrjährige Haftstrafen in den berüchtigten Haftanstalten von Rostock, Cottbus, Bautzen bzw. Hoheneck verbüßen. (...)
Lediglich 913 Flüchtlinge erreichten ihr Ziel in Schleswig-Holstein, Dänemark oder Schweden, also nur etwa jeder 6. Ostseeflüchtling.
Mindestens 174 Menschen kamen zwischen Mauerbau und Mauerfall auf ihrer Flucht über die Ostsee ums Leben.

(Aus: Christine Vogt-Müller, *Der Unerträglichkeit des «DDR-Seins» davon paddeln*, in: Binsenbummeln und Meeresrauschen, 4. Internationales Jahrbuch des Faltbootsports 2007/08, hrsg. von Herbert Kropp, Faltenreich Verlag, Oldenburg 2007, S. 42 f.)

Am Tag, als Walter Ulbricht starb ist ein Roman. Alle Personen und Handlungen, soweit nicht historisch belegt, sind erfunden.

EINS

Mai 1972

JE LÄNGER SIE PADDELTEN, desto mehr erschien ihnen die Ostsee wie ein schwarzes Loch. Die Landmassen Skandinaviens, der baltischen Länder, Polens und Deutschlands waren nur noch kosmischer Staub und freigesetzte Energie, und nun wurde auch ihr Boot, mit dem sie aus der DDR zu flüchten versuchten, langsam vom Mahlstrom verschlungen.

Sie waren Katholiken und hofften auf ihren großen und gütigen Gott, der sie erretten möge. Jeder betete für sich allein, denn das Tosen des Sturmes war zu stark, als dass einer den anderen hätte hören können.

«Herr, sieh unser Elend, und hilf uns!»

«Herr, sei mir gnädig, denn ich bin schwach; heile mich, Herr, denn meine Gebeine sind erschrocken!»

Günther und Annegret Kühn waren in ihrem Faltboot, einem Pouch WEZ 80, gegen 21 Uhr in Kinnbackenhagen gestartet, einem kleinen Ort am Barther Bodden, genau gegenüber dem östlichen Ende der Halbinsel Zingst. Vorher hatten sie lange gerechnet. Vom Darßer Ort bis nach Gedser waren es etwa 36 Kilometer, von Prerow bis zum Gedser Feuerschiff nur 25 Kilometer, von Zingst bis zur dänischen Insel Møn aber bereits 60 Kilometer. Sie hatten im letzten Sommer wie auch in diesem Frühjahr jede freie Stunde genutzt, um auf den märkischen und mecklenburgischen Gewässern zu trainieren, und dabei sechs Kilometer in der Stunde mühelos geschafft. Aber die Ostsee war von anderem Kaliber als der Wolziger See, und jetzt war auch noch ein Sturm aufgekommen, den kein Wetterbericht vorausgesagt hatte. Mit dem Wind wuchsen die Wellen.

Günther Kühn hatte seinen Kompass vor sich auf dem Verdeck befestigt, doch es war unmöglich, die Nadel zu erkennen. Laut Gebrauchsanweisung hätte sie im Dunkeln leuchten müssen, doch das tat sie nicht. Irgendwie musste Seewasser in das Gehäuse eingedrungen sein und die Phosphorbeschichtung angegriffen haben. Mond und Sterne waren hinter einer dichten Wolkendecke verschwunden. Da hätte auch ein erfahrener Seemann den Kurs nicht halten können. Ihm war, als würden sie ständig im Kreis herumfahren.

«Da! Ein Hochhaus!», schrie Annegret Kühn.

«Mein Gott, das Hotel Neptun in Zinnowitz!» Dann waren sie also an Kap Arkona vorbei nach Osten abgetrieben worden und befanden sich jetzt dicht vor der Insel Usedom.

Kurz darauf erkannten sie jedoch, dass sie eine Fähre vor sich hatten, wahrscheinlich die von Warnemünde nach Gedser. Dann befanden sie sich also doch auf dem richtigen Kurs. Weiter!

Die Spanten und Streben ihres Faltbootes knarrten und ächzten. So elastisch die Hölzer auch waren, so viel die Konstruktion auch vertragen konnte, irgendwann würde alles brechen, so wie ein Bleistift brach, wenn man ihn über beide Daumen bog. *Made in GDR.*

Sie fühlten sich völlig hilflos, ihre Verzweiflung wuchs und wuchs. Sie verfluchten ihre Entscheidung, die Flucht über die Ostsee zu wagen, und hätten Jahre ihres Lebens dafür gegeben, jetzt in ihrer Dachkammer zu liegen, sich aneinanderzukuscheln und zu träumen. Von der Flucht im Faltboot.

Von Süden her drangen Motorengeräusche zu ihnen herüber. War es ein Boot der Grenzbrigade Küste, das sie hoppnehmen wollte? Waren es Fischer oder Privatleute aus Dänemark oder der BRD, die sie an Bord nehmen würden? Die Suchscheinwerfer, die nun eingeschaltet wurden, gaben eine eindeutige Antwort. Doch sie hatten Glück: Immer wenn die Lichtfinger sie zu erfassen drohten, tauchten sie in ein Wellental hinab. Die Motorengeräusche wurden schwächer und schwächer. Weiter!

Ihre Erschöpfung wuchs von Minute zu Minute, die Arme schmerzten. Lange waren diese Strapazen nicht mehr auszuhalten. Aber hörten sie auf zu paddeln, waren sie im Nu ein Opfer der Wellen.

Sie fühlten es: Der Tod war nahe. Günther Kühn konnte an nichts anderes mehr denken. Wir sind alle des Todes. Sei des Todes eingedenk! Tod, wo ist dein Stachel? Hölle, wo ist dein Sieg?

Wieder beteten sie.

«Wende dich, Herr, und errette meine Seele; hilf mir um deiner Güte willen!»

«Herr, erhöre die Gerechtigkeit, merke auf mein Schreien, vernimm mein Gebet, das nicht aus falschem Munde geht!»

Ihnen blieb nichts weiter übrig, als auf ein Wunder zu hoffen: dass plötzlich der Nebel aufriss und sie die Kreideküste von Møn vor sich hatten. Oder das Feuerschiff von Gedser. Oder ein Motorboot aus der BRD. Wunder gab es immer wieder ...

Als sie schon glaubten, es doch noch geschafft zu haben, traf sie eine ungewöhnlich hohe Welle auf der Backbordseite und begrub sie unter sich. Eine Eskimorolle hätte sie noch retten können, aber die hatten sie nicht eingeübt.

In den Akten der Volkspolizei und der Grenzbrigade Küste finden sich einige Tage später folgende Eintragungen:

Durch den Stralsunder Fischkutter STR 173 wurde beim Hieven des Grundschleppnetzes am 19. Mai 1972, 10 sm nordwestlich von Kap Arkona, eine männliche Leiche geborgen. Die in der Hosentasche gefundene Geldbörse enthält einen Lohnstreifen auf den Namen Günther Kühn.
Am 24. Mai 1972 gegen 11.30 Uhr wurde durch den DDR-Logger ROS-104 – 17 sm nördlich von Mövenort – nach dem Einholen des Fanggeschirrs eine weibliche Leiche festgestellt.

Die MfS-Mitarbeiter sprechen den Angehörigen von Günther und Annegret Kühn gegenüber von einem Badeunfall.

ZWEI
Mai 1972

RAINER ERKENBRECHER fand zu seiner großen Überraschung sofort einen freien Parkplatz im Innenraum des großen U, das die kolossalen Gebäude des Zentralflughafens Tempelhof bildeten, kam man vom Platz der Luftbrücke und wollte in die Abflughalle. Wie immer war er begeistert von diesem innerstädtischen Flughafen, und es erfüllte ihn mit leiser Wehmut, dass Tempelhof in zwei Jahren geschlossen und der gesamte Flugverkehr bis auf den der US Air Force über Tegel abgewickelt werden sollte, wo die Bauarbeiten kräftig vorangetrieben wurden.

Jedes Mal, wenn er die Abflughalle betrat, hörte er förmlich eine Schicksalsmelodie aufbranden: Hier empfängt Berlin die Großen der Welt, und von hier aus kannst du, frei wie ein Vogel, in alle Welt fliegen, wann immer du willst. Er hörte Ernst Reuter plädieren: *Ihr Völker der Welt, ihr Völker in Amerika, in England, in Frankreich, in Italien! Schaut auf diese Stadt, und erkennt, dass ihr diese Stadt und dieses Volk nicht preisgeben dürft und könnt!* Er hörte John F. Kennedys berühmte Worte: *Vor zweitausend Jahren war der stolzeste Satz, den ein Mensch sagen konnte, der: «Ich bin ein Bürger Roms!» Heute ist der stolzeste Satz, den jemand in der freien Welt sagen kann: «Ich bin ein Berliner!»* Und er hatte auch genau im Kopf, was in Curt Riess' Buch *Berlin Berlin* geschrieben stand: *Wenn die Russen damals hätten marschieren wollen, hätte nichts sie daran hindern können, bis zum Kanal, zum Atlantischen Ozean oder auch zu den Pyrenäen vorzustoßen. Nichts – außer Berlin.*

An diesem Gefühl von historischer Größe und Einmaligkeit konnte sich Erkenbrecher wie jeder West-Berliner immer wieder berauschen. Schön, man war eingemauert und abgeschnitten vom märkischen Umland, aber man gehörte zu den Helden der Weltgeschichte und lebte in der interessantesten Stadt der Welt, irgendwie auf einer Insel der Seligen, war das «Schaufenster der freien Welt», wurde reichlich alimentiert und konnte das alternative Leben zulassen, das sich im Schatten der Mauer zu entwickeln begann. West-Berlin war ebenso spießbürgerlich wie irre und surrealistisch, einmalig eben.

Rainer Erkenbrecher, am 20. Mai 1946 in Berlin zur Welt gekommen, war klein und drahtig, so ein Terrier wie Berti Vogts. Immer überdreht, wieselte er durch die Straßen und Flure. Zu übersehen war er schon, aber nicht zu überhören. Er redete andauernd, am liebsten über seine Heldentaten. Aus der Angst heraus, nicht wahrgenommen zu werden, hatte er ständig Dutzende von Projekten am Köcheln. Etwas anleiern nannte er das. Mal gründete er einen neuen Kinderladen, mal eine Stadtteilzeitung, mal einen Tennisverein, mal eine neue linke oder linksliberale Studentenvereinigung. Sein Verhalten war aber nicht nur mit seiner geringen Körpergröße zu erklären, sondern auch mit seinem verzweifelten Bemühen, aus dem Schatten seines übermächtigen Vaters und seiner Mutter zu treten.

Ernest Erkenbrecher war Professor an der Staatlichen Hochschule für Bildende Künste in der Hardenbergstraße und eine feste Größe im Kulturbetrieb. Es gab kein Kuratorium, in dem er nicht saß, und er war Duzfreund vieler Senatoren und erlesener Schöngeister. Zudem konnte er Essays verfassen wie kein Zweiter. Um gegen diesen Vater eine Chance zu haben, musste sich Rainer Erkenbrecher schon viel einfallen lassen.

Auch seine Mutter, Oberstudienrätin für Chemie und Mathematik an einem Steglitzer Gymnasium, setzte ihm mit ihrem Bildungsfimmel gehörig zu und hielt ihn schon deswegen für geistig zurückgeblieben, weil er nie recht begriffen hatte, wozu ein Algorithmus oder die Primzahlen gut sein sollten.

Das Abitur hatte Rainer Erkenbrecher nur mit Ach und Krach geschafft, dann in seinem Politologiestudium an der FU Berlin jedoch so viel geleistet, dass sie ihn nach dem Diplom zum Assistenten gemacht hatten. Nun war er zwar kein echter Linker, sondern fühlte sich eher als freischwebender Intellektueller mit einem Hang zum Liberalen, wenn nicht gar zum Konservativen, doch weil er mit einer solchen Geisteshaltung an der FU keine Chance gehabt hätte, spielte er Kommilitonen wie Professoren den gläubigen Marxisten vor.

Er war Assistent und saß an einer Dissertation zum Thema *Das Reichsbanner Schwarz-Rot-Gold im Kampf gegen Hakenkreuz und Sowjetstern*. Außerdem schrieb er an einem Artikel über die Hintergründe und Folgen des Lichtenberger Butter-Krawalls. Darin ging es um die Revolte hungernder Berliner, die es am 16. Oktober 1915 auf dem Boxhagener Platz gegeben hatte. Der lag nun in Ost-Berlin, und vor Ort zu recherchieren war für einen West-Berliner faktisch unmöglich. Da sein Vater aber in der Nähe von Wunsiedel ein Wochenendhaus besaß, war es ihm gelungen, sich einen bundesrepublikanischen Reisepass zu verschaffen, so dass er jederzeit in die Hauptstadt der DDR einreisen konnte.

Was seine Freunde und seine Frauen betraf, so bevorzugte er jene Typen, über die sich seine Eltern am meisten aufregten.

Erkenbrecher sah die Maschine der Pan Am, in der sein Onkel sitzen musste, über Treptow und Neukölln einschweben, über die Hermannstraße und die Gräber des St.-Thomas-Friedhofes hinweg. Ihm war dabei immer ein wenig mulmig zumute, aber seit den Tagen der Blockade hatte es über dem Stadtgebiet keinen Flugzeugabsturz mehr gegeben.

Der Verwandte, den er abholen wollte, war ein Cousin seines Vaters. Dr. Julius Lilienblum, ein Jude, der 1933 als junger Arzt in die USA gegangen war. Sie hatten sich nicht öfter als dreimal in ihrem Leben gesehen, aber er mochte den Kauz aus Massachusetts. Er kam ihm vor wie ein Dinosaurier, wenn er aus der Zeit zwischen dem Ersten Weltkrieg und der Machtergreifung der Nationalsozialisten erzählte.

Aus dem Lautsprecher kam die Ansage, dass die Maschine soeben gelandet sei, und Erkenbrecher stellte sich an das Tor, aus dem die Passagiere nach Pass- und Zollkontrolle kommen mussten. Wieder einmal ärgerte ihn die Tatsache, dass nur die Fluggesellschaften der Alliierten West-Berlin anfliegen durften, also die Pan Am, die BEA und die Air France, nicht aber die Lufthansa. Die drei Luftkorridore nach Berlin waren den Besatzungsmächten, offiziell Schutzmächte genannt, vorbehalten.

Erkenbrecher fragte sich, ob der Mann, der ihm nun entgegeneilte, wirklich sein Onkel war, doch als sich der untersetzte Herr mit der fliegenden Einsteinmähne aus der Schar der Passagiere löste und auf ihn zusteuerte, war er sich sicher, den Richtigen vor sich zu haben. Dennoch fragte er: «Herr Dr. Lilienblum?»

«Ja, mein Junge. Hallo! Du bist der Rainer Erkenbrecher?»

«Richtig erraten!»

Sie gaben sich die Hand.

«Du bist also das ganze Empfangskomitee?», fragte Lilienblum scheinbar ein wenig enttäuscht.

«Ja, dein Herr Vetter sitzt in einer Prüfungskommission und versucht, junge Menschen glücklich zu machen, und meine liebe Mutter ist zu sehr preußische Beamtin, als dass sie auch nur eine Sekunde daran denken würde, eine Unterrichtsstunde ausfallen zu lassen, um dich vom Flughafen abzuholen.»

«Aber du konntest kommen», stellte Lilienblum fest, während sie an das Förderband traten, um auf seinen Koffer zu warten. «Bist du arbeitslos?»

«Nein, ich habe eine Assistentenstelle am OSI.»

«Wo?» Lilienblum versuchte, das zu deuten. «Am Ordentlichen Sozialistischen Institut?»

«Am Otto-Suhr-Institut der Freien Universität. Politologie und Politische Soziologie. Aber deine Interpretation bringt es besser auf den Punkt. Otto Suhr war Regierender Bürgermeister, daher die Otto-Suhr-Allee zwischen Ernst-Reuter-Platz und Charlottenburger Schloss.»

«Das kenn ich wohl, aber wo liegt der Ernst-Reuter-Platz?»

«Der hieß früher Knie.»

Lilienblum grinste. «Ah ja. Früher haben wir immer gesungen: ‹Was machst du mit dem Knie, lieber Hans, beim Tanz.› Am Knie – das war doch ein origineller Name.»

Der Koffer aus Massachusetts lag endlich auf dem Band. Erkenbrecher packte ihn, schleppte ihn zum Wagen, einem Renault R4, und verstaute ihn.

«Was nun?», fragte Erkenbrecher. «Willst du dich ein wenig ausruhen, sollen wir gleich nach Lichterfelde fahren – oder hast du Lust auf eine kleine Stadtrundfahrt?»

Lilienblum musste einen Augenblick überlegen. «Bitte keine große Sightseeing-Tour, aber vielleicht machen wir einen kleinen Umweg über den Bayerischen Platz. Ich habe immerhin zehn Jahre in der Münchener Straße gewohnt.»

«Aye, aye, Sir, wird gemacht.» Erkenbrecher umrundete den Platz der Luftbrücke und erklärte dem Gast, dass die Berliner einen Hang dazu hatten, ihren Bauten witzige Namen zu geben. «Der Funkturm ist der Lange Lulatsch, die Kongresshalle die Schwangere Auster und das Luftbrückendenkmal zu unserer Linken die Hungerharke.» Damit überquerte er die Kreuzung Mehringdamm / Tempelhofer Damm und fuhr in die Dudenstraße.

Lilienblum schloss die Augen und versuchte, sich den Berliner Stadtplan ins Gedächtnis zu rufen. «Kolonnenstraße, rechts in die Potsdamer, dann an dem riesigen Gebäudekomplex vorbei, in dem die Bauleitung der Reichsautobahn sitzt, und links rein in die Grunewaldstraße.»

«Lilienblum, setzen, Eins bis Zwei!», rief Erkenbrecher im Tonfall seiner Mutter.

«Warum keine glatte Eins?»

«Weil es kein Reichsautobahnamt mehr gibt», erklärte ihm Erkenbrecher. «Da sitzt jetzt die Hauptverwaltung der BVG.»

«Wie soll ich das denn in meinem kleinen Nest in

Massachusetts erfahren haben?», protestierte Lilienblum. «Dafür eine halbe Note Abzug zu bekommen ist ungerecht. Mein Vater wird das seinem Rechtsanwalt übergeben.»

Als sie das Viertel um den Bayerischen Platz erreicht hatten, war jede Heiterkeit verflogen. Kamen sie an den Erinnerungstafeln vorbei, die vom Bezirksamt an Laternenpfählen angebracht worden waren, musste Erkenbrecher langsam fahren, damit sein Onkel sie lesen konnte.

1938: Jüdische Ärzte dürfen nicht mehr praktizieren.
1940: Brot und Lebensmittel dürfen Juden nur nachmittags von 4 bis 5 Uhr einkaufen.
Vor der Deportation 1941: Nun ist es so weit, morgen muss ich fort, das trifft mich natürlich. Ich werde schreiben.

Lilienblum schwieg.

Es mochte eine gute halbe Stunde vergangen sein, bis er wieder Worte fand. «Was wäre geschehen, wenn die Nationalsozialisten 1933 nicht an die Macht gekommen wären, was wäre aus mir geworden, welchen Menschen mit dem Namen Julius Lilienblum würdest du heute durch die Gegend fahren?» Er seufzte. «Wenn ich das Zeug dazu hätte, würde ich einen Roman darüber schreiben.»

«Vielleicht versuchst du's mal», sagte Erkenbrecher. «Ich gründe dann extra einen Verlag dafür. Wenn es dir recht ist, fahren wir jetzt nach Lichterfelde raus. Die Bundesallee runter und dann die Schloßstraße, Unter den Eichen, Drakestraße, Ringstraße ...»

Lilienblum konnte ihm nicht ganz folgen. «Die Bundesallee?»

«Ja, früher Kaiserallee.»

«Wie in Erich Kästners *Emil und die Detektive*. Warum muss denn bei euch immer alles umbenannt werden?»

«Alles nicht, aber du weißt doch: Neue Namen, neues Glück.»

Munter plaudernd fuhren sie in den tiefen Berliner Südwesten, wo Ernest Erkenbrecher am Kadettenweg eine ansehnliche, wenn auch nicht pompöse Villa gekauft hatte. Dem Sohn war das Souterrain überlassen worden.

Als sie vor der Garageneinfahrt hielten, kam Georgia Erkenbrecher in wehenden indischen Gewändern die Treppe herunter, um den Gast aus den USA mit großer Geste zu begrüßen. «Willkommen, lieber Julius, in der alten Heimat!» Dann redete sie in bestem Englisch auf ihn ein.

Georgia Erkenbrecher war die Tochter eines sächsischen Schriftstellers, der ein paar Jahre in den USA, im Bundesstaat Georgia gelebt hatte, und einer deutschstämmigen Stenokontoristin. Kurz nach der Hochzeit war das junge Paar nach Berlin gezogen und hatte seine erste Tochter, die nach Ende des Ersten Weltkriegs auf die Welt gekommen war, Georgia genannt.

Im Zweiten Weltkrieg waren sie zweimal ausgebombt worden, hatten aber überlebt, und Georgia war eine der ersten Studentinnen gewesen, die sich an der wiedereröffneten Berliner Universität für Chemie und Mathematik eingeschrieben hatten. Nach der Teilung der Stadt war sie zur West-Berliner FU gewechselt und nach einigen Irrungen und Wirrungen im Schuldienst gelandet. Bei einer der legendären Faschingsfeiern der Hochschule für Bildende Künste war sie Ernest Erkenbrecher begegnet und hatte sofort gewusst, dass er der Mann fürs Leben war. Was sie zusammenschweißte, waren ebenso genetische Programmierungen wie die Liebe zu Kunst und Kultur, zur bürgerlichen Bildung und zu allem Schöngeistigen.

Man führte Julius Lilienblum ins Gästezimmer und gab ihm Gelegenheit, sich zwei, drei Stunden lang auszuruhen. Dann wollte man weitersehen.

Auch Erkenbrecher warf sich auf die Couch. Ins Institut musste er nicht mehr, sein Professor hielt nichts von festen Arbeitszeiten, und eine Lehrveranstaltung lag heute auch nicht an. Er rief nur schnell seine Verlobte an, dann hielt er Siesta und wachte erst wieder auf, als er seinen Vater kommen hörte.

Ernest Erkenbrecher malte zwar, fotografierte kunstvoll, spielte Cello, komponierte Filmmelodien und unterrichtete im Fach Architektur, war aber in der Hauptsache Kulturmanager, warb Gelder ein und organisierte Festivals. Er kannte Hinz und Kunz und konnte auf Knopfdruck Erhabenes sagen, so dass er ständig Festvorträge halten musste und stets im Gespräch war, wenn in Berlin ein neuer Kultursenator gesucht wurde. Er war 1916 in Liegnitz geboren worden, aber seine Eltern waren nach dem Ersten Weltkrieg nach Berlin gegangen, wo sie in Schöneberg einen Lebensmittelladen eröffnet hatten. 1933 hatten sie Hakenkreuzfähnchen ins Schaufenster gestellt, was Ernest, ein Verehrer Max Liebermanns, gar nicht gut gefunden hatte. Nach dem Abitur hatte er Architektur studiert, war aber bald eingezogen worden. Die Eltern und eine Schwester waren ins Erzgebirge evakuiert worden und dort hängengeblieben. Ein paar Mal leicht verwundet, hatte Ernest an der Westfront überlebt und zwei bittere Jahre in französischer Kriegsgefangenschaft einigermaßen unversehrt überstanden. 1947 war er nach Berlin zurückgekehrt, hatte ein Leben als Bohemien begonnen und war mit Chuzpe und Können zu dem aufgestiegen, was er jetzt war: einer Größe im West-Berliner Kulturleben.

Den Cousin aus Massachusetts begrüßte er so theatralisch, als würden sie auf der Bühne des Schillertheaters stehen: «Willkommen, mein lieber Julius, willkommen in Berlin. Mensch, wie freu ick ma! Um es mit Max von Schenkendorf zu sagen: *Muttersprache, Mutterlaut! / Wie so wonnesam, so traut! / Erstes Wort, das mir erschallet, / Süßes erstes Liebeswort. / Erster Ton, den ich gelallet, / Klingest ewig in mir fort. / Überall weht Gottes Hauch, / Heilig ist wohl mancher Brauch; / Aber soll ich beten, danken, / Geb ich meine Liebe kund, / Meine seligsten Gedanken, / Sprech ich wie der Mutter Mund.*»

Lilienblum lachte. «Hör auf mit so viel Pathos, Ernest. Bei *der Mutter Mund* denke ich sofort an einen Muttermund, der sich nicht öffnet, und frage mich, was ich meiner Patientin spritzen soll, damit sie ihre Wehen besser ertragen kann.»

Die beiden lagen sich nun in den Armen, und Erkenbrecher bemerkte schmunzelnd, dass die ältere Nachbarin, die dem Schauspiel hinter ihrer Hecke atemlos folgte, schon Tränen in den Augen habe.

Man setzte sich auf die Terrasse, um Kaffee zu trinken, dann wurde beschlossen, in die Stadt zu fahren und dem Gast die Mauer zu zeigen. Das war ein Ritual, das dem West-Berliner als unverzichtbar galt. Die Mauer erhöhte ihn, denn keine andere Stadt im gesamten Kosmos hatte ein solches Bauwerk aufzuweisen, und sie sorgte für große Gefühle: Man konnte dem Gast das eigene Elend schildern, mehr aber noch aus tiefstem Herzen das Schicksal der Deutschen drüben beklagen, der Brüder und Schwestern, man konnte die kommunistischen Diktatoren in Moskau und ihre DDR-Vasallen verfluchen. Hinzu kam die große Wut auf die Nationalsozialisten, ohne deren Schandtaten der Potsdamer Platz turbulenter gewesen wäre als Times Square und Broadway zusammen und nicht eine jämmerliche Brache. Die Mauer wühlte jeden auf, der auf die Podeste kletterte, die man an prominenten Stellen errichtet hatte.

Auch Lilienblum war ergriffen, als sie am Potsdamer Platz angekommen waren. «Nichts als Leere, wo früher einmal ... Da drüben hat das Haus Vaterland gestanden, in dem ich immer mit Claire gesessen habe in einem der vielen Säle ... Grinzing, Löwenbräu, Wild-West-Bar, Csardas, Bodega, Rheinterrassen ... Du brauchtest nicht extra zu verreisen, mitten in deiner Stadt warst du woanders.»

«Das würde heute nicht mehr funktionieren», sagte Ernest Erkenbrecher. «Man will reisen, reisen, reisen.»

«Und dass sie das nicht können, ist für die Leute drüben in der DDR ganz besonders schmerzlich», fügte Georgia Erkenbrecher hinzu. «Wenn ich da an Carola denke ...»

Günther Zützer war vor zehn Jahren aus Bad Urach geflohen. Zum einen, um der Bundeswehr zu entgehen, denn als West-Berliner war man von der Wehrpflicht befreit, zum anderen, weil er fürchtete, in der Enge der Kleinstadt zu ersticken. Die schwäbische Gemütlichkeit war ihm ein Greuel geworden, und gern zitierte er Nietzsche: *Gutmütig und tückisch – ein solches Nebeneinander, widersinnig in Bezug auf jedes andre Volk, rechtfertigt sich leider zu oft in Deutschland: Man lebe nur eine Zeitlang unter Schwaben!*

Eine Weile hatte er in West-Berlin studiert, mal dieses, mal jenes, es dann aber zu seinem Beruf gemacht, an Demonstrationen teilzunehmen und leerstehende Häuser «instand zu besetzen». Schließlich hatte er sein Studium sausen lassen und verdiente nun sein Geld als Kleindarsteller sowie mit einer Kneipe in der Kreuzberger Oranienstraße. An deren Wänden standen Sprüche wie *Lieber eine schmutzige Unterhose als eine saubere Uniform* oder *Lieber eine Schwester im Puff als einen Bruder beim Bund.*

Wenn Zützer etwas hasste, dann war es das Establishment, und zu dem zählte er auch die Erkenbrecher-Sippe. Besonders verhasst war ihm Ernest Erkenbrecher. Nicht nur wegen seiner Villa in Lichterfelde – galt doch: «Frieden den Hütten, Krieg den Palästen!» –, sondern auch, weil er, Zützer, alles Schöngeistige und Parfümierte ebenso verabscheute wie alle Kulturfunktionäre. Ernest Erkenbrecher war für ihn der GröSchwäZ, der größte Schwätzer aller Zeiten, oder ersatzweise Old Sabberlippe.

Auch auf Georgia Erkenbrecher hatte er sich eingeschossen, denn die Lehrkräfte der West-Berliner und westdeutschen Gymnasien waren für ihn allesamt Büttel des Kapitalismus, von den Herrschenden engagiert, um die Arbeiterklasse und Kinder der kleinen Angestellten und Beamten – mochten sie auch noch so begabt sein – von den Universitäten und damit den Schalthebeln wie den Fleischtöpfen dieses Landes fernzuhalten.

Dass ausgerechnet Rainer Erkenbrecher sein bester Freund war, erschien Günther Zützer als Witz der Weltgeschichte. Aber so war es nun einmal. Die berühmte Chemie. «Wie bei Romeo und Julia», spottete er des Öfteren.

Kennengelernt hatten sie sich ganz unspektakulär bei einem Sit-in an der FU, und zwar im Gebäude der Wirtschafts- und Sozialwissenschaftlichen Fakultät an der Garystraße. Als ein paar Professoren dumme Reden geführt hatten, waren zwei Kommilitonen neben ihm auf die Idee gekommen, einen Feuerwehrschlauch aus einem Kasten zu reißen, ihn an einen Hydranten anzuschließen und die Räume der Hardliner unter Wasser zu setzen. Ihm war es bei dieser Aktion zugefallen, eine Glastür zu zertrümmern, während Rainer Erkenbrecher versucht hatte, die gusseiserne Spritze durch die Öffnung zu schieben. Dabei hatte Erkenbrecher sich die Unterarme aufgerissen und so geblutet, dass sich Zützer sein Oberhemd vom Körper gerissen hatte, um ihn zu verbinden. Anschließend war er mit Erkenbrecher ins Krankenhaus gefahren, und sie waren sozusagen Blutsbrüder geworden. Unter Fotos aus dieser Zeit stand: *Winnetou und Old Shatterhand an der FU*.

So fand er es auch nicht verwunderlich, dass er von Rainer Erkenbrecher gebeten wurde, Yvonne von zu Hause abzuholen und mit nach Lichterfelde zu bringen. Yvonne wohnte in einer WG in der Pflügerstraße und war Schauspielerin. Sie gehörte zum Ensemble eines Off-Theaters, verdiente ihr Geld als Statistin beim Film, insbesondere als unterklassige Liebesdienerin, und träumte von einer großen Karriere an der Schaubühne. Zützer hatte mit ihr zwei- bis dreimal geschlafen und sie sofort ins Spiel gebracht, als Erkenbrecher davon gesprochen hatte, seine Eltern und seine Verlobte damit schocken zu wollen, dass er sich eine Nutte zum Geburtstag wünsche. Eine echte zu engagieren hatte er dann aber doch nicht gewagt. Zützer hatte kommentiert, Erkenbrecher habe die besten Anlagen, um einmal bei den Sozialdemokraten zu landen.

Als er Yvonne in der Pflügerstraße am Straßenrand stehen sah, stieß er die Tür auf der Beifahrerseite auf. «Wie viel kostet es heute bei dir?»

«Fünfzig, aber mit Präser.»

«Gut, die zahl ich gerne.» Zützer zog den Zündschlüssel ab und schwang sich aus seinem Kleinwagen.

«Das ist Rainers Geburtstagsgeschenk und nicht deines!», rief Yvonne.

«Ja, symbolisch. Du denkst doch nicht etwa, dass Martina ihn einen Augenblick aus den Augen lässt und ihr beide wirklich ...» Schon stand Zützer neben ihr. «Ich mein das ernst: Fünfzig Mark, und du spielst die Nutte.»

«Okay.» Yvonne liebte solche Szenen. «Her mit dem Geld, sonst läuft nüscht, mein Kleena.»

Zützer zog den Geldschein aus der Tasche, und Yvonne spielte daraufhin in der Wohnung ihre Rolle so echt, dass die Nachbarin gegen die Wand klopfte und sich über «det fürchterliche Jestöhne» beschwerte.

«Lassen sie dich mit deiner klapprigen Ente überhaupt nach Lichterfelde rein?», fragte Yvonne, als sie sich endlich auf den Weg machten.

Zützer zuckte mit den Schultern. «Kann schon sein, dass wir nicht ankommen, denn auf irgendeiner Fahndungsliste stehe ich bestimmt.»

Auf der Fahrt von Neukölln nach Lichterfelde unterhielten sie sich über das Attentat, das die Tupamaros in Montevideo begangen hatten, und über Heinz Rühmann, der anlässlich seines siebzigsten Geburtstages in der Filmbühne Wien am Kurfürstendamm die Ehrenmedaille der deutschen Filmwirtschaft erhalten hatte.

«Ein unvergleichlicher Schauspieler!», schwärmte Yvonne.

«Und dazu ein wunderbarer Propagandist der Nazis», sagte Zützer. «Von seiner jüdischen Frau ließ er sich sicherheitshalber scheiden.»

Yvonne staunte. «Ich denke, *Die Feuerzangenbowle* ist dein Lieblingsfilm?»

«Ja.» Zützer schlug mit der Faust auf die Hupe. «Es ist schon eine schöne Scheiße, Deutscher zu sein!»

«Ich kann es nicht fassen», sagte Yvonne, als sie die Villa am Kadettenweg erreicht hatten. «Du als Anarchist zu Gast bei den Erkenbrechers ...»

Zützer lachte. «Lieber schizophren als ganz allein.»

Rainer Erkenbrecher kam ihnen entgegen, und die beiden Freunde lagen sich in den Armen, während Zützer seine Glückwünsche an den Mann brachte. «Geschenkt bekommst du von mir zwei Nummern mit Yvonne. Stellung nach eigener Wahl. Ich würde a tergo empfehlen, aber reiten kann sie auch ganz gut.»

Martina, Erkenbrechers Verlobte, stand am Gartentor und verfolgte das Ganze mit finsterer Miene. Einerseits tat sie Zützer leid, andererseits aber hoffte er, dass es mit den beiden bald aus sein würde, denn sie war keine Frau für einen Rainer Erkenbrecher.

Martina Grabow war 1951 in Berlin-Pankow auf die Welt gekommen, also in Ost-Berlin, aber vor dem Mauerbau mit ihren Eltern nach West-Berlin gegangen, wo sie eine Stelle als Sachbearbeiterin bei der AOK bekommen hatte. Sie war hübsch, aber mehr als bieder, vom Temperament her eine echte Schlaftablette und dazu herzlich ungebildet. Unter den Künstlern und Intellektuellen, die in der Lichterfelder Villa der Erkenbrechers ein und aus gingen, wirkte sie wie ein Fremdkörper. Das scherte sie jedoch wenig, denn sie hielt die anderen Frauen allesamt für eingebildete Zicken, die möglichst schnell zum Psychiater gehen sollten.

Die Zeremonie nahm ihren Lauf, und bald hatten

sich über fünfzig Gäste auf dem Rasen hinterm Haus versammelt. Um alle standesgemäß zu verköstigen, hatten die Erkenbrechers ein Team des KaDeWe bestellt, das hinter riesigen Tischen stand und den Leuten Erlesenes auf die Teller häufte. Auf einer kleinen Bühne spielte eine Combo, und Ernest Erkenbrecher kündigte in einer kleinen Rede von zwanzig Minuten für den späten Abend noch prominente Überraschungsgäste an.

«Na, was sagst du zu dieser Dekadenz?», wurde Zützer von Yvonne gefragt.

Er lachte. «Besser Dekadenz als Egon Krenz.» Den Vorsitzenden der Pionierorganisation Ernst Thälmann hielt er für einen ganz besonderen Simpel des DDR-Regimes, und oft fragte er sich, ob das andere Deutschland nicht viel größere Chancen gehabt hätte, als Sieger aus dem Kampf der Systeme hervorzugehen, wenn an seiner Spitze nicht solche Pappnasen wie Ulbricht und Honecker gestanden hätten, sondern Männer von Format.

Schnell begann Zützer sich zu langweilen. Nicht mal einen Flipper gab es hier, und Tischtennis spielen konnte er auch nicht, weil auf der Platte das Büfett aufgebaut war. Er suchte nach dem Onkel aus den USA. Mit dem konnte man wahrscheinlich ganz gut über die Folgen des Vietnamkrieges diskutieren.

Dr. Lilienblum liebte es, im Gerümpel zu stöbern, ob auf einem Speicher oder hinter der Garage und dem Gerätehäuschen seines Cousins. Plötzlich erblickte er ein vergammeltes Ruderblatt mit Pinne. Er riss es aus dem Gestrüpp und trug es wie eine Fahnenstange zum Grill.

«Bringst du uns was zum Verfeuern?», rief Ernest Erkenbrecher.

«Wo denkst du hin! Anbeten sollten wir es wie einen Totempfahl, denn es erinnert mich an meine Karriere im akademischen Ruderverein.» Und er berichtete mit feuchten Augen von seinem olympischen Traum. «Ich wollte unbedingt dabei sein, 1936 hier in Berlin, aber dann ...»

«Haben Sie denn Lust, morgen mal nach Grünau rauszufahren?», fragte Zützer.

Lilienblum zögerte. «Lust schon, es fragt sich nur, ob ich den nötigen Mut dazu aufbringe.»

«Bring ihn mal auf», sagte Rainer Erkenbrecher. «Ich komme mit, und dann besuchen wir alle zusammen Carola.»

«Ich nicht!», rief Martina.

«Wer ist Carola?», fragte Dr. Lilienblum. «Ich kenne nur Rudolf Caracciola. Für mich der größte Rennfahrer aller Zeiten. Zuletzt habe ich ihn 1931 gesehen, als er den Großen Preis von Deutschland gewonnen hat.»

«Nicht Caracciola, sondern Carola», belehrte ihn Georgia Erkenbrecher.

«Ja, *Carola Lamberti – eine vom Zirkus*», fiel Zützer ein. «Ein DEFA-Film von 1953, glaube ich. Mit Henny Porten in der Hauptrolle.»

Lilienblum guckte etwas irritiert. «Und was habt ihr mit dieser Carola Lamberti zu tun?»

«Nichts», erwiderte Rainer Erkenbrecher. «Außer, dass meine Cousine auch Carola heißt.»

Dr. Julius Lilienblum las, als sie auf der Fahrt nach Grünau waren, laut vor, was im Album des Cigaretten-Bilderdienstes Hamburg-Bahrenfeld über die Ruderwettbewerbe der Olympischen Spiele von 1936 geschrieben stand.

Er hatte die beiden Bände auf dem Trödelmarkt an der Straße des 17. Juni billig erstanden: «*Rudern in Grünau. In den phantastischen Gemälden und Geschehen der Berliner olympischen Ereignisse war dem Rudersport ein besonderer Ehrenplatz beschieden. Die herrliche Fülle von Erfolgen des deutschen Sports hatte die Stimmung im Fortschreiten der Tage auf einen Höhepunkt getrieben, der unüberbietbar schien. Da entstand unter den Wolkenbrüchen des 14. August in Grünau ein Glanztag sportlicher Gipfelleistungen, der beispiellos in allem war und kaum in der Zukunft eine Wiederholung finden wird und kann. In 7 olympischen Wettkämpfen erstritten die deutschen Kämpfer 5 goldene, 1 silberne und 1 bronzene Medaille und stellten den deutschen Rudersport an die Spitze aller Nationen der Welt. Fast unfassbar war dieser überwältigende Erfolg, der in einzigartiger Weise die Krönung des 100-jährigen Bestehens des deutschen Rudersports bildete. In ihm kristallisierte sich Arbeit und Fleiß von Generationen. Der Fortschritt der Technik im Rudern und Bau der Boote. Der restlose Einsatz und unerschütterliche Kampfgeist der besten deutschen Jugend. Inmitten seines begeisterten Volkes ragte die Gestalt des Führers hervor, dessen starker Wille das deutsche Volk zu den größten Taten befähigt hatte und sicher gehörten die Stunden in Grünau zu den glücklichsten seines unvergleichlichen Lebens.*»

Hier brach Lilienblum ab, da ihn die Erinnerungen zu sehr aufwühlten.

«Schmeißen Sie den Scheiß ins nächstbeste Feuer!», rief Günther Zützer.

«Soll ich etwa das gleiche tun wie die?», fragte Lilienblum.

«Es ist ein Dokument deutscher Geschichte», gab Rainer Erkenbrecher zu bedenken, «und erklärt einiges.»

«Ja, das klammheimliche *Deutschland, Deutschland über*

alles bei den nächsten Olympischen Spielen», sagte Zützer.

«Und die findet 1972 zum ersten Mal mit zwei deutschen Mannschaften statt», fügte Erkenbrecher hinzu. «Das widerlegt deine These von der anhaltenden nationalen Hybris ein wenig.»

«Wehe uns Westdeutschen, wenn wir da weniger Medaillen gewinnen als die Ostdeutschen!», rief Zützer.

«Und was ist mit den Süd- und den Norddeutschen?», fragte Lilienblum.

«Für den West-Berliner sind alle Menschen aus der Bundesrepublik Westdeutsche, egal, ob sie aus Hamburg, Stuttgart oder München kommen», sagte Erkenbrecher. «Das ist es, was Niklas Luhmann unter ‹Reduktion von Komplexität› versteht.»

Zützer, der auf der Rückbank saß, beugte sich vor zu Dr. Lilienblum. «Und Sie sagen nachher den ‹Organen› bitte nicht, dass Sie aus dem Osten kommen, wenn auch aus dem Osten der USA, sonst werden Sie für einen Republikflüchtling gehalten und sofort kassiert.»

Sie diskutierten dieses Thema noch, als sie den Checkpoint Charlie erreicht hatten, den Grenzübergang für Ausländer in der Friedrichstraße. Hier hatte Dr. Lilienblum als US-Bürger den Akt der Einreise in die DDR zu vollziehen, während Erkenbrecher und Zützer zum Moritzplatz fahren mussten, zum Übergang Heinrich-Heine-Straße.

«Wir sammeln dich dann auf der Ost-Berliner Seite wieder ein», sagte Erkenbrecher. «Aber das kann lange dauern.»

Vielleicht hätte es bis zum Abend gedauert, wenn ihm auf dem Weg zum Moritzplatz nicht noch eingefallen wäre, dass die Grenzer den Besitz der blauen Olympia-

Alben vielleicht als Todsünde ansahen. Doch wohin damit?

Zützer wusste Rat. «Fahren wir schnell bei mir vorbei und lassen es in der Kneipe.»

So dauerte es fünf Minuten länger, bis sie sich am Grenzübergang Heinrich-Heine-Straße in die Schlange der wartenden PKWs einreihen konnten.

«Diese scheiß Kontrollen!», schimpfte Zützer. «Man sollte diese uniformierten Schweine alle auf den Mond schießen!»

«Jetzt halten wir mal alle den Mund und machen uns ganz klein», sagte Erkenbrecher, der am Steuer saß. Die DDR-Grenzer zu reizen galt unter West-Berlinern als eine Art Selbstmordversuch. Ihr «Bitte fahren Sie mal rechts ran!» ließ sie so zusammenzucken, als hieße das schon fünf Jahre Bautzen.

Zützer lehnte sich zurück. «Mir tun sie schon nichts.» Er war überzeugt davon, dass die DDR die alternative Szene in West-Berlin als sehr nützlich erachtete, schwächte sie doch die Kampfkraft der Frontstadt ganz erheblich.

Da West-Berlinern das Betreten des Ostsektors und der DDR über lange Jahre hinweg verwehrt gewesen war, hatten sich Erkenbrecher und Zützer Bundespässe besorgt. Das war nicht ganz legal und auch nicht im Sinne der Westalliierten, doch Ernest Erkenbrechers Ferienwohnung in Wunsiedel und seine guten Beziehungen zum dortigen Ortsbürgermeister hatten es möglich gemacht.

Ost-Berlin erschien ihnen ungemein exotisch, und sie wollten sich nicht damit begnügen, ab und an mit Passierscheinen eingelassen zu werden. Mal eben ganz spontan in Ost-Berlin ins Theater oder Kabarett zu gehen hatte hohen Erlebniswert. Andererseits wussten sie genau, dass sie Ärger bekommen konnten, wenn die DDR-Seite ihnen nachwies, dass sie West-Berliner waren.

Brav reichten sie den Grenzern die erforderlichen Papiere aus dem Wagenfenster. Erst erfolgte die Passkontrolle zum Einstempeln der Einreise, dann die Gepäckkontrolle. Erkenbrecher hatte alles, was für seine Cousine bestimmt war, fein säuberlich in der Zollerklärung eingetragen, doch ihm war entgangen, dass hinten im Fond ein Roman lag, den seine Mutter gestern vergessen haben musste: die *Deutschstunde* von Siegfried Lenz.

Der Blick des Grenzers war sorgsam geschult, und so hatte er das Buch sofort entdeckt. Den Text aus dem Merkblatt für *Bürger nichtsozialistischer Staaten* konnte er auswendig hersagen. Danach war die Einfuhr von *Literatur und sonstigen Druckerzeugnissen, deren Inhalt gegen die Erhaltung des Friedens gerichtet ist oder deren Einfuhr in anderer Weise den Interessen des sozialistischen Staates und seiner Bürger widerspricht*, nicht erlaubt. Sein Zeigefinger fuhr sofort in Richtung des westlichen Druckerzeugnisses. «Was ist denn das da?»

«Ein Stück griechischer Schafskäse - riecht man das nicht?», wollte Zützer zur Antwort geben.

Erkenbrecher wollte sagen: «Ein Buch - haben Sie so etwas in der DDR noch nie gesehen?»

Doch zum Glück konnten sich beide noch beherrschen, und eilfertig sprang Erkenbrecher aus dem Wagen, um dem Mann den Lenz'schen Roman in die Hand zu drücken.

Der nahm ihn mit so spitzen Fingern, als könne er sich allein durch die Berührung mit einem Gift des Klassenfeindes infizieren. «Ist das eine ... eine Grammatik?»

«Nein», antwortete Erkenbrecher.

Nun konnte Zützer nicht mehr an sich halten und dozierte im Ton eines Nachrichtensprechers des DDR-Fernsehens: «Das ist der Roman eines fortschrittlichen westdeutschen Schriftstellers, es geht um die Verfolgung von Antifaschisten im Nationalsozialismus.»

Daraufhin verschwand der uniformierte Milchbart in einer Kontrollbaracke.

Erkenbrecher und Zützer hatten eine gefühlte Ewigkeit zu warten.

Nach einer Viertelstunde kam der Grenzwächter zurück mit der Information, dass er ihnen den Roman unter Vorbehalt mitgeben würde.

«Was heißt unter Vorbehalt?», fragte Erkenbrecher. «Muss ich das Buch bei der Ausreise wieder mit ausführen?»

«Ja, und bei einer erneuten Einreise in die DDR lassen Sie es zu Hause.»

Endlich durften sie in den Ostteil der Stadt. Langsam rollten sie in Richtung Jannowitzbrücke. Sofort roch es ganz anders. Nach Hausbrand und nach den Auspuffgasen der Trabbis, nach Desinfektionsmittel und nach Plaste und Elaste aus Zschopau. Auch waren die Leute anders gekleidet, biederer und mit Jacken, Hosen und Blusen in merkwürdigen Pastelltönen.

Durch menschenleere Straßen, in denen es noch so aussah wie kurz nach 1945, kurvten sie zurück zur Friedrichstraße, konnten aber Dr. Lilienblum nicht finden.

«Haben sie ihn etwa für einen CIA-Agenten gehalten und hoppgenommen?», überlegte Erkenbrecher.

«Oder noch viel schlimmer: für einen Israeli und Mossad-Mann», fügte Zützer hinzu.

Doch sie fanden den Arzt schließlich auf Höhe

der Krausenstraße. Er war in der Zwischenzeit zum U-Bahnhof Thälmannplatz gelaufen, um sich den Marmor anzusehen, von dem es hieß, er stamme aus der Reichskanzlei.

«Quatsch!», sagte Zützer. «Der kommt bestimmt ganz frisch aus'm Berg irgendwo in Thüringen.»

Sie wollten so schnell wie möglich die Radiale Ostbahnhof, Stralauer Allee, Köpenicker Landstraße, Adlergestell entlang – es war eine endlose Fahrerei. Zwar ging es hier betulicher zu als auf westlichen Straßen, aber die blauen Wölkchen, die aus den Auspuffrohren der Lastwagen und der Trabbis kamen, machten jeden Kilometer zur Qual. Außerdem hatte Erkenbrecher Angst, irgendeinen Fehler zu begehen und womöglich noch in eine Straßenbahn zu krachen. Die gab es in West-Berlin schon lange nicht mehr, und man hatte den Umgang mit den gelben Monstern völlig verlernt. Um sich die Zeit zu vertreiben, erzählten sie sich gegenseitig Ostwitze.

Erkenbrecher begann: «Ein Ehemann erwischt seine Frau mit einem anderen im Bett. Entsetzt ruft er: ‹Ihr Idioten! Im Konsum gibt's Apfelsinen.›»

«Willy Stoph begrüßt auf dem Ost-Berliner Flughafen Schönefeld die erfolgreiche DDR-Olympiamannschaft. Er beginnt mit gehobener Stimme vom Protokoll abzulesen: ‹*O! O! O! O! O!*› Der hinter ihm stehende Stasi-Offizier flüstert ihm aufgeregt ins Ohr: ‹Genosse Stoph, die Rede beginnt weiter unten! Was Sie gerade vorgelesen haben, waren die fünf olympischen Ringe.›»

«Steht ein Volkspolizist auf dem Alexanderplatz und onaniert. Kommt ein Vorgesetzter und fragt ihn, was das denn solle. – ‹Na, du hast doch gesagt: Sperr ma ab.›»

Sie nahmen Kurs auf Grünau und standen gegen

fünfzehn Uhr auf Höhe des Sportdenkmals am Ufer der Dahme beziehungsweise des Langen Sees.

«Meine Müggelberge!», rief Lilienblum. «Ein Mittelgebirge en miniature, wie Fontane mal gesagt hat.» Er stutzte. «Nur der Turm sah früher anders aus ...»

Zützer lachte. «Ein seltener Fall von Turmmutation: Von der chinesischen Pagode zum Betonklotz.»

Erkenbrecher konnte sich daran erinnern, dass der alte hölzerne Turm irgendwann abgebrannt und von den Ost-Berlinern nach langem Hin und Her durch einen neuen ersetzt worden war.

Vom Schmetterlingshorst her kam ihnen eine ganze Armada von Paddlern entgegen, angefeuert vom Übungsleiter eines volkseigenen Sportvereins, der in einem Motorboot nebenherfuhr und ihnen mit einem Megaphon zurief, was sie besser machen sollten.

Zützer grinste. «Die trainieren alle für ihre Flucht über die Ostsee.»

«Über so was spottet man nicht», sagte Erkenbrecher.

Dr. Lilienblum wandte sich nun dem Sportdenkmal zu. «Das besteht aus den Natursteinen, die mehr als dreihundert Vereine damals in ihren Heimatorten gesammelt und mit ihren Vereinsnamen versehen haben. WILHELM DEM GROSSEN – DER DEUTSCHE SPORT hat mal draufgestanden. Jetzt sieht es aber mehr nach Ruine aus ...»

«Ja, und die DDR will es abreißen lassen», fügte Erkenbrecher hinzu. «Weil es an die deutsche Einheit erinnert und weil zu viele Städte aus den verlorenen Ostgebieten vertreten sind.» Er sah auf seine Uhr. «Kommt, wir müssen nach Schmöckwitz, Carola wartet auf uns.»

«Alles dreht sich um Carola», sagte Zützer. «Hab ich noch nie gesehen, die Dame, bin aber schon mächtig gespannt auf sie. Wäre sie was für mich?»

«Nein», erwiderte Erkenbrecher. «Erstens ist sie in festen Händen und zweitens linientreue Bürgerin der Deutschen Demokratischen Republik.»

DREI

Juni 1972

EIGENTLICH STIMMTE bei dem, was Erkenbrecher über Carola gesagt hatte, nur das Erste, und auch das nur aus Hartmut Battins Sicht. Mit einer wirklich Linientreuen hätte er niemals etwas angefangen. Nicht mal aus Spaß. Mit Carola aber meinte er es bei allem Spaß, den sie miteinander hatten, durchaus ernst, und es wäre ihm lieber gewesen, sie hätte das auch so gesehen.

«Das siehst du falsch!», war überhaupt so ein blöder Satz, der einem oft genug an den Kopf geschmettert wurde, wenn man eine andere Meinung hatte als die offizielle, und die hatte Hartmut Battin meistens. «Bis du etwa nicht für den Frieden?», klang dagegen schon halb satirisch, hatte aber häufig auch diesen drohenden Unterton, den Hartmut hasste. Schon in der Schule hatten sie ihn ausreichend mit solchen hohlen Sprüchen belöffelt. Jedenfalls einige von den Paukern, und natürlich immer die miesesten. Ein richtig intelligenter Hundertfünfzigprozentiger war ihm selten begegnet. In der Schule nicht, und im Beruf schon gar nicht. Er arbeitete bei der Post.

«Die Reichsbahn und die Post, die saufen, wo's nischt kost!» Das war der erste Spruch, den er von den alten Kollegen gelernt hatte, die schon unter Adolf die Strippen gezogen hatten, über und unter der Erde, und Kupfer und Kabel waren schon damals knapp gewesen. «Der Ain hat den Kabel erschlagen», wie polnische Kollegen es ausdrückten.

Hartmut arbeitete beim Fernmeldeamt. «Aber zu melden ham wa nüscht!», war der nächste Spruch. In der Rangfolge der Bedeutsamkeit kam die Post ganz hinten und dann noch um zwei Ecken. Selbst der Minister war nur in der CDU, ein abgehalfterter Drogist, den sie Seifen-Schulze nannten. Hartmut hatte ihn einmal reden hören und wusste seitdem, dass es auch zweihundertfünfzigprozentige Unintelligenzler gab, die nicht mal in der SED waren.

Mit seinen Kollegen verstand sich Hartmut Battin glänzend. Nur die machten die Arbeit im Amt überhaupt erträglich, und eine Kollegin ganz besonders. Sie hieß Carola Weigang und war sieben Jahre jünger als er. Nicht dass er besonders auf ganz Junge abgefahren wäre – nein, sie war mit ihren 24 Jahren eine Frau, die wusste, was sie wollte, und damit wohl genau die Richtige für ihn. Obwohl sie neben all ihren – nicht allein körperlichen – Vorzügen mindestens zwei kleine Fehler besaß: Sie kam aus Sachsen, wo bekanntlich die schönen (und vollbusigen) Mädchen auf den Bäumen wuchsen, und ihre Eltern konnten nichts anderes als Bonzen sein. Das bestritt sie zwar vehement – aber wie waren die wohl sonst aus ihrer Wohnhöhle in einem Nest nahe dem umgetauften Chemnitz zu einer Drei-Zimmer-Komfortwohnung in der Rue de Blamage gekommen, jener auch Halb-und-Halb genannten Ex-Stalinallee, wo die Kacheln von den Hauswänden fielen? Den Namen Karl Marx sprach Hartmut selten aus. Kallmastergrad nannte er Carolas Geburtsstadt, und zu seinen Lieblingswitzen gehörten die vom

Parteihochschüler, der annahm, Karl May hätte *Das Kapital* geschrieben, und sich nach hundert Seiten Lektüre wunderte, dass immer noch kein Indianer vorgekommen sei, und noch überraschter erfuhr, dass es sich bei Marx-Engels angeblich um zwei verschiedene Personen gehandelt habe.

Carola spendierte für solche billigen Späße nur ein müdes Lächeln, hatte aber mit den westdeutschen Urkommunisten auch nicht viel am Hut. Zu Hause und in der Schule war einfach zu viel von den beiden die Rede gewesen.

Hartmut begründete ihren Überdruss dialektisch mit dem Marx'schen Gesetz der Negation der Negation: Übergroße Quantität schlägt leicht um in eine neue Qualität.

«Und mangelnde Quantität?», fragte Carola. Ihr Sächsisch klang nur noch ganz leicht an, anheimelnd geradezu. Vielleicht hatte er sich auch nur daran gewöhnt.

Aber damit waren sie wieder bei der Arbeit angelangt, von der sie in der Freizeit eigentlich nicht reden wollten.

Sie war die Sekretärin des Mannes, der für die Vergabe der Fernsprechanschlüsse in der Hauptstadt der Deutschen Demokratischen Republik zuständig war, und wusste, wovon sie sprach. Telefonanschlüsse waren so knapp wie Räucheraal in den Fischläden. Dass es einen Fisch namens Lachs gab, war weitgehend unbekannt. In Carolas Heimatort Limbach-Oberfrohna gab es nicht mal Heringe. «Und dann kommt so ein Holzkopf wie mein Cousin aus dem Westen, schwärmt von Spanien und erzählt von Calamares und Thunfischsteak!», beklagte sie sich.

«Dein Cousin ging noch», wandte Hartmut ein. «Der andere Typ war noch ein paar Zähne schärfer!»

«Wenn sie den netten Alten nicht mitgebracht hätten, wär's richtig furchtbar gewesen», gab Carola zu. «Am meisten hat mich geärgert, dass die Kerle mir nichts, dir nichts zur Olympiade nach München düsen können, während unsereins auf das Geschwätz von Herrn Oertel im Fernsehen angewiesen ist.»

Ermattet lagen sie auf der breiten Liege in Carolas Einzimmerwohnung, Hinterhaus, vierter Stock, Ofenheizung und die Toilette eine halbe Treppe tiefer, aber eben nicht mehr das fernbeheizte Zimmer mit mütterlicher Ordnung im wörtlichen wie im ideologischen Sinne, aus dem sie sich vor Jahren hierher, mitten in den Prenzlauer Berg, abgesetzt hatte. Demnächst sollte sie eine noch kleinere, wenn auch komfortablere Wohnung der Arbeiterwohnungsbaugenossenschaft Deutsche Post beziehen.

«Wohnklo mit Kochnische», spottete Hartmut, freute sich aber doch ein bisschen darauf, nicht mehr die Kohlen vier Treppen raufschleppen zu müssen. Als Nicht-Berliner stand ihm gar kein hauptstädtisches Domizil zu. Polizeilich gemeldet war er am südlichen Stadtrand in einem allmählich verfallenden Eigenheim in Eichwalde, das seine Mutter von ihrem zweiten Ehemann geerbt hatte. Mit dessen Tochter aus erster Ehe befand sie sich seitdem im Kriegszustand. Es war wie mit dem gespaltenen Deutschland: An einen Friedensvertrag war nicht zu denken.

Hartmut bewohnte auch deshalb das große Zimmer und zwei Dachkammern mit schräger Decke in der oberen Etage, damit alle Versuche seiner ihm weitestgehend unbekannten ehemaligen Stiefschwester, die ihr angeblich zustehende Haushälfte zu beziehen, von vornherein zum Scheitern verurteilt blieben.

Im Laufe der Jahre war er mehrmals ausgezogen, hatte unter dem Protest seiner Mutter hier und da, kürzer oder länger mit Frauen in deren Behausungen zusammengelebt, war aber immer wieder reumütig heimgekehrt, froh darüber, sein Wohnrecht nie wirklich aufgegeben zu haben. An Mutters Marotten war er gewöhnt.

Auch in Carolas Vergangenheit gab es einen dunklen Punkt, was die Wohnung in der Winsstraße anging. Jedenfalls ließ sie nie wirklich durchblicken, wie sie zu dieser gekommen war.

Natürlich hätten sie heiraten können, und über kurz oder lang hätte ihnen ein Arbeiterschließfach zugestanden, aber so weit waren sie nicht miteinander. Er wollte seine Unabhängigkeit nicht ganz aufgeben, und sie hoffte immer noch, ihm vor einer eventuellen Ehe seine Machoallüren und ein paar andere störende Eigenschaften wenigstens zum Teil abzugewöhnen. Zu ihm und der Schwiegermutter in spe zu ziehen wäre Carola nie in den Sinn gekommen, selbst wenn sich deren Haus dreihundert Meter nördlich und damit in Berlin befunden hätte.

Mit dem Westbesuch hatte man sich in Schmöckwitz treffen müssen, zwischen Berlin und «der Zone», wie der Onkel sich auszudrücken beliebte, lag noch mal eine Grenze. Um die zu überschreiten, benötigte man den blauen DPA, den Deutschen Personalausweis, der seltsamerweise noch immer so hieß, obwohl die oberste Partei- und Staatsführung das Wort deutsch seit einiger Zeit sichtlich verabscheute. Dabei kamen Honecker und sein neuer Oberagitator selber aus dem Westen. Nicht mal der Verteidigungsminister war ein Sachse.

Im Schmöckwitzer Bootshaus direkt neben der «Palme» lag Hartmuts geklinkerter Stolz, ein fast sechs Meter langes Paddelboot namens *Early Bird*. Eine der kleinen Freiheiten im Sozialismus war, dass man sein Boot und seine Kinder nennen durfte, wie man wollte, jedenfalls beinahe. Der Stasi-Beauftragte im Amt hatte seinem Sohn den Namen Steve verliehen.

In der Woche blieb Hartmut häufig der Bequemlichkeit wegen - und weil er insgeheim fürchtete, ein anderer könne inzwischen seinen Platz einnehmen, aber das gab er nicht zu - über Nacht bei Carola. Der Weg zur Arbeit war nicht halb so lang. Nach den Anstrengungen der Nacht tat es ihm gut, ein Stündchen länger zu schlafen, auch wenn er die Morgendusche vermisste und sich nur schwer an die morgendliche Katzenwäsche gewöhnen konnte und daran, nachts in den Küchenausguss zu pinkeln. Außerdem bereitete es ihm Schwierigkeiten, in Carolas Küche seine lange Haarpracht zu waschen, auf die er so stolz war. Carola hingegen trug ihre blonden Borsten sehr kurz, was aber durchaus reizvoll aussah. Sie wäre auch mit Glatze noch hübsch gewesen.

Erst freitags und wenn das Wetter es zuließ, fuhren sie nach Dienstschluss raus nach Schmöckwitz, machten die *Bird* klar und bauten Hartmuts winziges Zelt in Rauchfangswerder, auf dem Seddinwall oder einfach gleich drüben an der Krampe auf und blieben dort bis zum Sonntagabend. Der Seddinwall war eine ehemals bewohnte Insel, die schon von weitem mit meterhohen weißen Buchstaben grüßte: *Gott schütze uns vor Sturm und Wind und Menschen, die aus Sachsen sind!*

Hartmut liebte das Wasser, mochte es noch so dreckig sein, während Carola - nicht etwa des Spruches wegen - ein eher ambivalentes Verhältnis zum feuchten Element besaß. Getrieben vom eigenen Ehrgeiz und dem Stolz ihrer patriotischen Eltern, hatte sie sich vom SC Dynamo in jüngsten Jahren zu einer Freistilschwimmerin ausbilden lassen, auf der große Hoffnungen ruhten. Da ruhten sie allerdings noch immer, denn trotz hilfreicher Pillen und gelegentlicher Auslandsreisen in sozialistische Bruderländer war die Heranwachsende allmählich und schließlich endgültig des ständigen Trainingsdrucks müde geworden und hatte ihre Laufbahn beendet, bevor sie in den Olympiakader aufrücken konnte. Zurückgeblieben waren eine leicht nach vorn gekrümmte Schulter und der Ratschlag des Arztes, es doch einmal mit Schwimmen zu versuchen. Mit Brustschwimmen allerdings und ohne Leistungsdruck. Papa und Mama hatten die Welt nicht mehr verstanden.

Jahre später verstanden sie noch weniger, was ihre Tochter an diesem windigen, gänzlich unehrgeizigen und langhaarigen Ingenieur Hartmut fand, der sich als ein überaus kritischer Bewohner des ersten Arbeiter- und Bauernstaates auf deutschem Boden entpuppte und daraus auch kein Hehl machte. Dass so einer auf Kosten der Werktätigen hatte studieren dürfen und auch noch auf eine – wenn auch untere – Leitungsebene aufstieg, wollte nicht in ihre Köpfe. Stattdessen bedrängten sie Carola, endlich selber zu studieren oder wenigstens in die Partei einzutreten. Das verlangte nicht mal ihr Chef von ihr, obwohl es des dienstlichen Geheimnisschutzes wegen besser gewesen wäre. Er selbst war auch nur drin, weil sich das in seiner Position so gehörte. Und das große Geheimnis, dass es viel zu wenige Telefonanschlüsse gab und sich dieser Dauerzustand auch im nächsten Fünfjahrplanzeitraum nicht ändern würde, teilten die Sekretärin und

Oberrat Mohnholz mit der Mehrheit der DDR-Bevölkerung.

Von Carolas Westbesuchern ahnten der Chef, vor allem aber ihre Eltern nichts; in deren Kaderakten kam der West-Berliner Familienzweig schon lange nicht mehr vor. Bis zu jenem unguten Augustsonntag 1961 war den Alten zwischen Arbeit, Parteilehrjahr, Versammlungen und Agitationseinsätzen glatt entgangen, dass die dreizehnjährige Tochter inzwischen dank Cousin Rainer die verbotene Stadthälfte samt allen Kinos und Kaufhäusern am Kudamm kannte und möglicherweise auch deshalb nicht mehr die rechte Freude am täglichen Training empfand.

Carola hatte ihren auch nach dem Mauerbau andauernden Kontakt zu den Erkenbrechers vorsichtshalber nicht angegeben. Rainer ließ sich selten genug im Osten sehen und ödete sie dann auch noch mit Fragen zu marxistischer Fachliteratur an, die sie ihm jedoch willig besorgte. Der Gegenwert an Mitbringseln entschädigte sie allemal für das blöde Gefühl, in einer Buchhandlung so etwas zu kaufen oder zu bestellen. Was sie gerne gelesen hätte, gab's da sowieso nicht. Rainer hatte mal versucht, ihr einen Simmel mitzubringen. Den hatten sie ihm an der Grenze abgenommen.

«Wie gut kennst du deinen Cousin eigentlich?», erkundigte sich Hartmut. Irgendwie kamen sie nicht weg von diesen Besuchern. Dabei war Hartmut das Gefühl nicht losgeworden, von denen wie ein freilaufendes Zootier betrachtet zu werden.

Carola zuckte mit den nackten Schultern. «Als Teenager habe ich ein bisschen für ihn geschwärmt. Das war eine ganz andere Welt da drüben, und er kannte sich dort bestens aus.»

«War er damals auch schon einen Kopf kleiner als du?»

Carola feixte: «Ist er nicht niedlich?» Sie wusste, wie sie Hartmut ärgern konnte.

Aber der stieg nicht darauf ein. «Kann er das Maul halten?», wollte er wissen.

«Was willst du ihm denn für ein Geheimnis anvertrauen?»

Hartmut schnaufte ärgerlich und knetete dabei abwesend ihre linke Brust.

Sie schob seine Hand weg. «Du möchtest, dass er dir Platten besorgt, stimmt's?»

Hartmut widersprach ihr: «Quatsch!»

Dabei wusste sie genau, wie scharf er auf Dixieland-Platten war, von denen manche klangen wie auf dem Trichtergrammophon abgespielt. Er geriet förmlich in Verzückung, wenn er das Gequäke hörte. Die Band, zu der er gehörte, klang etwas besser. Er spielte Bass, ein Instrument von beträchtlicher Größe, das gewöhnlich Carolas Korridor verbarrikadierte, weil die Proben und viele Auftritte sowieso in Berlin stattfanden. Es sah ein bisschen merkwürdig aus, wenn der großgewachsene Kerl mit flatternder Mähne und dem Riesending auf dem Buckel auf seinem Habicht fuhr. Nicht weniger merkwürdig, als wenn sie hinter ihm auf dem Moped klemmte. Rainer hatte angeboten, ihnen billig einen VW-Käfer zu besorgen. Leider war die private Einfuhr von Fahrzeugen verboten.

«Er könnte mal 'n Weg für mich erledigen», sagte Hartmut vage.

Sie wurde hellhörig. «Was hast du denn im Westen für Wege zu erledigen?»

Er zögerte lange. «Es ist wegen der Kühns ... aus Miersdorf», sagte er schließlich. «Die kennst du doch auch.»

Carola erinnerte sich an das sympathische Ehepaar. «Die immer mit dem Faltboot rumgurken? Die haben wir mindestens zwei, drei Wochenenden nicht gesehen.»

«Eben. Sie wollten sich gleich melden ... wenn sie drüben gut angekommen sind.»

Unwillkürlich setzte sich Carola auf. «Die sind rüber?», fragte sie verblüfft. «Davon hast du mir überhaupt nichts erzählt!»

Hartmut küsste sanft ihre vorwitzige Brustwarze. «Über so was spricht man ja auch nicht.»

«Was soll das heißen? Hast du kein Vertrauen zu mir?»

Er versuchte, sie zu beruhigen. «Zu dir allemal. Aber ein unbedachtes Wort ...»

Sie entzog sich ihm und sagte empört: «Du hältst mich also für ein Quatschmaul!»

«Natürlich nicht! Aber warum sollte ich dich mit so etwas belasten?»

«Weil ich die Leute vielleicht gut leiden kann. Obwohl die mit ihrem Igelit-Boot immer so ein Höllentempo vorlegen.»

«Sie haben hart trainiert. Ist kein Spaß, über die Ostsee zu paddeln.»

Carola war geschockt. «Über die Ostsee? Bist du sicher? Man kann doch auch in Berlin über irgendeinen See oder Kanal paddeln.»

«Kann man nicht!» Hartmut wusste es genau. «Das habe ich mit Günther und Annegret oft genug durchgekaut. Der einzige Weg führt über die Ostsee.»

«Du wusstest es also die ganze Zeit?»

Er nickte. «Wenn es nötig ist, kann ich eben auch den Mund halten.»

Carola sah ihn aufmerksam an. «Hast du selber mal daran gedacht?», fragte sie verhalten.

«Über die Ostsee?»

«Ich meine ... überhaupt ...»

Er erwiderte ihren wachsamen Blick. «Im September 1961 war ich schon fast drüben. Aber ...» Er schwieg. Er hatte nie erwähnt, dass es da ein Mädchen gegeben hatte, das mitwollte, und dann doch nicht, weil sie angeblich schwanger war, und zwar von ihm. Und am Ende war sie ein halbes Jahr später im Kofferraum einer Diplomatenlimousine getürmt, und er war noch immer hier. «Hat eben nicht geklappt. Dann haben sie mich zur Fahne geholt, und da ist mir endgültig die Lust auf solche Abenteuer vergangen. Die schießen an der Grenze nicht mit Platzpatronen!»

Sie drängte ihren warmen Körper an ihn. «Das weiß doch jeder. Aber manchmal denkt man trotzdem dran, stimmt's?»

Sie ahnte nicht, wie oft er daran dachte. Und welche Rolle sie dabei spielte. Ohne dich wäre ich längst weg, hätte er sagen müssen. 1968, kurz vor dem bösen Ende in Prag, war er gerade so weit gewesen, sich samt seiner auf Mikrofilm kopierten Zeugnisse und Unterlagen über die Tschechoslowakei abzusetzen. Und ausgerechnet da hatte es zwischen ihm und der umschwärmten Chefsekretärin Carola gefunkt. Bei einem Geplänkel über Carolas Berufsbezeichnung.

«Sie sind doch seine unentbehrliche Sekretärin», hatte er ihr geschmeichelt. «Ohne Sie ist der Boss doch hilflos.»

«Ich bin die Hauptsachbearbeiterin.» So hieß sie nur, damit sie ein bisschen besser bezahlt werden konnte.

«Aha. Und wer ist für die Nebensachen zuständig?»

So hatte es angefangen. Und jetzt lag er hier neben seiner Eroberung, auf die er immer noch stolz war, und sie fragte ihn, ob er rüber wollte. «Im Traum bin ich manchmal plötzlich drüben», sagte er.

«Komisch. Ist mir auch schon passiert.»

Das hatte er nicht erwartet.

Der nächste Morgen begann mit einem Beinahe-Unfall in der Prenzlauer Allee, als Hartmut den schlingernden Habicht auf dem glitschigen Pflaster nur knapp zum Stehen brachte. Carola fuhr lieber mit der Bahn, besonders an so einem verregneten Tag, doch dafür war es zu spät gewesen. Sie hatten wenig geschlafen in dieser Nacht, und das trübe Wetter animierte nicht zum Aufstehen.

Im Büro fühlte sie sich unwohl in ihrer feuchten Kleidung. Außerdem standen Antworten auf Eingaben auf ihrem Vormittagsprogramm, also Ablehnungen und Ausreden an Leute ohne Telefon, die sich meistens zum x-ten Mal beschwert hatten. Immer der gleiche verlogene Text, den sie im Schlaf runterratterte, wenn niemand sie störte.

Ausgerechnet heute aber schob sich gegen halb elf eine dickliche Riesenfigur in ihr Zimmer, bekleidet mit einem spermafarbenen Anorak, wie Hartmut die Farbe nannte, und einer zu großen Brille mit violett schimmernden Gläsern auf dem geröteten Nasenzinken. «Ich bin der Norbert», hatte er sich ihr bei seinem ersten Besuch plump-vertraulich vorgestellt, und es hätte nicht des gezückten Klappausweises bedurft, um ihn als Vertreter «der Firma» zu identifizieren.

Mohnholz wandte jedes Mal die Augen gen Himmel, wenn sie den unwillkommenen Besucher meldete. Der feilschte meistens dreist um Extrawürste bei der Fernmeldeversorgung, die man ihm auch prompt briet – oder er wollte irgendwelche Auskünfte einholen, die man ihm ebenfalls nie verweigerte.

Hätte Carola geahnt, dass heute ihr eigener Name und der Hartmuts auf Norberts Wunschliste standen, hätte sie sich das gequälte Lächeln verkniffen, das sie bei seinem Eintritt aufgesetzt hatte. «Verärgern Sie den bloß nicht!», war sie oft genug von Mohnholz gemahnt worden, der sich so leicht vor niemandem fürchtete. «Und lassen Sie ihn immer gleich zu mir, sonst schnüffelt er nur in der Gegend rum!»

Zwischen Mohnholz und ihr herrschte ein ungezwungener Ton. Kaum war der tapsige Besucher diesmal wieder verschwunden, tauchte der Chef aus seinem Gehäuse auf und blickte Carola bedeutungsschwanger an.

«Ist was?», fragte sie.

«Das frage ich Sie.»

«Wieso? Ist der meinetwegen hier gewesen?» Das sollte leichthin klingen, aber es schwang ein unbehaglicher Unterton mit. Unwillkürlich fiel ihr das nächtliche Gespräch mit Hartmut ein.

«Haben Sie irgendwelche Westkontakte?», fragte Mohnholz mit gedämpfter Stimme.

Empört sah sie zu ihm auf. «Wer behauptet denn so was?»

Mohnholz hob begütigend die Hand. «Vergessen Sie's. Er hat sich nur am Rande danach erkundigt. Wahrscheinlich wegen der VVS-Verpflichtung ...»

Carola zog eine Grimasse. Die konnten ihr mit ihrer

ganzen Geheimhaltung gestohlen bleiben, und das wusste Mohnholz. Er vertraute ihr und hatte sogar mal gucken lassen, dass seine eigene greise Mutter irgendwo im Westen lebte. Natürlich ohne offizielle Verbindung zu ihm. Sonst hätte er nicht länger auf seinem Posten gesessen.

«Wenn mal was sein sollte, sagen Sie's mir rechtzeitig», murmelte er und fügte, schon in der Tür, noch hinzu: «Und erzählen Sie Hartmut lieber nichts davon.»

Mit dem war er, wie mit den meisten Ingenieuren und den paar Genossen im Amt sowieso, per du.

Für Carola waren die Schrecken dieses trüben Mittwochs damit keineswegs zu Ende. Am Abend stand die Feier zum 55. Geburtstag der Mutter an, ein Ereignis, vor dem ihr zu Recht graute, zumal Hartmut keine zehn Pferde in die Karl-Marx-Allee gebracht hätten. Außerdem probte mittwochs die Band.

«Du kommst alleine?», fragte die Mutter zwar scheinheilig, doch war ihr die Erleichterung über Hartmuts Ausbleiben deutlich anzumerken.

Der Vater hingegen musterte sie nur prüfend, wie es seine Art war, unterließ aber angesichts der anderen Gäste die übliche inquisitorische Befragung bezüglich ihrer beruflichen, gesellschaftlichen und höchst privaten Entwicklung, ja, er verkniff sich sogar die obligatorische Bemerkung über ihre unpassende Frisur. Dass sie nagelneue Jeans aus dem Westen trug, fiel ihm wahrscheinlich nicht auf.

Ausnahmsweise war Carola nicht die einzige anwesende Verwandte. Aus Mülsen St. Jacob war Vaters Schwester Ursula mit ihrem Mann Ottfried angereist, die zur Zeit in einem Kaff südlich von Berlin ihren Jahresurlaub verbrachten – um dort den ganzen Tag vor dem Fernseher zu verbringen, wie Carola vermutete. In ihrem vorerzgebirgischen Tal war der Westempfang ausgesprochen mies.

Im Gespräch war selbstverständlich nur vom Adlershofer Programm die Rede, wie es sich in Gegenwart eines Referenten der SED-Kreisleitung gehörte, der noch dazu ganz offensichtlich über einen gesamtwirtschaftlichen und globalpolitischen Überblick verfügte, um den ihn die restlichen Anwesenden nicht einmal zu beneiden schienen.

Onkel Ottfried beispielsweise hakte sich an den allzu optimistischen Prognosen des Hausherrn fest und registrierte erstaunt Carolas aufmunterndes Zunicken.

«Bei der Telefonversorgung sieht's auch ausgesprochen beschissen aus», ergänzte sie Ottfrieds Einwände nüchtern. «Daran kann auch dein Honecker nichts ändern.»

«Ihr könnt immer nur kritisieren!», schnaubte der Vater. «Habt ihr mal überlegt, unter welchen Bedingungen wir anfangen mussten? Der Krieg ...»

«... ist seit 27 Jahren zu Ende», unterbrach Carola den allzu vertrauten Sermon. «Irgendwann müssten doch mal normale Zeiten anbrechen.»

Dem Vater verschlug es offenbar die Sprache.

«Na, mit Honecker hat sich doch schon eine ganze Menge geändert», mischte sich Mutters Kollegin Hertha ein, ein Trumm von einem Weib, das der Bowle heftiger zusprach als alle anderen. «Nur der Krenz gefällt mir gar nicht. Aber Lamberz ...» Sie verdrehte die Augen schwärmerisch. «Solche Leute hätte Ulbricht sich ranholen müssen. Er hat eben eine Menge falsch gemacht, wie man heute weiß.»

Natürlich wusste das jeder. Es auszusprechen galt dennoch als Sakrileg.

«Beim letzten Plenum hat Ulbricht ja auch viel gesprochen.» Carola kolportierte damit nur einen Witz, der im Amt umging.

Alle sahen sie ungläubig an. Jeder wusste, dass der entmachtete Erste Mann in keinem Plenum mehr sprechen würde.

«Doch, doch», beharrte Carola, «mit dem Pförtner. Er wollte unbedingt rein ...»

In den Mienen der Zuhörer sah sie, dass manche lachen wollten, was der Genosse Vater zu verhindern wusste.

«Die Fehler des Genossen Ulbricht sind ein viel zu ernstes Thema, um darüber frivole Witze zu verbreiten!», wies er seine Tochter zurecht.

«Die meisten politischen Witze kommen aus dem ZK», konterte sie.

In diesem Stil ging es weiter. Das grünstichige Geflacker des neuangeschafften Farbfernsehers beeinflusste das Gespräch nur für kurze Zeit. Vergeblich versuchte der Hausherr, die Vorzüge des französischen Farbsystems gegenüber dem westdeutschen herauszuarbeiten.

«Das haben die Freunde für uns entschieden», stellte Hertha lautstark fest, und niemand widersprach. An einer Moskauer Entscheidung war nicht zu rütteln.

Während Carola ihrer Mutter bei der Vorbereitung des Abendessens half, betrat der Vater die Küche, was selten vorkam. «Was ist los mit dir, Mädel? Musst du denn immer provozieren?», fragte er.

«Provozieren nennst du das, wenn ich von den Mängeln eurer Planwirtschaft spreche? Du kannst gerne mal in unser Amt kommen und die Eingaben der Bürger lesen und wahrheitsgemäß beantworten!»

«Man kann in einer zentral gelenkten Volkswirtschaft nicht alle Zweige gleichzeitig und gleichermaßen entwickeln», dozierte der Alte.

«Ach! Und warum können die das im Westen?»

Seine Miene erstarrte. «So etwas möchte ich nicht von dir hören. Der Klassenfeind ...»

«Moment mal!» Carola legte ihm die flache Hand gegen die Schulter. «Weil du gerade vom Klassenfeind sprichst: Ich soll euch beide herzlich grüßen!»

«Von wem?», kam die befremdete Frage zurück.

«Von Rainer. Ich habe ihn neulich in Schmöckwitz getroffen.»

Ganz im Gegensatz zu seiner sonstigen Gewohnheit versuchte der Vater, den Dummen zu spielen. «Was für ein Rainer?»

Das war selbst der Mutter zu viel. «Von Erkenbrechers?», fragte sie ungläubig. «Darf der denn so einfach nach Schmöckwitz?»

«Du hast doch gehört: Unter eurem Honecker hat sich eine ganze Menge geändert.»

Den Vater plagten sofort andere Sorgen. «Du hast ihm hoffentlich keine Adresse oder Telefonnummer gegeben!»

Carola blieb ihm die Antwort schuldig. «Er hatte einen alten jüdischen Onkel aus Amerika dabei. Bist du mit dem eigentlich auch verwandt?»

Der Genosse Weigang schluckte. «Für einen echten Kommunisten existieren keine Rassen-, sondern nur Klassenschranken!», erklärte er schließlich. Eine Antwort war das auch nicht.

«Und ich dachte immer, das Judentum wäre eine Religion», entgegnete Carola.

VIER

Juni 1972

PAUL BARZOW musste dringend in die Kreishauptstadt. Zum Arzt, wie er behauptete, was dem 68-Jährigen jeder ohne weiteres glaubte. Er litt an fortgeschrittener Arthrose, rheumatischen Schüben, zu hohem Blutdruck, leichter Altersdiabetes, einer Fehlfunktion der Schilddrüse, einer harmlosen Form von Hautkrebs, Schlaflosigkeit und noch einem weiteren Dutzend von Beschwerden, um die er sich nicht kümmerte. Er fühlte sich eigentlich ganz gesund.

Die Ausrede mit dem Arztbesuch hatte sich jedoch bis jetzt stets als erfolgreich erwiesen. Irgendeine Urlauberfamilie fand sich immer, die den umgänglichen alten Mann im Auto mit nach Bergen nahm, was ihm den beschwerlichen Weg mit dem Fahrrad zur Bushaltestelle und von dort mit dem häufig überfüllten Linienbus ersparte. Das Fahrgeld durfte er trotzdem abrechnen. So kam eins zum anderen, und sein Konto sah gar nicht mal schlecht aus – jedenfalls nicht so schlecht wie das Warenangebot im Landwarenhaus. Jetzt sollte es sogar ausländische Buntfernseher geben, aber natürlich nicht hier oben im hohen Norden. Mal sehen, was sich da machen ließ. Im Sommer kam er ja kaum zum Fernsehen, da saß er abends mit den Feriengästen vor dem Heim, das deren Betrieb ausgebaut hatte, und schwatzte ein bisschen. Zu trinken gab es reichlich, und verhungern ließen sie ihn auch nicht. Er war beinahe der einzige Einheimische weit und breit und gehörte quasi zur Folklore, wie mal einer festgestellt hatte.

Paul Barzow kannte das Wort nicht. Er lebte bescheiden in seinem Häuschen hinter dem Deich, kaum hundert Schritte von dem noblen Ferienheim entfernt und nur dreihundert von dem kleinen Campingplatz, auf dem sich jeden Sommer die gleichen Eingeweihten einfanden, denen es auf dem kargen Inselchen gefiel. Onkel Paul gehörte dazu, als wären sie alle eine Familie. Nur im Herbst, wenn der Nordwest in Böen über die flache Landschaft fegte, und in den langen Wintermonaten bis März oder April wurde es ein bisschen einsam, da kamen einem der wärmende Grog und vielleicht so ein Buntfernseher gerade recht. Wichtig war nur, dass man damit den richtigen Kanal in Farbe sehen konnte. Mit dem richtigen meinte Paul natürlich den falschen, aber darüber sprach er mit niemandem, obwohl er sonst ganz gerne redete. Die Urlauber hörten ihm zu, wenn er von früher erzählte, vom schweren Leben der Fischer und von der Lastenseglerei, die sein Vater noch betrieben hatte. Damals hatte es noch keinen Rügendamm und kaum Straßen auf der ganzen Insel gegeben. Und viel weniger Feriengäste. Hierher, auf das abgelegene Eiland im Bodden, war überhaupt kein Fremder gekommen.

Richtige Straßen gab es auf dem ersten Teil der Strecke noch immer nicht. Wozu auch? Für die paar Fahrzeuge genügten die längsverlegten Betonschwellen allemal, die sich rings um die Deiche zogen. Egal, ob man links- oder rechtsherum fuhr, man landete immer wieder in dem einzigen richtigen Dorf auf der Insel und musste über die einzige Brücke, um sie zu verlassen. Schon war man auf der nächsten Insel. Von Rügen runter, auf Ummanz ruff, sagten die Rügener. Viele Heimurlauber gaben zu, den Namen vorher nie gehört zu haben.

Paul kannte eine Menge Geschichten, und er erfuhr eine Menge. Manchmal waren die Urlauber hartnäckig und fragten ihn nach Dingen, über die er nicht gerne redete. Aber nach dem freigiebig ausgeschenkten sechsten oder achten Gläschen entschlüpfte ihm doch mal die eine oder andere Bemerkung über die eigene Vergangenheit, derer er sich insgeheim nicht einmal schämte. Gewisse Leute sahen das anders und hielten ihm den Dienst bei der Deutschen Kriegsmarine vor. Nachdem sie herausgefunden hatten, dass er zu den Freiwilligen für die Zwei-Mann-U-Boot-Waffe *Seehund* gehört hatte, war ihm nichts anderes übriggeblieben, als den schuldbewussten Sünder zu spielen und auf ihre Vorschläge einzugehen. Gedroht hatten sie ihm nicht. Dennoch verstand er, dass einer mit seiner Vergangenheit nur unter bestimmten Bedingungen im sogenannten erweiterten Grenzgebiet wohnen durfte. Vermutlich schätzten sie seinen Widerwillen richtig ein, in seinem Alter das ererbte Haus und die Insel zu verlassen, auf der er bis auf die Marinejahre sein ganzes Leben verbracht hatte. Vor zehn Jahren war seine Frau gestorben, und kurz vorher war deren einziger Sohn verschwunden, mit dem er sich ohnehin nicht verstanden hatte. Der hatte bei den Mollies gedient, der Grenzbrigade in Matrosenkluft, die zum Gespött echter Fahrensleute, wie Paul einer war, nie aufs Wasser kam. Wohin der Junge gegangen war, erfuhr Paul nicht. Es war von Fahnenflucht die Rede. Damals hatten sie ihn zum ersten Mal mit nach Bergen genommen und einen ganzen Tag lang verhört. Und von da an ...

Paul war es längst gelungen, sich einzureden, dass er das Richtige tat. Dass es seinem Vorteil diente, war sowieso klar. Hätte er sich sonst in Bergen in das erste Haus am Platz setzen können, um das teuerste Steak und den besten Kognak zu bestellen? Auch wenn der Laden überfüllt, die Bedienung unfreundlich, das Steak trocken und der Kognak nur Weinbrand aus Rumänien war – Paul genoss es. Und er brauchte nicht zu zahlen. Das besorgte ungefragt der zaundürre Mensch namens Rudi, zu dem er sich ebenfalls ungefragt an den abgelegenen Tisch gesetzt hatte.

Rudi sah sauertöpfisch und ein bisschen magenleidend aus, gab sich jedoch alle Mühe, Paul freundlich zu begegnen.

Sie aßen, Rudi nur Klopse mit Kartoffelbrei, tranken einen zweiten Kognak und sprachen leise miteinander. Das war nicht ganz leicht für Paul, denn sein Gehör ließ schon etwas nach. Nur bei dem Thema Buntfernseher hob er seine Stimme doch ein wenig.

Rudi winkte beruhigend ab. «Ich kümmere mich», versprach er.

Das genügte Paul. Auf Rudi war Verlass, das wusste er. Er schob seinem Gegenüber ein paar Notizen hin, mit ungelenker Hand auf liniertes Papier geschrieben, doch durchaus lesbar. «Nicht viel los mit den Neuen», sagte er. «Die meisten sind zu alt oder mit mehreren kleinen Kindern da. Nur ein junges Paar. Sie arbeitet in der Kaderabteilung, und er angelt den ganzen Tag.» Er kicherte. «Stellt sich ziemlich dämlich an dabei. Aber die Katze freut sich ...»

«Fahren sie mit dem Boot?»

«I wo. Gestern sind sie mit dem Trabbi zur Fähre und rüber nach Wittow.»

«Viel Gepäck?»

«Hab sie leider nicht ankommen sehen. Glaube aber nicht.»

Rudi sah ihn an. Er hatte diesen durchdringenden Blick, den Paul nicht mochte. «Glauben genügt nicht», flüsterte er beinahe. «Wir müssen *wissen*, verstehst du?»

Paul nickte. «Habt ihr irgendwelche Anhaltspunkte?», fragte er und war sich im gleichen Augenblick bewusst, dass er auf diese Frage so wenig eine Antwort erhalten würde wie auf manche andere.

Er hatte sich getäuscht.

Rudi senkte den Kopf, als spräche er zur Tischplatte, und sagte gedämpft: «Der Feind verstärkt seine Wühltätigkeit. Er hofft, im Zuge der Anerkennungspolitik einen Fuß in unsere Tür stellen zu können. Unsere Beziehungen zu Dänemark sind sehr gut. Aber die Dänen sind auch in der Nato. Das darf man nie vergessen.»

Paul nickte gedankenverloren. Während des Krieges hatte er beinahe ein Jahr in Dänemark verbracht. Ein schönes Land. Und friedliche Leute. «Warst du schon mal in Dänemark?», fragte er.

Verbissen schüttelte Rudi den Kopf. «Dafür sind wir hier im Kreis nicht zuständig.» Er schwieg, als hätte er schon zu viel verraten. Der Gedanke an die nördlichen Nachbarn Dänemark und Schweden versetzte ihm jedes Mal einen Stich. Vor fünf Jahren hatte man ihn auf einem Torpedoschnellboot eingesetzt, einem sogenannten Holzpantoffel, weil der metallbezogene Rumpf eben nur aus Holz bestand. Obwohl an Bord kaum jemand mit ihm sprach, fand er den Verdacht bestätigt, dass ein paar von der Mannschaft heimliche Fluchtpläne schmiedeten. Daraufhin waren diese verhaftet und die ganze Truppe vom einen Tag auf den anderen ausgewechselt worden. Ihn selber hatte Monate später jemand, dessen Identität nie festgestellt wurde, nach einem Kneipenbesuch mordsmäßig verdroschen. Dabei hätten die Kameraden eigentlich heilfroh sein müssen, rechtzeitig von dem Kahn runtergekommen zu sein. Als der neue Kommandant, ein besonders scharfer Hund, während der kritischen Augusttage 1968 den Hinweis bekam, aus Lübeck laufe eine größere Nato-Fregatte aus, beschloss er, mit seiner ausgewählten neuen Mannschaft den Weltfrieden und den Sozialismus im Bruderland ČSSR durch persönlichen Einsatz zu retten und dem Aggressor mit dem torpedobewehrten Holzpantoffel aufzulauern. In nebelverhangener Nacht bemerkte niemand auf der fahrplanmäßigen Schwedenfähre – denn um die handelte es sich bei der angekündigten feindlichen Fregatte – die Kollision. Mit Mann und Maus versank das Torpedoschnellboot 844 in den Fluten der Ostsee.

«Smuke pike elske dei», sagte Paul in seine trüben Gedanken hinein.

Rudi sah ihn verständnislos an.

«Das ist Dänisch», erklärte Paul, «und heißt: Ich liebe dich.»

Nun war Rudi vollends verwirrt. «Ich wusste gar nicht, dass du Dänisch sprichst.»

«Ich auch nicht», brummte Paul. Mein Gott, manchmal war der Kerl wirklich schwer von Begriff. Und immer so steif und ernst. Mit dem Vorgänger hatte er sich besser verstanden. Manchmal hatten sie sogar zusammen gelacht. Immerhin schien Rudi heute ein wenig zugänglicher als sonst. Deshalb wagte Paul zu fragen: «Haben's wieder welche versucht?»

Diesmal verstand Rudi sofort, was er meinte, und

blickte ihn prüfend an. «Ein Ehepaar aus der Nähe von Berlin», sagte er, ohne den Mund wirklich zu öffnen. «Katholiken, wie es heißt.»

Paul hätte gerne gewusst, ob sie es geschafft hatten. Wahrscheinlich nicht, sonst hätte Rudi sie gar nicht erwähnt.

«Du kannst dich auf mich verlassen», sagte Paul. «Ich pass schon auf!»

«Na hoffentlich! Und wenn eine besondere Lage eintreten sollte, weißt du ja, wie du uns erreichst.»

Das war der Schluss des Gesprächs.

Paul hätte gerne noch einen Kognak getrunken. Er hob einen Finger, um die Kellnerin aufmerksam zu machen, und sagte: «Genau darüber müssten wir noch mal ausführlich reden.»

Rudi nickte. «Passt gut. Wir treffen uns beim nächsten Mal dort.» Er schob Paul einen Zettel mit einer Adresse hin.

Das war nun gar nicht in Pauls Sinn. Er kannte das schon. Irgendeine fremde Wohnung, wo ihn die Leute auf der Treppe misstrauisch musterten, und drinnen dann Rudi mit lauwarmem Kaffee und staubtrockenen Keksen. «Nee, nee, ich kann dir das auch hier sagen. Ich finde nämlich, wenn wirklich mal was sein sollte, ist das viel zu umständlich, euch zu erreichen.»

Rudi wollte nicht verstehen. «Du gehst ins Ferienheim und sagst, du musst mit deinem Arzt sprechen – weiter nichts.»

«Na eben. Das glaubt der Jahnke mir nicht mehr. Das ist ein ganz misstrauischer Hund. Ich wähl für dich, sagt der. Und dann?» Jahnke war der Heimleiter, und Paul wurde den Verdacht nicht los, dass der ihm misstraute.

Rudi dachte nach. «Was schlägst du vor?», fragte er schließlich.

Paul hob die breiten Schultern. «Keine Ahnung. Wäre eben besser, wenn ich selber so 'ne Quasselstrippe hätte.»

Zum ersten Mal zuckte so etwas wie ein Lächeln um Rudis verkniffenen Mund. «Davon träumen ganz andere als du», sagte er. «Wäre auch gegen die Konspiration. Wie willst du erklären, dass ausgerechnet du plötzlich ein Telefon kriegst?»

Das klang einleuchtend. «Telefone soll's jetzt auch über Genex geben», wandte Paul dennoch ein. «Vielleicht wäre das 'ne Möglichkeit als Begründung. Könnte ja irgendwelche Westverwandtschaft spendiert haben ...»

Westverwandtschaft zu erwähnen war natürlich dämlich. Sofort meldete sich das Unbehagen wieder, das ihm die Postkarte eingeflößt hatte, die vor ein paar Tagen eingetroffen war. Von seinem alten Obermaat auf dem Zerstörer *Albatross. Würde gerne mal zwei, drei Wochen Urlaub bei dir machen*, schrieb der. *Soll ja jetzt alles ganz einfach gehen* ... Der hatte vielleicht Ahnung, da drüben in seinem Kaff irgendwo im Oldenburgischen!

Rudi wirkte tatsächlich wie elektrisiert, aber aus einem anderen Grund. «Woher stammt dieses Genex-Gerücht?», wollte er wissen.

Paul merkte, dass er mit der Erwähnung des West-Geschenkdienstes für Ostdeutsche einen Fehler gemacht hatte. «Muss irgendein Urlauber erzählt haben», sagte er matt.

«Wer?»

Wieder hob Paul hilflos die Schultern. «Kann mich wirklich nicht erinnern. Da sitzen abends manchmal zehn, zwölf Leute beieinander, und jeder sagt was, und alle reden durcheinander. Und getrunken wird auch was ...» Er sah schuldbewusst auf den Kognak, den ihm die Serviererin hingestellt hatte.

«Aber so etwas darf man nicht einfach auf sich beruhen lassen», sagte Rudi eindringlich. «Dem Ursprung solcher Gerüchte muss man nachgehen bis an die Wurzel. Mit derartigen Lügen versucht der Gegner uns zu schaden.»

«Wär's da nicht einfacher, man zieht 'n paar Strippen mehr, und alle Leute hätten Telefon?», sagte Paul treuherzig. «Da stünde der Gegner schön da ...»

Rudi zog die Stirn kraus und schüttelte den Kopf. «Du hast Ideen!», sagte er, bevor er sich der Serviererin zudrehte, die unter den argwöhnischen Blicken einer Traube Wartender missmutig den Nebentisch abräumte. «Mir auch noch 'n Kognak!»

FÜNF

Juli 1972

HARTMUT hielt es für eine ausgesprochene Schnapsidee, an einem Sonntag in den Sommerferien in den Spreewald zu fahren, dieses Mückenschutzgebiet, wie er sich ausdrückte, in das die Urlauber aus Sachsen und Berlin in hellen Scharen einfielen und sich um die viel zu knappen Gaststättenplätze stritten. Aber Rainer Erkenbrecher hatte nun einmal den Wunsch geäußert, dieses Kleinod märkischer Wasserlandschaft höchstpersönlich in Augenschein zu nehmen – da blieb ihm und Carola keine andere Wahl.

Seit Carola bei einem gemeinsamen Tierparkbesuch ganz beiläufig die Frage gestellt hatte, was er wohl dazu sagen würde, wenn Hartmut und sie versuchen würden, der DDR den Rücken zu kehren, hatte dieses Thema sie zu einer verschworenen Gemeinschaft keineswegs Gleichgesinnter zusammengeschweißt.

Erkenbrecher, am Anfang tief erschrocken über das Vorhaben, hütete sich zuzugeben, dass er dem Sozialismus offensichtlich wesentlich näher stand als die beiden Ostler. Aber er meinte natürlich eine ganz andere Art von Sozialismus, nicht so eine mangelwirtschaftliche Altmännerherrschaft mit nahezu postfaschistischem Grenzregime, das ihm auch an diesem frühen Sonntagvormittag wieder auf die Nerven ging.

Erst gegen halb zehn hatte er ungeschoren die letzte,

diesmal unbewacht offenstehende Sperre in Schmöckwitz überwunden und die wartende Cousine samt ihrem Embidel an Hankels Ablage in Zeuthen an Bord seines Westschlittens genommen. Auf Günther Zützers Begleitung hatte er wohlweislich verzichtet.

«Ich dachte, wir kriegen heute mal deine Martina zu sehen», meinte Carola, der Hartmut großzügig den Beifahrersitz überlassen hatte.

Rainer Erkenbrecher murmelte Undeutliches und gab vor, sich auf den Verkehr zu konzentrieren, der aus einem einarmigen Radfahrer und einem knatternden Trabant bestand. «So ein Bonbonpflaster bin ich überhaupt nicht mehr gewohnt», entschuldigte er sich.

Hartmut, die langen Beine im Fond quer ausgestreckt, schwieg vor sich hin. Er hatte noch immer seine Zweifel, ob Rainer der richtige Helfer für ihr gewagtes Unternehmen war. Aber hatte er eine Wahl? Seit dem vagen Nachtgespräch mit Carola war aus dem anfänglich beinahe harmlosen Geplänkel ein fester Entschluss geworden. Für Carola war der Besuch bei ihrer bescheuerten Familie das i-Tüpfelchen gewesen. Sie würden abhauen. Weg aus diesem engstirnigen Mief, der einem die Luft nahm, wo man sich vor einem Plumpsack wie diesem Norbert fürchten musste und einer wie ihr Vater sich als Intelligenzler fühlte.

Nachdem Rainer einmal eingeweiht war, gab es auch bezüglich der Mitwisser kein Zurück mehr. Hoffentlich quatschte der Kerl es nicht auf irgendwelchen maoistischen Versammlungen rum. Vielleicht war er ja auch Trotzkist oder was es da sonst noch für Abarten gab. Hartmut wusste nur, dass derlei Abweichungen im Osten als schlimmste Todsünden galten, schlimmer jedenfalls, als ein einfacher Klassengegner zu sein. Ihm selber hatte Maos Rote Bibel nur ein Achselzucken entlockt.

Rainers und seine Blicke trafen sich im Rückspiegel. Feige war der Kerl bestimmt nicht. Ein bisschen großmäulig vielleicht und reichlich überheblich - aber so waren die im Westen wahrscheinlich alle. Denen fuhr anscheinend nicht bei jeder Gelegenheit irgendein Naseweis übers Maul; seit 1968 heizten dort eher die Jungen den Alten ein. So stellte sich Hartmut eine Revolution vor, wenngleich ihm die studentischen Parolen eher ein müdes Lächeln entlockten. Die hatten vielleicht eine Ahnung vom realen Sozialismus! Obwohl der Dutschke ja selber aus Luckenwalde kam.

Hartmut war in Pensylvanien geboren, was bei Lehrern, Polizisten und anderen Genossen mindestens eine nachdrückliche Rückfrage, bei normalen Leuten ein eher wohlwollendes Staunen hervorrief. Er konnte es anhand seiner Geburtsurkunde beweisen, und die Hebamme war aus Saratoga herbeigeeilt. Sie hätte es auch aus Hampshire oder Ceylon, ja nicht einmal aus Sumatra oder Jamaika viel weiter gehabt. So hießen nun einmal die Häuseransammlungen der Kolonisten im südlichen Warthebruch zwischen Sonnenburg und Költschen. Hartmut unterließ es dennoch gerne, dem klangvollen Pensylvanien (mit nur einem n) den Kreis Oststernberg hinzuzufügen. Den gab es sowieso nicht mehr. Sternberg hieß seit 26 Jahren Torzym. Er war nie dort gewesen und erinnerte sich kaum an seinen Geburtsort, den er als Dreieinhalbjähriger in den kalten Dezembertagen 1944 verlassen hatte.

Aufgewachsen war er in Eichwalde und später zwei Jahre in Königs Wusterhausen zur Schule gegangen, wo sich noch immer ein ehemals königliches Jagdschloss befand. Von welchem Friedrich oder Wilhelm es stammte, wusste Hartmut nicht. Die beiden Jahre auf der dortigen Oberschule hatten ihm fürs Leben gereicht, obwohl ihn seine Mutter so gerne als den ersten Abiturienten in der Familie, die es eigentlich gar nicht gab, und als künftigen Akademiker gesehen hätte. Fachschulingenieur war zwar auch schon was, genügte jedoch den Ansprüchen der zur Neulehrerin ausgebildeten Landarbeiterwitwe nicht.

Neuerdings hatte sie sich mit einem undurchsichtigen Herrn Doktor zusammengetan, der vorgab, leitend in einem mysteriösen Institut in Zeuthen tätig zu sein, und daraus ableitete, auch den Sohn seiner neuen Lebensabschnittsgefährtin bevormunden zu müssen. Ein Grund mehr für Hartmut, Fluchtplanung und Paddeltraining zu intensivieren. Etwas Besseres als die Variante Ostsee war ihnen bis jetzt nicht eingefallen. Nur Carola hoffte, doch noch in Berlin eine Möglichkeit zu entdecken, kannte aber den Grenzverlauf auch nicht genau genug.

«Da ist alles dicht», behauptete Hartmut.

Rainer stimmte ihm zu. «Sonst wären längst welche auf die Idee gekommen ...»

Sie rollten jetzt durch Wildau, immer korrekt mit den zugelassenen fünfzig, an die sich Rainer ängstlich hielt wie beinahe jeder Westler. Bloß nicht auffallen und auch noch Strafe in West zahlen! Sie hatten beschlossen, der Landschaft und der Beschaulichkeit wegen über die F 179 gen Lübben zu fahren. Das trübe Wetter schränkte das Vergnügen ein.

«An was für eine Jahreszeit habt ihr denn überhaupt gedacht?», fragte Rainer.

Auch Carola wandte sich um und blickte Hartmut fragend an. Darüber waren sie sich noch nicht einig.

«Am besten wäre wahrscheinlich eine neblige Herbstnacht», sagte Hartmut.

«Da passen sie sicher am meisten auf», wandte Rainer ein. «Man muss immer das machen, was am wenigsten erwartet wird.»

So weit war Hartmut mit seinen Überlegungen auch schon gewesen. Ihm war nur nichts eingefallen, was die Wachsamkeit der Grenzer einschläfern könnte. Während seiner anderthalb Jahre bei der Armee hatte es keinen Tag gegeben, an dem nicht irgendeine besondere politische Situation bestanden hätte und demzufolge nicht mit dem plötzlichen Ansturm der aggressiven Nato-Armeen zu rechnen gewesen wäre. Vor und nach den Staatsfeiertagen, anlässlich von Parteitagen oder sonstigen Höhepunkten, vor allem aber um den 17. Juni herum, während irgendwelcher Nato-Manöver, Bundestagssitzungen in Berlin oder anderer auffälliger Ereignisse im Nachbarland bestanden Urlaubssperre und erhöhte Gefechtsbereitschaft. Da blieb kaum eine Lücke.

«Wir wissen ja nicht mal, wo wir starten wollen», sagte Carola. «Von wo sind eigentlich die Kühns los?»

Es missfiel Hartmut, dass sie den Namen nannte. Er hatte für sich beschlossen, sich im Fall Kühn besser nicht zu regen. Vielleicht war ja auch die Post abgefangen worden.

«Vom Darß aus», sagte er nur. «Seid bloß vorsichtig mit euren Äußerungen.» Und an Rainer gewandt: «Diese Fluchthilfeorganisationen bei euch sind alle von der Stasi unterwandert.»

Rainer warf einen schnellen Blick nach hinten. «Meinst du wirklich?»

«Da kannst du ganz sicher sein.»

«Okay. Aber eine günstige Startposition ist natürlich wichtig. An der Lübecker Bucht passen sie wahrscheinlich am besten auf.»

Hartmut ärgerte es, dass der andere das zu wissen glaubte. «Das müssen wir alles noch erkunden. Bis jetzt habe ich nur herausgefunden, dass es von der gesamten Ostseeküste keine wirklich genauen Karten gibt.»

Rainer hob die Hände vom Lenkrad. «Das dürfte das geringste Problem sein. So was kann man bei uns alles kaufen oder kopieren. Sogar die alten Messtischblätter aus der NS-Zeit.»

Hartmut war skeptisch. «Und die willst du mitbringen?»

«Na klar!», sagte Rainer, aber mulmig wurde ihm doch, als er daran dachte, dass ihn die Grenzer schon mal die Türverkleidung seines Wagens hatten abbauen lassen. «Ich werde schon ein Versteck finden», versicherte er trotzdem. «Es gibt auch richtige Seekarten mit allen Angaben. Ihr müsst euch nur was einfallen lassen, wie ihr die Richtung haltet. Da braucht man mindestens einen guten Kompass, und in so einem Faltboot ...»

Carola unterbrach ihn. «Zuerst brauchen wir mal ein Faltboot!», stellte sie fest. Das war augenblicklich einer der Schwachpunkte ihrer Planung.

«Im Winter gibt's vielleicht eher welche», meinte Hartmut hoffnungsvoll. Im Augenblick gab es jedenfalls keine. Und wenn er an seine *Early Bird* dachte, wurde ihm beinahe schlecht. Dass der Kahn nach einer ersten großen Liebe kurzzeitig *Eva* geheißen hatte, spielte dabei die geringste Rolle. Das Boot war einfach seine erste größere Anschaffung gewesen, die ihn drei seiner damaligen Gehälter gekostet hatte. Glücklicherweise verdiente er ein bisschen was mit seiner Musik. Und das war der nächste Schrecken, der vor ihm lag: Er musste sich nicht nur von der *Bird*, sondern auch von seinem Bass trennen. Und – beinahe ebenso schlimm – von der Schallplattensammlung. Die war für westliche Verhältnisse eher bescheiden, obwohl ein halbes Ost-Vermögen darin steckte. Das meiste davon würde sich im Westen ohne Schwierigkeiten wiederbeschaffen lassen. Ob er hingegen ein bezahlbares, gut klingendes Instrument auftreiben würde, stand in den Sternen. Eine Band zu finden war sicher leichter.

Eine Zeitlang hatte er die Illusion genährt, die Jolly Stompers, bei denen er den Bass zupfte und manchmal auch sang, würden einmal erfolgreich genug sein, um im Ausland spielen zu dürfen. Es blieb ein Traum. Bis jetzt hatte es nicht mal für das Dresdener Dixieland-Festival gereicht. An Hartmut lag es gewiss nicht.

Inzwischen hatten sie Märkisch Buchholz durchfahren. Die Straße zog sich durch ein großes Waldgebiet. Hin und wieder parkte ein Trabant in einem Waldweg.

«Pilzsucher», erläuterte Hartmut.

«Tatsächlich? Auf die Idee würde bei uns gar keiner kommen.»

«Wo denn auch?», fragte Carola. «Im Grunewald tretet ihr euch vermutlich am Wochenende gegenseitig tot.»

«Keine Ahnung. Ich bin am Wochenende meistens mit dem Motorboot draußen.»

Hartmut wurde hellhörig. Bis jetzt hatte er geglaubt, Rainers Hilfe allenfalls für die logistische Vorbereitung und später für die erste Phase der Eingewöhnung nutzen zu können. Motorboot aber klang ausgesprochen verheißungsvoll. «Wie groß und wie schnell ist denn der Kutter?», fragte er.

Rainer winkte ab. «Nichts, um eure Grenzer damit abzuhängen. Eher so eine kleine Familiengondel.» Er blickte sich zu Hartmut um. «Außerdem nicht seetüchtig, wenn du das meinst.»

«Schade.»

«Klar. Sonst würde ich euch auf der Ostsee damit entgegenkommen ...» Er schwieg. Ihm war ein Gedanke gekommen, den er besser nicht aussprach.

Doch Carola hatte schon begriffen und erkundigte sich arglos: «Lässt sich nicht irgendwo ein seetüchtiges Motorboot auftreiben?»

Rainer sah sie von der Seite an, wie sie da in ihrem Sitz lehnte, die ansehnlichen Beine bequem ausgestreckt, die Knie durch keinen zu langen Rock verdeckt, die dünne Bluse unter der leichten Jacke ziemlich weit offen stehend. Dieser Hartmut war ein ausgemachter Glückspilz. Wie sollte man zu einer solchen Frau einfach nein sagen, selbst wenn es die eigene Cousine war? Es war nicht zu leugnen, dass Rainer noch immer für sie schwärmte, mochte sie auch einen halben Kopf größer sein als er. Ganz was anderes als Martina. An die dachte er am wenigsten in diesem Moment, als er die Hand auf Carolas nacktes Knie legte und feierlich erklärte: *«I'll do my very best!»*

«Du», sagte Hartmut von hinten, «das ist hier kein neunzigster Geburtstag, sondern leider eine todernste Angelegenheit. Wenn du so was versprichst, dann müssen wir uns auch hundertprozentig darauf verlassen können.»

Das hatte er nun davon! Andererseits gefiel ihm der Gedanke, ganz persönlich den Retter auf hoher See zu spielen, nicht einmal schlecht. Eine gewisse Presse würde sich der Sache gewiss gerne annehmen, und ein besonders hohes Risiko ging er eigentlich auch nicht ein, solange er die westdeutschen, dänischen oder internationalen Gewässer nicht verließ.

«Kein Problem!», sagte er. «In Dänemark kann ich jederzeit ein Boot mieten. Wenn wir uns das nächste Mal treffen, bringe ich die Karten mit, und wir legen eure Route fest. Einverstanden?»

Carola gab ihm einen feuchten Kuss auf die Wange. «Du bist ein Schatz!»

«Für dich immer ...» Rainer war so angetörnt, dass er in Leibsch beinahe die Abzweigung in den Unterspreewald verpasst hätte.

SECHS

Juli 1972

DIE FREIE UNIVERSITÄT draußen in Dahlem war ein echtes Kind West-Berlins und eines seiner wichtigsten Symbole. Sie stand für die Freiheit von Lehre und Forschung und für den Widerstand gegen das kommunistische Terrorregime. Unvergessen waren die Zeiten, in denen junge Männer und Frauen, mit Schlapphüten und Kopftüchern verkleidet, in der alten Friedrich-Wilhelms-Universität Unter den Linden den Aufstand gegen die kommunistischen Herren geprobt hatten. Die einen waren nach Bautzen gekommen, die anderen hatten im Winter 1948 in West-Berlin die FU gegründet. *Es geht um die Errichtung einer freien Universität, die der Wahrheit um ihrer selbst dient. Jeder Studierende soll wissen, dass er sich dort im Sinne echter Demokratie frei zur Persönlichkeit entfalten kann und nicht zum Objekt einseitiger Propaganda wird.*

Nun, mit der studentischen Protestbewegung, für die sich das Kürzel «die 68er» durchsetzen sollte, mit den dauernden Sit-ins und Streiks und den höhnischen Attacken auf die Professoren – «Unter den Talaren der Muff von tausend Jahren» – hatte die FU jedoch bei ehrbaren Bürgern und insbesondere den Wählern der CDU viel an Kredit verloren und galt als ideologisch verbohrte rote Kaderschmiede. Doch allmählich normalisierte sich das Leben auf dem Campus wieder.

Rainer Erkenbrecher parkte seinen Wagen in der Nähe des Henry-Ford-Baus und holte die Marx-Engels-Bände, die ihm Carola in der DDR besorgt hatte, aus dem Kofferraum. Mit ihnen unterm Arm lief er die Garystraße hinunter zum langgestreckten Bau des OSI, der zwischen der Ihnestraße und dem U-Bahn-Graben gelegen war. Vom Trubel des Sommersemesters war nichts mehr zu spüren, wie ausgestorben lag der Campus im milden Schein der Morgensonne. Gediegen, ja nobel war die Ruhe hier draußen im alten Villenviertel, und er hatte das Gefühl, irgendwo auf dem Gelände einer amerikanischen Oststaaten-Uni zu sein, in Massachusetts vielleicht, Vermont oder Maryland. Er wollte erst nach der Olympiade im September nach Griechenland reisen und die Zeit vorher nutzen, um mit seiner Dissertation voranzukommen. Diese hatte das Reichsbanner Schwarz-Rot-Gold zum Thema und wurde noch von Otto Stammer betreut. Der war zwar schon seit Jahren emeritiert, hatte sich aber gern bereit erklärt, als Doktorvater zur Verfügung zu stehen – aus Interesse am Thema, aber auch, weil ihm das Wohl seiner Studenten am Herzen lag. Außerdem zählte Ernest Erkenbrecher zu seinem weiteren Freundeskreis.

Nur noch eine rote Fahne wehte an der Fensterfront, von einem Kollegen aus einem roten Bettbezug gefertigt.

Erkenbrecher betrat sein Büro und freute sich, alles leer und verlassen zu vorzufinden. So lieb und nett die anderen Assistenten und die Professoren auch waren – traf man sich, wurde stundenlang über alles und jedes geredet, denn der Diskurs galt, seit Jürgen Habermas auf den Plan getreten war, als heilige Sache. Man lernte viel dabei und entwickelte seine rhetorischen Fähigkeiten ganz ungemein, nur zum Arbeiten kam man nicht. Nun war es zwar bei den Geisteswissenschaftlern der FU Berlin sehr unwahrscheinlich, dass eine Diplomarbeit oder eine Dissertation schlechter als mit einer Zwei benotet wurde, aber trotzdem musste sie erst einmal geschrieben und abgegeben werden.

Erkenbrecher drapierte die Marx-Engels-Bände in vorderster Reihe auf Augenhöhe auf seinem Bücherregal, so dass sie allen sofort ins Auge fallen mussten. Sie am OSI zu präsentieren war essentiell, und Zützer spottete immer, was für den Christen die Bibel und den Moslem der Koran, sei für den westdeutschen Politologen die MEGA, die Marx-Engels-Gesamtausgabe.

Die Bilder ihrer Spreewaldtour zogen vor seinem inneren Auge vorüber, und Erkenbrecher verfluchte sich dafür, nicht dezidiert nein gesagt zu haben. Ihn grauste es davor, nachts allein mit einem Motorboot über die Ostsee zu fahren. Er schimpfte leise vor sich hin, denn das ganze Unternehmen lenkte ihn ab, und er kam nicht zum Arbeiten.

Um zwölf Uhr war er mit Otto Stammer verabredet, und bis dahin wollte er noch viel geschafft haben. Doch kaum hatte sich Erkenbrecher in die erste Monographie zum Thema vertieft, schrillte das Telefon. Es war sein Doktorvater, der ihm mitteilte, dass es ihm heute nicht gutgehe und sie ihr Treffen in seine Wohnung verlegen müssten.

Also machte sich Erkenbrecher zwanzig Minuten vor zwölf auf nach Wilmersdorf in die Markobrunner Straße, die gleich hinter dem Breitenbachplatz ihren Anfang nahm. Das war von der FU aus mit dem Wagen ein Katzensprung.

Als er vor dem unauffälligen Neubaublock angekommen war, staunte Erkenbrecher, dass ein Mann wie Otto Stammer so bescheiden lebte. Stammer war 1900 in Leipzig auf die Welt gekommen, hatte dort auch studiert und 1924 mit einer Dissertation *Der Staat bei Karl Marx und Friedrich Engels* zum Dr. phil. promoviert. Zunächst arbeitete er als Journalist und in der Erwachsenenpädagogik, bis er 1932 das Bildungssekretariat des SPD-Bezirks Mittelschlesien übernahm. Er hatte einen Sitz im Reichstag bereits vor Augen, doch nach der Machtübernahme der Nationalsozialisten 1933 war seine Karriere erst einmal zu Ende. Er wurde vorübergehend inhaftiert und musste sich dann als Arbeitsloser und als Angestellter in der pharmazeutischen Industrie durchs Leben schlagen. Nach Kriegsende war er zunächst als Redakteur und Dozent in Leipzig tätig, ging dann aber in den Westen und habilitierte 1949 an der FU Berlin, wo er 1954 zum Ordentlichen Professor für Soziologie und Politische Wissenschaft berufen wurde. Von 1959 bis 1963 war er Vorsitzender der Deutschen Gesellschaft für Soziologie.

Als Erkenbrecher oben vor der Wohnungstür stand und klingelte, ging ihm unwillkürlich ein Vers aus dem *Faust* durch den Kopf: *Ich bin allhier erst kurze Zeit, / Und komme voll Ergebenheit, / Einen Mann zu sprechen und zu kennen, / Den alle mir mit Ehrfurcht nennen.* Mochte die Verehrung für seinen Doktorvater auch ziemlich anachronistisch sein und sein Freund Günther Zützer noch so sehr darüber lästern, er bekannte sich zu ihr.

Otto Stammer öffnete ihm und begrüßte ihn herzlich. Man merkte Stammer an, dass er es sich aus Überzeugung zur Lebensaufgabe gemacht hatte, junge Menschen zu fördern. Martha, seine Frau, hatte schon Kaffee gekocht, und so konnten sie sich bald an die Arbeit machen.

«Wie Sie Ihre Dissertation angelegt haben, gefällt mir», sagte Stammer, nachdem er eine Weile in seinen Unterlagen geblättert hatte. «Erstens: Aufbau und Gliederung, zweitens: Der Kampf um die Republik 1930–33, drittens: Reichsbanner-Mitglieder im Widerstand. Sehr schön. Aber vielleicht sollten Sie noch ein Kapitel einbauen, das sozusagen etwas Literarisches ist, ich meine damit, dass Sie die Biographien einiger prominenter Reichsbanner-Mitglieder schildern sollten, ihren Kampf gegen das NS-Regime, ihren Alltag. Nehmen Sie bei der SPD Otto Braun, Wilhelm Hoegner, Waldemar von Knoeringen, Heinz Kühn, Julius Leber, Paul Löbe, Philipp Scheidemann, Otto Wels, Kurt Schumacher oder Georg August Zinn, von der Deutschen Demokratischen Partei Thomas Dehler, Theodor Heuss, Otto Nuschke oder Ernst Lemmer und vom Zentrum Heinrich Krone. Nach dem Krieg ist ja aus allen etwas geworden. Aber greifen Sie sich auch einzelne Arbeiter und Angestellte heraus, die im Reichsbanner für die Republik gekämpft und gelitten haben. Als Sozialwissenschaftler müssen wir die große abstrakte Geschichte als Konglomerat kleiner persönlicher Geschichten verstehen lernen. Die sind das Fleisch, das an den Knochen gehört.»

Erkenbrecher bedankte sich und machte sich gleich auf den Weg zur Gedenkstätte Deutscher Widerstand in der Stauffenbergstraße, um zu sehen, was man dort an Material gesammelt hatte.

Weit kam er dort nicht, denn um siebzehn Uhr war er mit Martina verabredet. Einmal in der Woche spielten sie Tennis am Flinsberger Platz. Was sein musste, das musste halt sein.

Martina Grabow stand auf dem Tennisplatz und wartete auf Rainer Erkenbrecher. Er kam aus Prinzip immer zu spät, weil er Pünktlichkeit für eine Charakterschwäche hielt. Nur Kleingeister waren pünktlich. In ihren Augen war es genau umgekehrt.

Während sie alleine Aufschläge übte, ging ihr Blick hinüber zum expressionistischen Bau der Kreuzkirche am Hohenzollerndamm, der außen verblendet war mit Oldenburger Eisenklinker. Lange hatte sie davon geträumt, einmal als Braut ganz in weiß durch den Portalvorbau zu schreiten, der mit seiner blauglasierten Keramik und seinen Pagoden an Ostasien erinnern sollte.

Hatte ... Denn inzwischen wusste sie nicht mehr so genau, ob sie das wirklich träumen sollte. Zwischen ihr und Rainer lagen Welten. Im Feuer der ersten Monate war das nicht sehr ins Gewicht gefallen, nun aber, da ihr Sex langsam Routine wurde, war nicht mehr zu übersehen, dass sie nur schlecht zueinander passten. Sie liebte das gemächliche Leben, während es für ihn gar nicht turbulent genug sein konnte. Wie sollte das auf Dauer gutgehen? Andererseits: Einen Mann mit so großen Karrierechancen fand sie so schnell nicht wieder, und eines Tages war er womöglich Senatsdirektor, Stadtrat und Senator. Die Villa im Grünen wäre ihr sicher, wenn sie an seiner Seite lebte, und er dann als Manager in die Wirtschaft oder zur Bundesbahn ginge, konnten sie sich sogar ein Häuschen in der Toskana leisten.

Da kam er und entschuldigte sich wortreich. In der Gedenkstätte Deutscher Widerstand hätte es länger gedauert als vorausberechnet, und dass er ihr Zeit gelassen habe, Aufschläge zu üben, sei ja etwas Positives. «Los, fangen wir an! Gleich mit einem Match. Ich muss bei dir ins Einzelfeld treffen, du kannst bei mir das Doppelfeld nutzen.»

Trotz dieser Vorgabe schaffte sie es kaum, einen Punkt zu machen. Sie war einfach zu langsam und nicht pfiffig genug. Keinen seiner raffinierten Stoppbälle erreichte sie, und auch seinen Lobs lief sie hoffnungslos hinterher. Es wurmte sie mächtig, dass er sie derart vorführte. War es denn so schwer für ihn, sie auch einmal gewinnen zu lassen?

Nach dem Match, das sie 2:6, 0:6 und 4:6 verloren hatte, gingen sie zum Italiener. Während sie auf das Essen warteten, sprachen sie über seinen Ausflug in den Spreewald und die Ost-Verwandten.

«Nach dem, was du erzählst, habe ich beinahe das Gefühl, deine Cousine und ihr Hartmut wollen in den Westen ...» Es war eine Vermutung.

Erkenbrecher zuckte mit den Schultern. «Was weiß ich ... Millionen von DDR-Bürgern träumen davon, in den Westen zu gehen.»

«Du traust mir nicht?»

Er lenkte ab und berlinerte: «Ick bin keen Standesbeamta, ick kann dir ja nich trauen.»

Es kränkte sie, dass er kein Vertrauen zu ihr hatte. «Ist mir auch egal, aber ich kann nicht verstehen, dass einer aus der DDR weg will. Da tun sie eine Menge für die Kinder, und jeder hat seine Sicherheit.»

«Ja, seine Staatssicherheit», brummte Erkenbrecher.

Martina Grabow war eine durch und durch biedermeierliche und gänzlich unpolitische Person. Die DDR erschien ihr als durchaus lebenswerter Staat. So widersprach sie Erkenbrecher: «Du, wer sich hier im Westen gegen unser System auflehnt, der wird auch nicht gerade hofiert.» Das bezog sich auf den Radikalenerlass, den die Bundesregierung im Januar beschlossen hatte und der bei bestimmten politischen Betätigungen ein Berufsverbot für Beamte und Angestellte des öffentlichen Dienstes zur Folge hatte.

Erkenbrecher grinste, als er ihr mit der Plattitüde aus dem Volke kam: «Dann geh doch rüber!»

«Mach ich auch, wenn wir beide nicht ...» Weiter kam sie nicht, denn der Ober war neben ihnen aufgetaucht, um ihre Bestellung aufzunehmen.

Nachdem er wieder abgezogen war, wechselte Erkenbrecher das Thema und kam auf die neueste Serie aus den USA zu sprechen, *Raumschiff Enterprise.*

Sie schwärmte von Captain Kirk.

«Ich liebe Mr. Spock», erklärte Erkenbrecher, «den Halbvulkanier mit seinen spitzen Ohren. Wenn ich mal homoerotisch werde, dann will ich nur ihn.»

«Ich denke, du willst Angela Davis?» Die Bürgerrechtlerin und Kommunistin aus den USA war gerade vom Mordverdacht freigesprochen worden.

Erkenbrecher lachte. «Die auch, bi ist ja in.»

«Hoffentlich findest du dazwischen noch mal Zeit, mich zu heiraten.» Es trieb sie, dieses Thema zur Sprache zu bringen. Irgendwann musste die Entscheidung fallen.

«Wenn ich mit meiner Dissertation fertig bin.»

«Ja», höhnte sie. «Und nach der Dissertation ist es dann die Habililation.»

«Was ist denn das: eine Habililation?»

Da verlor sie jede Selbstbeherrschung, sprang auf, zerknüllte ihre Serviette und warf sie ihm auf den Teller. «Steck dir doch deine ganzen Titel und Ehren sonst wohin!»

Damit stürzte sie aus dem Restaurant.

Ernest Erkenbrecher hatte die Ehre und das Vergnügen, die Vernissage in der Leibnizstraße zu eröffnen. Alles, was in der Berliner Kulturszene Rang und Namen hatte, war gekommen, denn der SFB wollte in seiner *Abendschau* etwas bringen, und auch der Regierende Bürgermeister hatte versprochen, im Laufe des Abends vorbeizuschauen, denn Damian Schwaderlapp war mächtig im Kommen, und sein Zyklus *Eskapismus Indien* hatte alle Chancen, das Feuilleton der Republik in helles Entzücken zu versetzen.

Um auch von allen gesehen und gehört zu werden, stieg Ernest Erkenbrecher auf einen Stuhl. Tagelang hatte er an seiner Rede gefeilt und sie schließlich auswendig gelernt. Seine ganz besondere Kunst bestand nun darin, alle glauben zu machen, er hätte nichts vorbereitet und sei ein Meister der Improvisation. Festredner, die alles vom Manuskript ablasen, konnten seines Spottes sicher sein. Ihn selbst sah man nie mit einem Papier am Rednerpult. Nachdem er alle begrüßt und mit seiner wohltönenden Stimme eingewickelt hatte, wie Zützer das nannte, brannte er nun ein Feuerwerk der Gesellschaftsanalyse ab. Der Kameramann konzentrierte sich auf ihn.

«Damian Schwaderlapp hält uns in seinen einzigartigen Bildern einen Spiegel vor: Wie ich zum Willkürgott meiner selbst werde, wie meine Einzigkeit der romantisch verzauberte Zufall meiner Entscheidungen wird. Wir haben es in unserer Zeit mit dem modernen Paradoxon der kopierbaren Individualität zu tun. Um anders zu sein als die anderen, kopiere ich die Andersartigen und merke gar nicht, dass das, was ich für eine Maßanfertigung halte, auch nur Massenware ist. Die Konformität wird als Abweichung begriffen. Die Selbstverwirklichung wird zur Autosuggestion, das Selbst entsteht als dramatischer Effekt des Alltagstheaters. Das große Heilsversprechen der Individualität und der Selbstverwirklichung besteht darin, uns die Flucht aus der Wirklichkeit zu ermöglichen. Das alles zeigt uns Damian Schwaderlapp in seinen Bildern. Jeder konstruiert sich seine eigene Wichtigkeit, fremde Größe wird nicht mehr anerkannt. Ich bin unverwechselbar ich, und mag jemand noch so viele Goldmedaillen und Nobelpreise einheimsen, er ist ein Nichts gegen mich, denn meine 4,51 Meter im Weitsprung sind mehr wert als seine 8,90 Meter, weil sie mir mehr wert sind, und ich alleine bin es, der für mich zählt. Ich und kein anderer konstruiert meine eigene Wichtigkeit. Mein Leben inszeniert sich selbst und erfindet meine Identität. Ich bin der Größte, und mir kann keiner was. Sehen Sie sich dieses Bild da drüben an: *Der Schraubenverkäufer*. Wie der Mann mit seinem IQ von bestenfalls neunzig den hochverehrten wie hochgelehrten Literaturprofessor, der nicht weiß, was ein Innenkopf-Kubusschlüssel ist, als Deppen dastehen lässt – das, lieber Damian Schwaderlapp, ist so meisterhaft eingefangen, dass ich Ihnen, könnte ich, wie ich wollte, noch an diesem Abend alle Kultur- und Kunstpreise dieser Welt überreichen würde.»

So ging es noch ein Weilchen weiter, und alle berauschten sich an Ernest Erkenbrecher. Wer ihn verstand, wusste, dass er zur deutschen Elite gehörte, und genau das war es, was man wollte.

Sein Sohn Rainer verstand nicht viel von Kunst, und Schwaderlapps Bilder waren für ihn nichts anderes als kindliche Schmierereien, aber er sah keinen Grund, bei diesem Spielchen der oberen Zehntausend nicht mitzumachen. Wenn sie in dem fürchterlichen Farbgemansche indische Götter und Sagengestalten wie Aditi, Vishnu und Vishvakarma zu erkennen glaubten, dann war das ihre Sache, seit Andersens *Des Kaisers neue Kleider* wusste man ja, wie diese Mechanismen funktionierten.

Er quetschte sich durch die Menge auf der Suche nach jemandem, mit dem sich heiter plaudern ließ. Die Kamera erfasste ihn. Er fluchte leise vor sich hin, denn die *Berliner Abendschau* galt als spießbürgerlich und verstaubt, und wenn ihn jemand vom Institut auf dem Bildschirm sah, wurde er wieder kritisiert und verspottet. Er hatte schon an der Last seines sozialdemokratischen Vaters schwer zu tragen.

Ah, ganz hinten in der Nähe des kalten Büfetts stand Dr. Gutbier, ein Senatsdirigent. «Dirigiert der den Senat?», hatte ihn einmal ein Student gefragt, der besonders witzig sein wollte, aber das war keine Scherzfrage, sondern wurde bei Soziologen und Politologen heiß diskutiert. Die herrschende Lehrmeinung war, dass die Beamten, wenn sie äußerst sachkundig waren, alle Tricks beherrschten und oft jahrzehntelang im Amt waren, ihre Senatoren, die andauernd wechselten und oft ahnungslos waren, fest im Griff hatten und sie nach ihrem Willen wie Marionetten tanzen ließen.

Dr. Bernhard Gutbier war solch ein Stratege, und da er es zudem von der Körperfülle her mühelos mit Schwergewichten wie Emil Jannings und Heinrich George hätte aufnehmen können, verfügte er über eine gewaltige Durchsetzungskraft. Zudem war er ein Trinker vor dem Herrn, und sogar die Sowjets hatten Respekt vor ihm. Selbstverständlich kam Dr. Gutbier von der SPD, wie in diesen Zeiten in West-Berlin alles von der SPD kam. Bei den letzten Wahlen hatte man mit 50,6 Prozent die absolute Mehrheit verteidigt, und im Senat saßen nur Genossen, angeführt vom Regierenden Bürgermeister Klaus Schütz.

Von den Senatoren schätzte Erkenbrecher ganz besonders Werner Stein, dessen *Kulturfahrplan*, eine Art *Ploetz*, in jedem Bücherschrank stand, während er Kurt Neubauer, Senator für Inneres, und Rolf Schwedler, Senator für Bau- und Wohnungswesen, für fürchterliche Dumpfmeier hielt. Gleichviel, wenn er in Berlin Karriere machen wollte, musste er SPD-Mann sein. Aber eingetreten war er 1969 nur, weil Willy Brandt ihn mitgerissen hatte. Ihn verehrte Erkenbrecher, und wenn er in seinen Lehrveranstaltungen auf Max Webers Kategorie des Charismas zu sprechen kam, dann verwies er stets auf Willy Brandt: «Das ist ein Mann mit Charisma!»

Als Rainer Erkenbrecher bei Dr. Gutbier angekommen war, leerte der schon sein drittes Glas, schimpfte aber, dass der Sekt so dünn sei und eigentlich nicht als alkoholisches Getränk geführt werden dürfe.

Auch Erkenbrecher begann zu schimpfen: «Dass unsere Partei den *Telegraf* und die *Nachtdepesche* eingestellt hat, ist ja nun eine Sache aus dem Tollhaus!» Er klatschte sich mit der flachen Hand gegen die Stirn. «Soll nun die Springer-Presse den Leuten die Politik der SPD verkaufen? Das wird sich noch einmal bitter rächen.»

«Wirtschaftliche Notwendigkeiten sind eben wirtschaftliche Notwendigkeiten», sagte Dr. Gutbier, der von Hause aus Jurist war. «Woher nehmen und nicht stehlen?»

«Man hätte die beiden Blätter auch ein wenig aufmotzen können, damit mehr Leute sie kaufen.»

Jetzt kam Ernest Erkenbrecher zu ihnen und begann ebenfalls zu meckern, immer nach der Devise «Wer am meisten jammert, fühlt sich oft am wohlsten». «Mensch, Bernhard, da stellen wir nun mit Georg Leber den Bundespostminister, und was macht der? Er erhöht die Preise.» Ab dem 1. Juli war das Porto für den Standardbrief von zwanzig auf dreißig Pfennig gestiegen und das für eine Postkarte von acht auf fünfzehn Pfennig.

Dr. Gutbier lachte. «Bring du mal einen Brief für dreißig Pfennige von Berlin nach Konstanz.»

Ernest Erkenbrecher schrie auf, denn er hatte in diesem Augenblick bemerkt, dass Damian Schwaderlapp die Vernissage bereits verlassen wollte. Das musste unbedingt verhindert werden! Also eilte er zur Tür.

«Vielleicht will er noch die letzte Maschine nach Indien erreichen», sagte Dr. Gutbier.

«Eher die U-Bahn nach Rudow», vermutete Rainer Erkenbrecher. Er wusste, dass der Künstler am Uhrmacherweg zu Hause war, und vor einigen Tagen hatten sie das letzte Stück der Linie 7, das zwischen Zwickauer Damm und dem Endbahnhof Rudow, in Betrieb genommen. «Die Flucht nach Rudow also, nicht nach Indien.»

«Eskapismus ...» Dr. Gutbier hatte schon so viel Alkohol intus, dass er langsam philosophisch wurde. «Das Glück wohnt immer am anderen Ufer, und alles träumt davon zu flüchten. Die einen wollen aus der Bundesrepublik nach Indien, die anderen aus der DDR in die Bundesrepublik. Fürchterlich!»

Rainer Erkenbrecher kam ihm mit einem staatsrechtlichen Argument. «Per definitionem sind wir doch alle Deutsche, egal, ob wir in Leipzig oder München leben, und so ist es doch das gute Recht eines DDR-Deutschen, seinen Wohnsitz in, sagen wir, Berlin-West haben zu wollen.»

«Der soll gefälligst da bleiben, wo er ist!», sagte Dr.

Gutbier. «Wer soll denn die Verhältnisse in der DDR ändern, wenn alle, die das wollen und können, in den Westen abhauen? Und je mehr Flüchtlinge es gibt, umso mehr Ärger haben wir mit Moskau und mit Pankow. Jeder Tote an der Mauer oder auf der Ostsee konterkariert unsere Politik, die da lautet: Wandel durch Annäherung. Und wenn ich bei uns jemanden mit Vergnügen hinter Schloss und Riegel bringen würde, dann sind es die sogenannten Fluchthelfer.»

Zum Status eines Angehörigen der West-Berliner Elite gehörte es, neben einem eigenen Haus oder einer riesigen Wohnung in Kudammnähe und einem Wochenendhaus in Franken oder dem Wendland auch ein Boot zu besitzen, natürlich kein Paddel- oder Ruderboot, sondern eine Motor- oder Segelyacht.

Ernest Erkenbrecher hatte sich für ein Motorboot entschieden, und so konnte sein Sohn einen beträchtlichen Teil seiner Freizeit auf den West-Berliner Gewässern verbringen. Von denen behauptete man zwar, dass man auf ihnen bei der Unzahl von registrierten Sportbooten trockenen Fußes von Schildhorn nach Gatow gelangen konnte, doch so schlimm war es von Montag bis Donnerstag keineswegs. Erst am Freitagnachmittag wurde es voll, aber Rainer Erkenbrecher und Günther Zützer waren am Montag unterwegs, von Wannsee hoch nach Heiligensee und am Abend wieder zurück.

Das Kajütboot, in dem sie saßen, trug den Namen *SMS Brummer*, was Ernest Erkenbrecher für besonders witzig hielt, war doch die *SMS Brummer* eines jener kaiserlichen Kriegsschiffe gewesen, die sich am 21. Juni 1919 im schottischen Scapa Flow selbst versenkt hatten.

Sie hatten gegen vierzehn Uhr die Spandauer Schleuse passiert und fuhren nun an der Insel Eiswerder, an Hakenfelde, Tegelort und Konradshöhe vorbei die Havel hinauf. Backbord, also zu ihrer Linken beziehungsweise Richtung Westen, verlief, seit sie die Kolonie Erlengrund passiert hatten, die Grenze zwischen West-Berlin und der DDR in der Mitte des Flusses. Eine Reihe weißer Bojen markierte die Linie kilometerweit bis hinauf zum Nieder Neuendorfer See, und insbesondere auf Höhe des Ortskerns Alt-Heiligensee wurde es ziemlich eng, denn dort ragte eine Halbinsel weit hinein in die Havel und die Bucht vor Nieder Neuendorf.

Als sie die Enge überwunden hatten und auf den Nieder Neuendorfer See kamen, zeigte Zützer nach rechts. «Da drüben in Heiligensee im Fährhaus waren wir mal mit Martina Schlachtplatte essen.»

«Hör auf mit Martina!», rief Erkenbrecher. «Wir haben unser Schlachtfest gerade hinter uns.» Nach der Szene auf dem Tennisplatz hatte es gestern am Telefon ein weiteres heftiges Gefecht gegeben.

«Ist es nun aus?», wollte Zützer wissen.

«Scheint fast so ...» Erkenbrecher brach ab, denn vom Steg des Restaurants Dannenberg kam ihnen ein Ausflugsschiff entgegen, und er musste nach steuerbord ausweichen.

«Keine Panik», sagte Zützer, «das ist ja kein Dampfer aus der DDR.» Das war eine Anspielung auf die Flucht in den Westen mittels eines Fahrgastschiffes der «Weißen Flotte». Die lag nun schon zehn Jahre zurück, war aber allen West-Berlinern noch frisch im Gedächtnis ...

Am Morgen des 8. Juni 1962 entführten dreizehn junge Ost-Berliner, die noch dazu ein Baby bei sich hatten, den Ausflugsdampfer *Friedrich Wolf*, nachdem sie den Kapitän und den Maschinisten unter Alkohol gesetzt und unter Deck eingesperrt hatten. Die West-Berliner Polizei war von einem Freund der Gruppe über den Fluchtversuch unterrichtet worden und lag mit einem Einsatzkommando bereit. Es war 5.05 Uhr. Das Schiff näherte sich von Treptow her auf der Ost-Berliner Seite der Spree der Oberbaumbrücke. Am rechten Ufer, vor der Stralauer Allee, stand die Mauer, links lag das Ost-Berliner Gewerbegebiet zwischen Spree und Puschkinallee. Etwas weiter backbord lagen der Flutgraben mit der Lohmühleninsel und der Landwehrkanal mit der Oberschleuse, die bereits zu West-Berlin gehörten. Dorthin wollten die Republikflüchtlinge. Urplötzlich drehten sie bei und hielten mit voller Kraft Kurs auf das westliche Ufer. Drei DDR-Grenzboote verfolgten sie und nahmen den Dampfer unter Beschuss. 135 Kugeln wurden aus allen Richtungen abgefeuert, zwölf davon schlugen im Westen ein. Im Kugelhagel krachte die *Friedrich Wolf* gegen das westliche Bollwerk. Unter dem Feuerschutz der West-Berliner Polizei sprangen die Flüchtlinge ans rettende Ufer.

«Von da ab wurden alle Ost-Berliner Fahrgastschiffe nachts bewacht», sagte Erkenbrecher, «und die Steuerräder mussten abgeschraubt und bei der Betriebsaufsicht hinterlegt werden.»

Zützer lachte. «Dennoch war das Ganze ein Sieg des Sozialismus, denn der Kapitän und sein Maschinist sind auf eigenen Wunsch mit ihrem Dampfer nach Ost-Berlin zurückgekehrt.»

Die Erinnerung an dieses Ereignis und die Fahrt an der Grenze entlang ließ Erkenbrecher immer wieder an die Fluchtpläne seiner Cousine denken, doch er erwähnte sie, ganz wie sie es vereinbart hatten, Zützer gegenüber mit keinem Wort. Und er hätte sie dem Freund auch weiterhin verschwiegen, wenn ihnen nicht in dieser Sekunde ein Faltboot aufgefallen wäre, das langsam, aber unaufhaltsam über die Grenze zu treiben drohte. An Bord entdeckten sie ein junges Paar, das sich lang ausgestreckt hatte, in der Sonne schmorte und ganz in sich und seine Liebe versunken war. Gerade waren sie gegen eine der weißen Bojen geschrammt, die beide Welten voneinander trennten, und trieben nun, den Wind im Rücken, in die DDR hinein. Aus dem Schilfgürtel vor dem VEB Lokomotivbau Hennigsdorf und den Elektrotechnischen Werken Hans Beimler löste sich schon ein graues Patrouillenboot.

Erkenbrecher und Zützer schrien aus Leibeskräften: «Aufpassen! Umdrehen und in den Westen zurück! Die Grenzer kommen schon!»

Doch die beiden jungen Leute, offensichtlich keine eingeborenen West-Berliner, sondern von irgendwoher gerade in die Stadt gekommen und unwissend, was die Grenzziehung und die Usancen des Ostens betraf, reagierten erst viel zu langsam und dann so panisch, dass dem Mann, der hinten saß, beim schnellen Hochfahren das Paddel, das auf dem Süllrand gelegen hatte, ins Wasser fiel. Sie hatte ihres auseinandergenommen und musste erst im Bootsinneren danach suchen.

Zützer griff ins Steuer, um es herumzureißen. «Wir müssen sie in den Westen schleppen. Los, fahr hin, und wirf ihnen eine Leine zu!»

«Kommt nicht in Frage!» Erkenbrecher wollte den Freund zur Seite stoßen, doch Zützer war stärker als er. Da bückte er sich und zog den Zündschlüssel ab. Der Motor verstummte augenblicklich, und Erkenbrecher packte sein Stechpaddel, um die *SMS Brummer* zurück in West-Berliner Gewässer zu lenken. Ehe Zützer reagieren konnte, war das Boot der Grenzer heran, und sie mussten mit ansehen, wie die beiden Paddler als Grenzverletzer festgenommen und in die DDR verbracht wurden.

Zützer war fassungslos. «Sag mal, hast du nicht mehr alle!»

Erkenbrecher wusste, dass er sein Verhalten rechtfertigen musste, und das konnte ihm nur gelingen, wenn er die Wahrheit sagte. «Tut mir leid, ich konnte nicht anders ...»

«Wieso konntest du nicht anders?»

«Weil ich bei den DDR-Leuten nicht auf der Fahndungsliste stehen darf! Nicht meinetwegen, sondern weil wir ...» Er zögerte noch ein paar Sekunden, dann erzählte er Zützer, was Carola, ihr Verlobter und er sich ausgedacht hatten.

SIEBEN
Juli 1972

DER FRÜHE MORGEN versprach einen heißen Sommertag. Eine Aussicht, die Carola schon beim Herausrollen der *Early Bird* aus dem Bootsschuppen aufstöhnen ließ. Sie kannte das zur Genüge: Hartes Training musste sein. Darauf bestand Hartmut so unerbittlich wie einst ihr Trainer beim Schwimmen. Nur hatte sie den nicht geliebt und der sie noch weniger, was ihn nicht von gelegentlichen Handgreiflichkeiten abgehalten hatte. Carola dachte mit Schaudern daran zurück.

Sie ließen das Boot am Steg zu Wasser. Nebenan machte einer seine Segeljolle startklar, am anderen Steg kletterten zwei Ungeschickte in ein gefährlich kippelndes Faltboot. Carola beobachtete es mit Misstrauen. Sie hatte noch nie in so einem Ding gesessen. Und damit über die Ostsee? Noch hatten sie nicht mal eines, und ein bisschen wehmütig blickte sie auf Hartmuts schmucken Stolz. Erst im Frühjahr hatten sie den schlanken Mahagoni-Rumpf sorgfältig abgeschliffen, kalfatert und lackiert.

Bodo Schmidt, der Besitzer der ganzen Anlage, stelzte mit weißer Kapitänsmütze auf dem kahlen Haupt von einem Boot zum anderen und sparte nicht mit guten Ratschlägen. In Wahrheit hielt er nach säumigen Mietern Ausschau, wie Hartmut annahm. Er selber bezahlte die paar Mark für den Bootsliegeplatz gewöhnlich im Voraus und gehörte auch deswegen zu Schmidts bevorzugten Gesprächspartnern. Sie kannten sich seit Jahren, und noch nie hatte Schmidt ein Wort über die im Verlaufe der Zeit wechselnden Begleiterinnen von Hartmut verloren.

Als Hartmut diesmal aus dem Schuppen trat, sprach Schmidt ihn mit einem Blick auf Carola an. Sie war am Steg dabei, das Steuer einzuhängen, und bot einen durchaus erfreulichen Anblick. Zwar trug sie das Haar nur streichholzlang, aber ihre Beine und ihre Figur waren mehr als einen Blick wert.

«Na, diesmal ist es wohl was Ernstes, wie?»

Dem widersprach Hartmut nicht.

Schmidt wollte eigentlich ganz was anderes, wie sich zeigte. «Sie haben sich doch öfter mit den Kühns unterhalten. Haben Sie mal was von denen gehört?»

«Kühn?» Hartmut tat, als wisse er nicht, wen Schmidt meinte.

«Die beiden Eifrigen mit dem Pouch 80. Sie ist so eine drahtige Dunkelhaarige ...»

«Ach, die meinen Sie! Ich dachte, die haben ihr Boot gar nicht mehr hier liegen.»

Schmidt klang besorgt. «Sie sind schon seit Anfang Mai nicht mehr aufgetaucht, haben aber ihren Schrank und den Platz auch nicht gekündigt.»

Hartmut hob die Schultern. «Ich hätte gedacht, das sind ganz korrekte Leute.»

«Das waren sie auch. Die Miete ist bis Juni bezahlt.» Das war allemal Schmidts Hauptsorge, weil die Steuer ihm ständig im Nacken saß, wie er behauptete.

«Na, Sie haben doch sicher die Adresse. Vielleicht schreiben Sie denen mal», sagte Hartmut leichthin. Schmidt verschickte gerne Mahnschreiben. Und er brauchte schließlich nichts von Hartmuts eigenem Unbehagen im Fall Kühn zu wissen. Es passte weder zu den beiden, den Bootstand nicht zu kündigen, noch, die vereinbarte Botschaft an ihn zu unterlassen.

«Ich mache mir wirklich Sorgen», sagte Schmidt. «Man könnte natürlich mal nach Miersdorf fahren.»

«Tun Sie das», riet Hartmut. «Würde mich auch interessieren, wo die abgeblieben sind.» Er wusste, dass Schmidt kein Freund dieses Staates war, dessen Vertreter das private Bootshaus mit scheelen Argusaugen beargwöhnten. Dennoch blieb er vorsichtig. «Ich glaube, sie haben von einer Ostseereise und Fahrten auf dem Bodden gesprochen.»

«Genau so etwas sagten sie, als sie das Boot zusammenpackten.» Schmidt trat näher und sah sich nach rechts und links um. «Was meinen Sie», sagte er halblaut, «ob die vielleicht versucht haben, über die Ostsee ...»

«Das glaube ich nicht!», entgegnete Hartmut im Brustton der Überzeugung.

Carola saß schon vorn im Boot und erwartete ihn ungeduldig. «Sonst hast du es so eilig», maulte sie, «und heute schwätzt du selber stundenlang rum.»

«War wichtig!», flüsterte er ihr zu. «Günther und Annegret haben sich auch hier nicht gemeldet.»

Carola verstand nicht. «Hast du vor, ein Rundschreiben an die halbe DDR zu verschicken, wenn wir erst ...» Der Wasserschwall traf sie unvorbereitet, und sie schrie auf.

«Bist du verrückt», flüsterte Hartmut und legte ihr die nasse Hand auf die Schulter. «Wenn dich einer hört!»

Das Wasser war nicht wirklich kalt. «... wenn wir erst eine eigene Motoryacht haben», ergänzte Carola laut und geistesgegenwärtig. «Wann verkaufst du endlich diesen schweren Holzkutter?»

Obwohl Hartmut wusste, dass die Trennung von der *Bird* unvermeidlich bevorstand, zuckte er zusammen. Er hatte noch nichts unternommen, um das Boot irgendwo anzubieten, war aber sicher, es leicht loszuwerden. «Fürs Erste ist das ein gutes Training», beharrte er. «Wir werden später mit dem Faltboot das Gefühl haben zu fliegen.»

«Fliegen!», sagte Carola sehnsüchtig und zog dabei kräftig das Paddel durch. «Das wäre überhaupt am einfachsten. Kann man sich nicht einen Hubschrauber selber bauen?»

«Mit Trabantmotor und einem Rotor aus Plaste», schlug Hartmut spöttisch vor. «Die Grenzer würden uns zehn Meilen gegen den Wind hören!»

Sie waren schon weitab vom Ufer, sprachen aber nur halblaut miteinander. Auf dem Wasser vernahm man Stimmen weithin.

«Du willst wieder über den Seddin?»

Hartmut zeigte sich kompromissbereit. «Wenn du lieber durch den Großen Zug willst – meinetwegen.»

«Im Kanal haben wir nachmittags mehr Schatten.»

Das war einzusehen. Er lenkte das Boot mit dem rechten Fuß in einer großen Schleife auf die Schmöckwitzer Brücke zu. So früh am Morgen war es noch ruhig auf dem Wasser. Sie glitten an der Bootswerft vorbei und unter der Brücke hindurch.

Diesmal hatten sie nur den Sonntag für sich, weil Hartmut am Vorabend durch eine Mugge der Stompers, ein musikalisches Gelegenheitsgeschäft also, verhindert gewesen war. Es war spät geworden, und obwohl er sich beim Trinken zurückgehalten hatte, spürte er die Folgen dennoch. Außerdem war er müde.

Die Touren, die sie unternahmen, waren immer die gleichen: Eine führte über den Seddinsee und den Gosener Graben zum Dämeritzsee, von dort durch die Müggelspree und über den Müggelsee bis zur Dahme in Köpenick und dann über die Regattastrecke und den Langen See zurück zum Bootshaus. Die andere führte gen Süden über den Zeuthener See an den beiden Halbinseln von Rauchfangswerder vorbei in Richtung Neue Mühle, wo sie gewöhnlich umkehrten und am Miersdorfer Werder den Rückweg über den Großen Zug zum Krossinsee und durch den letzten Teil des Oder-Spree-Kanals wählten.

Natürlich waren Abweichungen von diesen Routen möglich: Vom Dämeritzsee konnte man an der stinkenden Teerfabrik in Erkner vorbei zur Woltersdorfer Schleuse und zum Kalksee paddeln oder auf dem Dämeritz scharf nach rechts in die schmale, schnell fließende Spree einbiegen und über Schönschornstein bis zur Großen Tränke vor Fürstenwalde gegen die Strömung ankämpfen. Dort zweigte der Oder-Spree-Kanal ab. Für zwei Schleusenpassagen und die Fahrt auf dem langweiligen Kanal mit den schwerfälligen Schleppzügen hatte Hartmut nichts übrig. Da ließ man sich lieber durch die Spreeschlingen zurück nach Neu Zittau treiben. Links erhoben sich die Gosener Berge, gewaltige Sanddünen, auf denen sie als Schüler herumgetobt hatten. Jetzt war die alte Schillerwarte abgeräumt und das gesamte Gelände ein weiträumiges Sperrgebiet – der Stasi, wie es hieß.

Hartmut kannte die südöstlichen Berliner Gewässer wie seine Westentasche. Er trug zwar nie eine Weste, aber die verträumten Mückenwinkel von Neu-Venedig und

Hessenwinkel waren ihm ebenso vertraut wie das Löcknitz-Idyll bis zum Werlsee oder die Reste der alten Filmstadt am Ufer des Kalksees. Dort war *Das Indische Grabmal* gedreht worden. Hartmut hatte den Film nie gesehen, er kannte nur die Kulissen.

Seit ihre Wochendausflüge nicht mehr der Erholung und dem reinen Vergnügen dienten, war es vorbei mit der Idylle. Diszipliniert und manchmal ein bisschen verbissen legten sie die festgelegten Strecken zurück. Carola setzte ihren ganzen Ehrgeiz daran, mit der gleichen Leistung und Ausdauer zu glänzen wie Hartmut.

So war es auch heute. Erbarmungslos knallte die Sonne vom Himmel, und das Wasser verstärkte die Wirkung noch. Unter ihrem Hut rann Carola der Schweiß in Strömen am Hals entlang; zu Recht fürchtete sie um ihre unbedeckten Hände und Arme. Aber sie konnte schließlich nicht mit Stulpenhandschuhen paddeln. Schwielen in der Hand waren bei der Büroarbeit hinderlich genug. Selbst Hartmut, von der Natur mit langlockigen schwarzen Haaren und einem dunklen Teint beglückt, trug heute ein leichtes Hemd und eine Schirmmütze. Ab und zu griff er ins Wasser und erfrischte sich oder Carola mit einer Handvoll. Vertrauenerweckend sauber sah die Flüssigkeit nicht aus, doch daran waren sie gewöhnt. Nur in Mecklenburg gab es noch wirklich klare Seen.

Hinter einem Inselchen, dem Zeuthener Wall, kreuzte die Fähre nach Rauchfangswerder ihre Route. Die verband Berlins Südspitze mit Zeuthen. Bislang waren an der dortigen Anlegestelle immer die Ausweise der Passagiere kontrolliert worden. Paddler und Segler hatten den nahenden Polizeibooten ihre blauen Dokumente vorzuweisen. Neuerdings schien jedoch eine gewisse Lässigkeit aufgekommen. Carola und Hartmut wurden beim Passieren der Stadtgrenze nicht behelligt.

Als sie am Miersdorfer Werder in den Sellenzugsee einfuhren und sich linker Hand die kahlen Hügel des Niederlehmer Werder abzeichneten, sagte Carola: «Du kannst machen, was du willst, aber ich schwimme erst mal 'ne Runde.»

Es wurde mehr als eine Runde.

Hartmut gab zu, dass heute jede Bewegung im Wasser weitaus angenehmer war als auf dem Wasser. «Wir werden mit einer Menge Unwägbarkeiten kämpfen müssen», meinte er, «aber kaum mit zu großer Hitze.»

Ein Weilchen räkelten sie sich faul auf der Decke, schwammen noch einmal ausgiebig, wobei sich Carola zurückhielt, um ihm nicht ständig etliche Längen voraus zu sein, und bestiegen seufzend wieder die *Early Bird*.

Noch nie hatte jemand beanstandet, dass der Kahn wie ein amerikanischer Nachrichtensatellit hieß. Und wenn, dann hätte Hartmut eine Antwort parat gehabt: Diesem – längst abgeschriebenen – Satelliten verdankte die DDR ihre ausführliche Radioberichterstattung von den Olympischen Spielen aus Mexico City. Der Start des dafür vorgesehenen Intelsat war nämlich gescheitert, und so hatten die Amis einfach ihren frühen Vogel noch einmal aktiviert und der DDR den bestellten Tonkanal geschaltet.

Mit der höher steigenden Sonne nahm auch die Schwüle zu. «Das gibt heute noch was», vermutete Hartmut, obwohl der Himmel noch blau war.

«Wie weit willst du denn?», fragte Carola.

Hinter der turmgeschmückten Autobahnbrücke passierten sie gerade die Einfahrt in den Nottekanal. Da kam man nicht weit, wie Hartmut wusste. Mitten in Königs Wusterhausen sperrte eine flache Straßenbrücke den Kanal zum Mellensee. Vor ihnen erstreckte sich das lottrige Hafengelände von Königs Wusterhausen.

Hartmut hatte ein Einsehen. «Wenigstens bis Neue Mühle», schlug er vor, und Carola wartete auf die fällige Ergänzung: Die Schleuse ist über hundert Jahre alt. Die verkniff er sich heute ebenso wie die Anmerkung, dass die Dahme dahinter ein Stück weit Staabe hieß. Es war einfach viel zu warm.

Im Restaurant an der Schleuse fanden sie nach nur zwanzig Minuten Wartezeit zwei Plätze. Sie hatten hier schon öfter gegessen. Carola war jedes Mal aufs Neue begeistert.

«Wo findest du in Berlin so ein gepflegtes Lokal mit so gutem Essen?», fragte sie rhetorisch. Seine Antwort kannte sie im Voraus: in der Jägerklause. Das war eine Wildgaststätte im Hinterland der Stalinallee-Bauten, in der er zweimal auf sie gewartet hatte, während sie einen Elternbesuch absolvierte.

Auf die Eltern kamen sie auch jetzt zu sprechen, denen natürlich allerhand Ungemach bevorstand. Hartmut hätte am liebsten vorgeschlagen, ihnen jeweils ein Dankschreiben für ihre tätige Mithilfe bei der Flucht zu schicken. Dann lernten sie endlich mal die Firma Memfis in Aktion kennen! Er dachte jedoch nicht ernsthaft an eine solche Gemeinheit.

Carola machte sich lediglich um ihre Mutter Sorgen. «Die ist eigentlich gar nicht so, aber der Alte lässt sie ja nicht zu Wort und noch weniger zum Nachdenken kommen. In der Kaderabteilung, wo sie arbeitet, sitzen nur Parteizicken, und der Chef kommt angeblich von der Armee.» Sie sah sich um. Niemand schien auf ihr Gespräch zu achten. «Eine von den Genossinnen hat übrigens einen Sohn aus erster Ehe im Westen. Das hat sie Mutter mal bei der Frauentagsfeier anvertraut.»

Hartmut staunte. «Und das hat noch keiner rausgekriegt?»

Carola schüttelte den Kopf. «Falsch. Es steht in ihrer Kaderakte. Sie hat sich von ihrem einzigen Kind losgesagt. Kannst du dir so etwas vorstellen?»

«Na klar. Das würde ich meiner Mutter auch raten. Und deinen Eltern wird gar nichts anderes übrigbleiben.»

Carola schwieg.

Hartmut bohrte weiter. «Willst du dein weiteres Leben als brave Postsekretärin verbringen, die den Leuten noch in dreißig Jahren Telefonabsagen schickt, nur um deinen Genossen Eltern nicht weh zu tun?»

«Deine Mutter ist genauso in der Partei!»

«Na eben. Was die Honecker, die Margot, der Volksbildung von da oben vorgibt, ist für sie Gesetz. Und ihr Neuer schwärzt mich wegen meiner frechen Schnauze sowieso irgendwann bei der Firma an. Da kannst du Gift drauf nehmen.»

«Du solltest wirklich ein bisschen zurückhaltender sein.» Carola legte ihre Hand auf seinen Arm. «Wenn unter deinen Leuten einer sein sollte ...» Sie ließ den Satz unvollendet.

«Ich gebe mir ja Mühe», sagte Hartmut. «Meinst du, ich will jetzt noch auffallen? Aber in der Truppe kenne ich jeden Einzelnen gut genug. Wir sind immer offen miteinander umgegangen.»

«Und was war mit diesem Bendrig?»

«Der hat nicht zu uns gepasst und ist von selber abgehauen.»

«Weißt du, wohin der gegangen ist?»

«Keine Ahnung. Meinetwegen zur Müllabfuhr.»

«Er ist aber nicht zur *Müllabfuhr* gegangen», sagte Carola mit eigenartiger Betonung.

Für einen Augenblick wich die Sonnenröte aus Hartmuts Gesicht. «Bist du sicher?», fragte er. Es klang einigermaßen unsicher.

«Der Chef hat es durchblicken lassen. Deswegen musste er die Beurteilung ein bisschen schönen, die du geschrieben hattest.»

Hartmut schüttelte langsam den Kopf. «Ich fasse es nicht!» Dann lachte er. «Mensch, wenn ich das gewusst hätte, wäre die Beurteilung viel, viel besser ausgefallen – schon damit die einen Armleuchter mehr in ihren Reihen haben!»

Er sah sich nach dem Ober um. «Darauf müssen wir erst mal einen Schnaps trinken!», sagte er.

«Und das Training?», wandte Carola ein.

Hartmut winkte ab. «Heute mal nicht. Vor dem Herbst schaffen wir es sowieso nicht mehr, und im Winter werden wir Hanteln stemmen müssen.»

«Vielleicht überlegen wir es uns noch mal? Es gibt Leute, die glauben, dass sich unter Honecker manches ändern wird.»

Hartmut stimmte zu. «Dazu gehöre ich auch. Es kann nur schlimmer werden! Die vergessen alle, dass der Jugendfreund seit Jahren die oberste Sicherheitsnadel der Partei ist. Der hat die Mauer gebaut! Der holt sich den doofen Pionierhäuptling Krenz und seinen Freund Mielke ins ZK. Hast du mal gesehen, wie der aussieht?»

«Beruhige dich. Wen meinst du denn? Den Mielke? Ist das nicht so ’n kleiner Dicker?»

«Der sieht aus ...» Hartmut hob abwehrend beide Hände. «Und das sind die *genehmigten* Fotos!»

«Darf’s noch was sein?», erkundigte sich der Ober.

Hartmut hatte ihn nicht bemerkt und erschrak. «Nee, danke, ich zahle.»

Der Ober rechnete auf seinem kleinen Block zusammen. «In Wirklichkeit sieht der noch fieser aus», raunte er dabei vertraulich. «Die hatten hier mal den ganzen Laden gemietet ...»

Hartmut versuchte zu retten, was kaum noch zu retten war. «Sie wissen doch gar nicht, von wem wir gesprochen haben.»

Der Ober sah ihn an und griente dreist. «So einen wie den gibt’s nur einmal», sagte er.

Draußen im Boot wusste Carola nicht, ob sie lachen oder mit Hartmut seiner Unvorsichtigkeit wegen ins Gericht gehen sollte.

Der aber, vom Weinbrand und zwei Bieren befeuert, hatte sich fürs Lachen entschieden. «Es wäre eben doch einfacher, die wählen sich ein anderes Volk!», sagte er heiter.

Eine gute Idee, fand Carola.

«Der Vorschlag stammt von Brecht», erklärte ihr Hartmut.

«Da staune ich aber. Ich dachte, das war ein Parteidichter.»

«Mit österreichischem Pass. Der war schlauer, als es der Partei willkommen war.»

«Wir nicht.» Carola hatte sich umgedreht und wies mit dem Paddel auf eine dunkle Wand, die weit hinten im Südwesten aufzog. «Wir haben nicht mal den Wetterbericht gehört.»

«Na, dann wollen wir mal unser Tagespensum nachholen.» Hartmut begann, kräftiger zu paddeln, und Carola ließ sich nichts schenken.

Doch sosehr sie das Tempo auch beschleunigten – das Unwetter näherte sich unaufhaltsam und überschüttete sie in der Bucht hinter Rauchfangswerder mit einem Wolkenbruch. Die Blitze krachten über ihnen. Als sie endlich das Ufer erreichten, plätscherte das Wasser im Boot handhoch. Die schütteren Kiefern boten wenig Schutz vor den unaufhaltsam niederstürzenden Wassermassen.

«Nehmen wir es von der angenehmen Seite», schlug die triefende Carola vor. «Uns kann schließlich jederzeit ein Unwetter überraschen.»

«Ein Faltboot hat eine Spritzdecke.»

Carola lachte. «Wie praktisch.»

Hartmut, ebenso nass wie sie, drückte sie an sich. «Du siehst ausgesprochen sexy aus», sagte er bewundernd.

«Das ist das Einzige, woran du denkst!», entgegnete sie, ohne sich ihm zu entziehen.

«Das ist ja auch beinahe das Einzige, was in diesem Land noch richtig Spaß macht.»

Sie sagte: «Du bist verrückt!», wehrte aber seine Hände nicht ab, die ihre ehemals weiße Hose herunterstreiften.

«Wenn uns jetzt der Blitz trifft», sagte sie noch – und dann lange Zeit gar nichts mehr.

Sie merkten kaum, dass der Regen nachgelassen hatte. Der Donner grollte schon über der Großen Krampe, als sie ihre Utensilien aus der *Bird* kramten und das Boot erst einmal umdrehten. Die wichtigsten Sachen steckten glücklicherweise in einer zugebundenen Perlontüte.

Sie ließen sich Zeit mit der Rückfahrt. Als sie am Bootssteg anlegten, leuchtete die goldene Abendsonne vom Himmel, als hätte es nie ein Gewitter gegeben.

Vor einer der winzigen Hütten am Rande des Grundstücks saß ein älteres Paar beim Abendbrot. Hartmut grüßte freundlich hinüber. Die beiden gehörten sozusagen zum Inventar des Bootshauses und genossen das seltene Privileg, Mieter einer solchen Hütte mit direktem Zugang zum Wasser zu sein.

«Das wäre euch mit einem Klepper nicht passiert!», rief der weißhaarige Alte zurück. «Spritzdecke zu und die Regenhaut übern Kopf – da darf es junge Hunde regnen.»

«Ja, wir haben auch schon daran gedacht, uns was Leichteres anzuschaffen. Dann könnte man auch mal woanders 'ne Tour unternehmen.»

Der alte Breitkreuz stand auf und hinkte ein paar mühsame Schritte aus seinem Vier-Quadratmeter-Gärtchen auf Hartmut zu. «Aber nicht in so 'nem Pusch-Boot mit Spanten aus märkischer Kiefer», sagte er verächtlich. «Damit macht man bloß Miese. Mit unserem Klepper sind wir schon den ganzen Rhein runter und die Mosel rauf.» Er sah Hartmut schräg an. «Vor dem Krieg, mein Junge», setzte er bitter hinzu. «Da ging so was noch. Ganz ohne Interzonenpass und Wachhunde an der Grenze!»

Hartmut lächelte höflich. «Das würden wir auch gerne mal machen. Oder wenigstens ein Klepper-Boot kaufen.»

«Na, sage ich doch. Wie viel wäre es dir denn wert?»

«Wollen Sie Ihres verkaufen?», fragte Hartmut ungläubig. Er kannte das graue Boot, das die beiden Alten sorgfältig pflegten wie ein Baby und an dem sie wohl genauso hingen. In diesem Jahr hatte er sie damit noch nicht auf dem Wasser gesehen.

Der Alte guckte sich hilfesuchend nach einer Sitzgelegenheit um, bevor er sich vorsichtig auf einem der Böcke niederließ, die für die Boote bereitstanden. «Kommt darauf an», sagte er unbestimmt. «Und nur, wenn es in gute Hände käme.»

Hartmut schickte einen schnellen Blick zu Carola, die das Gespräch aufmerksam verfolgte.

«Das wäre Ihr Boot bei uns allemal!», rief sie.

Opa Breitkreuz nickte. «Das glaube ich euch sogar. Ich sehe ja, wie du mit deinem Brot umgehst. Ist dir dafür kein deutscher Name eingefallen?»

Zum ersten Mal war Hartmut die Bootsbenennung peinlich. «Das ist ein Satellit im Weltraum», erklärte er zögernd, «zum Telefonieren ... ein amerikanischer.»

«Sonst hieß' er ja auch Sputnik», brummte der Alte. «Unsere Nachbarn nennen ihren Hund so.»

Hartmut vergewisserte sich: «Und Sie wollen wirklich verkaufen?»

Der Alte nickte bekümmert. «Ich muss, mein Junge, ich muss. Die alten Knochen wollen nicht mehr. Bei Lisbeth ist es dasselbe. Die Gelenke, verstehst du?» Er bewegte seinen Unterarm. «Wenn du dicht genug rankommst, hörst du sie knarren!»

ACHT

Spätsommer 1972

WOLLTE EIN WEST-BERLINER als echter Linker gelten, dann musste er sich unters Volk mischen und dort gegen die Herrschenden, die Amerikaner und die Atombombe agitieren und für basisdemokratische Werte werben. Besonders verdienstvoll war es, ging man, nachdem man sich Erika Runges *Bottroper Protokolle* «reingezogen» hatte, in die Betriebe und stellte sich - sozusagen Arm in Arm mit leibhaftigen Arbeitern - ans Fließband. Das war allerdings recht mühsam, vor allem, wenn auch noch im Schichtbetrieb rund um die Uhr geschuftet werden musste, und darum wählten viele einen anderen Weg, nämlich den in eine Laubenkolonie. Da konnte man dem eigenen Nachwuchs, hatte man ihn aus dem antiautoritär ausgerichteten «Schülerladen Rote Freiheit» abgeholt, am Beispiel der Brennnessel beibringen, dass es nicht korrekt war, von Unkraut zu sprechen, denn auch diese Pflanze war zu etwas nütze: Man konnte sie so lange ins Wasser legen, bis Jauche aus ihr wurde, die einem dann die schlimme Chemie ersetzte. Am Sonnabend traf man sich mit Kutte Krawuttke und Co. am qualmenden Grill, die Bierpulle in der Hand, und verbreitete die Botschaft des Guten. Die Laubenpieperkultur des West-Berliners kulminierte darin, dass der Senat den alljährlich in Bonn stattfindenden Tag des Landes Berlin als Laubenpieperfest organisierte und man als Mann des linken Flügels in der SPD nur Karriere machen konnte, wenn man zum Fest auf Harry Ristocks Laube im Norden eingeladen wurde.

Doch nicht dahin zogen Rainer Erkenbrecher und Günther Zützer an diesem Montag, sondern es ging nur zu einem OSI-Kollegen nach Rudow. Hier, in der Kolonie «Luise Dähne», am äußersten südöstlichen Stadtrand, hatte der Diplom-Politologe Diether Keiner eine kleine Parzelle gepachtet und seinen Freundeskreis eingeladen, um mit ihm seinen 26. Geburtstag zu feiern.

«Kennst du den Keiner eigentlich?», fragte Erkenbrecher, als sie an der Waltersdorfer Chaussee aus dem Wagen stiegen.

Zützer nickte. «Na sicher, der steht doch laufend in der Zeitung wegen seiner Selbstbezichtigungen: *Keiner will's gewesen sein.*»

«Gott, deine Kalauer!», stöhnte Erkenbrecher.

«Der Mann heißt doch nicht Karl Lauer, sondern Martin Lauer», protestierte Zützer, «Hürdenläufer, Goldmedaille in der Vier-mal-hundert-Meter-Staffel in Rom, anschließend Countrysänger.»

Das auf volle Pulle aufgedrehte Kofferradio wies ihnen den Weg zu Keiners Laube. Christian Anders' *Es fährt ein Zug nach nirgendwo*, Bata Illics *Michaela*, Juliane Werdings *Am Tag, als Conny Kramer starb* und Tony Christies *Is this the Way to Amarillo* schallten durch die Kolonie. Als sie ihr Ziel erreicht und Keiner gratuliert hatten, staunten sie, dass der zweite Teil des roten Bettbezugs nicht am Fahnenmast über der Hütte flatterte.

«Wenn ich das wagen würde, würden sie mir nachts meine Laube anstecken», erklärte ihnen Keiner. «Kommunisten werden hier gehasst.»

«Nicht nur hier», sagte Erkenbrecher und dachte automatisch an Carola und ihren Verlobten.

«Um Frieden mit meinen Nachbarn zu haben, spiele ich ja auch nur ihre Musik», fuhr Keiner fort. «Man muss ins Gespräch mit ihnen kommen.»

Das schafften aber weder Erkenbrecher noch Zützer in der nächsten Stunde, denn das Thema Fußball war bald erschöpft. Die Bundesrepublik Deutschland war Europa- und Bayern München Deutscher Meister geworden, Hertha BSC auf dem sechsten Platz gelandet, und Borussia Dortmund und Arminia Bielefeld waren abgestiegen. Erkenbrechers akademische Kollegen diskutierten abwechselnd die Verhaftung von Ulrike Meinhof und den splitterfasernackten Auftritt von Eva Mattes in Hamburg im Schauspiel *Stallerhof* von Franz Xaver Kroetz. Alle drei waren Kultfiguren der Szene, die generell einen starken Hang dazu hatte, Menschen zu glorifizieren und zu Göttern zu machen, an der Spitze Mao und Che Guevara.

Erkenbrecher hätte viel lieber mit irgendeiner jungen Frau geflirtet, aber es gab keine, die ihn interessiert hätte. Die drei, die an der Regentonne standen und diskutierten, studierten auf das höhere Lehramt, um beim langen Marsch durch die Institutionen mit dabei zu sein. Sie gaben sich alle Mühe, hässlich auszusehen, und trugen fürchterliche Klamotten, um ja nicht als Sexobjekte für die Männer herhalten zu müssen. Auch Zützer hätte lieber Flipper oder Darts gespielt, als dumm herumzusitzen und sich zu langweilen, aber so etwas gab es in der Laube nicht. Und da Keiner den Grill noch nicht angeworfen hatte, machten sie sich nach einer Stunde auf, um sich ein wenig die Beine zu vertreten und die Gegend zu erkunden.

Sie wandten sich auf der Waltersdorfer Chaussee

Richtung Süden und hatten nach wenigen hundert Metern die Grenzanlagen erreicht. Rechts von ihnen ragte West-Berlin mit einem Zacken in die DDR hinein. Hier war man gerade dabei, aus einem ehemaligen Trümmerberg und einer Mülldeponie ein Naherholungsgebiet zu machen, einen Berg von 86 Metern Höhe, der den Namen Dörferblick erhalten sollte, weil man von seinem Gipfel aus einen schönen Blick auf die Dörfer hatte, die ringsum auf dem Territorium der Deutschen Demokratischen Republik gelegen waren: auf Schönefeld, Waßmannsdorf, Groß- und Klein-Ziethen, Mahlow, Selchow, Kienberg und Waltersdorf. Am attraktivsten war aber der Blick auf den Flughafen Schönefeld, den stolzen Regierungsflughafen der DDR. Man konnte ihn auch als West-Berliner benutzen, musste aber dazu am Busbahnhof unterm Funkturm in einen Zubringerbus der Interflug steigen und zehn D-Mark für ein Transitvisum bezahlen. Ernest Erkenbrecher flog des Öfteren mit der Interflug nach Wien oder Amsterdam.

Rainer Erkenbrecher und Günther Zützer hatten einigen Spaß daran, über Trümmerschutt und frisch aufgeschüttete Erde nach oben zu klettern und die Fernsicht in «die Zone» zu genießen.

Oben angekommen, trafen sie einen Mann von etwa dreißig Jahren mit seinem Fernglas. Sie hielten ihn für einen Ornithologen, dann aber stellte sich heraus, dass er darauf aus war, startende und landende Flugzeuge zu beobachten. Alle trug er gewissenhaft mit Flugunternehmen und Kennung in eine Kladde ein, die meisten fotografierte er auch noch.

«Machen Sie das für den Senat oder den Verfassungsschutz?», fragte Erkenbrecher.

«Nein, nur zu meinem Vergnügen. Wir sind eine verschworene Gemeinschaft, und an jedem Flughafen steht jemand in der Einflugschneise.»

«Voyeure gibt's!», murmelte Zützer.

«Vielleicht sehen Sie meine Cousine am Kabinenfenster», sagte Erkenbrecher. Carola und Hartmut wollten in diesen Tagen ans Schwarze Meer fliegen, nach Bulgarien.

«Was da gerade abhebt, ist eine Iljuschin IL-62 der Interflug, die erste Maschine, die sie im Einsatz haben, die DM-SEA. Sie nimmt Kurs auf Cottbus, dann geht es weiter über sozialistisches Gebiet zum Schwarzen Meer.»

Erkenbrecher und Zützer bedankten sich für diese Information. Danach kletterten sie weiter im Gelände herum, kamen aber vor dem Abstieg noch einmal bei dem Flugzeugforscher mit dem Fernglas vorbei.

Der war plötzlich furchtbar aufgeregt. «Da sehen Sie mal ... Mein Gott, das darf doch nicht wahr sein!» Er schrie auf.

«Was ist denn passiert?»

«Die IL-62 ist zurückgekommen. Sie hat Treibstoff abgelassen und dann ... Im Sinkflug ist das Heck abgebrochen ... Jetzt stürzt sie ab!»

Auch Erkenbrecher und Zützer war das Herz stehengeblieben. Vielleicht zehn Kilometer von ihnen entfernt, bei Königs Wusterhausen musste es sein, schlug der Rumpf der Maschine wie eine Bombe in die Erde. Dunkler Rauch stieg auf.

Erst standen sie erstarrt, dann schrie Erkenbrecher: «Wenn da Carola dringesessen hat!»

Sie stürzten nach unten, um nach einer Telefonzelle zu suchen. Als sie eine gefunden hatten, rief Erkenbrecher seinen Vater an und bat ihn, über seine Kontakte herauszufinden, ob seine Cousine und ihr Freund wirklich an Bord gewesen waren. Er selber hatte keine Chance, das zu erfahren, denn von West- nach Ost-Berlin gab es nur fünf Telefonleitungen, und der Normalsterbliche musste es stundenlang versuchen, zumeist ohne Erfolg. Es hieß also warten.

Günther Zützer tat das, was er stets als spießbürgerlich abgetan und verspottet hatte: Er mähte den Rasen, wässerte die Tomaten und beschnitt die Rosen. Dies tat er allerdings nicht im eigenen Garten, sondern bei den Erkenbrechers in Lichterfelde. Die waren zu dritt zu den Olympischen Spielen nach München geflogen und hatten ihn gebeten, auf ihre Villa aufzupassen. Anfänglich hatte er gezögert, sich dann aber doch auf dieses Abenteuer eingelassen, nachdem ihm Ernest Erkenbrecher als Entlohnung fünfhundert D-Mark angeboten hatte. Also überließ er die Kneipe abends seinem Kompagnon und fuhr zum Haushüten nach Lichterfelde hinaus.

Traf er am Kadettenweg ein, leerte er zuerst den Briefkasten. Heute fand er unter der vielen Post auch eine Karte vom Schwarzmeerstrand. Hartmut und Carola hatten geschrieben. Sie waren erst einen Tag später nach Bulgarien geflogen, hatten also nicht in der abgestürzten IL-62 nach Burgas gesessen. Erkenbrechers hatten ein Dankgebet zum Himmel geschickt, und Zützer hatte im Hinblick auf die geplante Republikflucht der beiden Wilhelm Busch leicht variiert: «Denn hinderlich wie überall / Wäre hier der eigne Todesfall.»

Wenn Zützer die Gartenarbeit beendet hatte, saß er noch eine Weile auf der Terrasse und genoss den Sonnenuntergang ebenso wie Erkenbrechers französischen Rotwein. Das Leben der Bourgeoisie war auch nicht zu verachten.

Als es dunkel geworden war und ihn die Mücken zu sehr piesackten, ging er ins Wohnzimmer und sah sich an, was aus München übertragen wurde. Oft blieben die Sportlerinnen und Sportler aus der Bundesrepublik hinter denen aus der DDR zurück, heute aber sollte es der goldene Sonntag der bundesdeutschen Leichtathletik werden. Klaus Wolfermann gewann das Speerwerfen, Hildegard Falck die achthundert Meter und Bernd Kannenberg das Gehen über fünfzig Kilometer.

Besonders spannend aber war die Entscheidung im Fünfkampf der Frauen. Heide Rosendahl, schon Siegerin im Weitsprung, lag weit zurück, schaffte es aber im abschließenden Zweihundert-Meter-Lauf noch, auf den zweiten Platz zu kommen, als sie in der Rekordzeit von 22,96 Sekunden alle Konkurrentinnen weit hinter sich ließ und Burglinde Pollack aus der DDR auf den dritten Platz verwies.

Zützer hatte die Arme hochgerissen, als ihn ein Geräusch im Souterrain zusammenfahren ließ. In der Einliegerwohnung von Rainer Erkenbrecher war etwas umgefallen. Einbrecher! Sein Puls raste, seine Knie wurden weich. Sollte er über die Terrasse das Weite suchen und vom Nachbarn aus die Polizei alarmieren, oder sollte er nachsehen, was unten geschehen war? Er rang mit sich. Feigheit und Angst um die eigene Sicherheit standen gegen Mut und Pflichterfüllung, schließlich war er hier, um das Haus zu bewachen. So schlich er sich nach unten.

Den Rest der Geschichte sollte er in den nächsten Tagen seinen Freunden immer wieder erzählen: «Ich habe mir also den Baseballschläger gegriffen, den Rainer mal aus Amerika mitgebracht hat, und bin runter ins Souterrain ... Mehr weiß ich auch nicht, aufgewacht bin ich erst wieder im Krankenhaus.»

Rainer Erkenbrecher hatte es diesmal vorgezogen, mit S- und Straßenbahn nach Schmöckwitz zu fahren, weil er glaubte, damit nicht so sehr aufzufallen wie bei der Einreise mit dem Pkw. Der rätselhafte Einbruch in Lichterfelde gab ihm noch immer zu denken. Wenn die Täter Schmuck und Geld gesucht hätten, wären sie doch in die Zimmer seiner Eltern eingedrungen und nicht in seine liederliche Studentenbude im Souterrain. Konnte es sein, dass der Verfassungsschutz bei ihm nach ganz bestimmten Dingen gesucht hatte? Diether Keiner hatten sie schon vor einiger Zeit ins Visier genommen, weil sie Anhaltspunkte zu haben glaubten, dass er ins Netzwerk der RAF und der Bewegung 2. Juni eingebunden war. Aber dass sich die Staatsschützer so ungeschickt anstellten und jemanden niederschlugen, war auch nicht sehr wahrscheinlich. Auf alle Fälle mussten die Eindringlinge gewusst haben, dass sich alles, was auf den Namen Erkenbrecher hörte, in München aufgehalten hatte. Nicht auszuschließen war aber auch, dass die Täter aus dem Freundeskreis von Günther Zützer kamen. Man wusste allenthalben, dass Zützer nur fünf Minuten vor dem Fernseher sitzen musste, um in einen Tiefschlaf zu fallen, der einer Vollnarkose gleichkam. Dass ihn Heide Rosendahl so aufgeregt hatte, konnte niemand ahnen. Spekulationen gab es also reichlich.

Am Grenzübergang Friedrichstraße kam sich Erkenbrecher einsam und verlassen vor, aber Zützer hatte noch immer leichte Kopfschmerzen und keine Lust gehabt, mit nach Schmöckwitz zu kommen. An den Schaltern für

West-Berliner hatten sich lange Schlangen gebildet, die Bürger der BRD brauchten aber kaum zu warten. Sein Blutdruck betrug sicher 220 zu 110, als er seinen Reisepass und die Zollerklärung aus der Innentasche seines Jacketts zog. Die Kameras der Grenzer hatten ihn bestimmt schon lange erfasst, und irgendwie war er von der ungewissen Furcht erfüllt, dass es der Stasi bereits gelungen war, Hirnscanner zu erfinden, also Geräte, mit denen man Gedanken lesen konnte. Und wenn ihm jetzt, ohne dass er es verhindern konnte, «Carola ... Faltboot ... Flucht über die Ostsee» durch den Kopf ging, dann protokollierte das bestimmt schon einer der Mielke-Leute. Seine Angst wurde noch verstärkt durch das kalte Kunstlicht, das die Menschen wie Wasserleichen aussehen ließ.

Glücklicherweise lief alles glatt. Weder der Grenzer im Kabuff, der seinen Pass auf das Sorgfältigste prüfte und sein Gesicht so lange musterte, bis Erkenbrecher siedend heiß geworden war, noch die Zöllnerin, ein ekliges Mannweib, hielten ihn auf, und schon gar nicht die Dame am Devisenschalter, die den Mindestumtausch abzuwickeln hatte. Dass nichts passierte, irritierte ihn geradezu.

Schließlich kam er in der Halle an, in der Dutzende von DDR-Bürgern standen, um ihre Freunde und Verwandten aus dem Westen abzuholen. Mit Carola und Hartmut hatte er vereinbart, dies lieber zu unterlassen. So ging er zum Schalter, kaufte sich eine Fahrkarte der Preisstufe 2, bekam ein paar Aluminiumchips zurück und ging zum Aufgang, um den Zug Richtung Königs Wusterhausen zu nehmen. Jetzt assoziierte er den Ort nicht mehr allein mit dem Jagdschloss Friedrich Wilhelms I. und den Türmen des ersten deutschen Radiosenders, sondern vor allem mit dem Absturz der IL-62 und seiner Angst um Carola. Ertrank sie im nächsten Jahr in der Ostsee, würde der Redner in der Trauerhalle in Baumschulenweg sicherlich sagen: «Damals ist sie ihrem Schicksal noch durch eine Umbuchung entwischt, diesmal aber konnte sie ihrer Bestimmung nicht mehr entgehen.»

Erkenbrecher riss sich zusammen und hieb mit der Faust auf das vorsintflutliche Gerät *Made in GDR*, mit dem man seine Fahrkarte zu entwerten hatte. Oben stand schon die S-Bahn, und auch in Grünau brauchte er nicht lange auf die 86 zu warten. Ab ging es nach Schmöckwitz.

Carola stand an der Haltestelle Seeblick, die direkt vor dem Konsum gelegen war. Sie begrüßten sich mit einiger Zurückhaltung, um nicht unnötig aufzufallen. Es ging das Gerücht um, dass man einem Menschen sofort ansah, ob er aus dem Westen kam, und Westkontakte waren eine gefährliche Sache.

«Ich muss schnell noch in die Kaufhalle», sagte Carola.

Sie meinte den Supermarkt direkt hinter sich, was sich Erkenbrecher erst übersetzen musste. Wahrscheinlich wäre es klüger gewesen, draußen zu warten, aber er war zu neugierig, als Sozialwissenschaftler wie als Mensch, um sich das Erlebnis Kaufhalle entgehen zu lassen.

Es war schon neckisch, dass hier alles anders hieß als im Westen. Es gab Asco Cola und Club Cola statt Coca Cola, Bärenblut statt Santa Lucia, Bero oder Im Nu statt Nestlé, Cabinet und Karo statt HB und Marlboro. Gekörnte Brühe war nicht von Maggi oder Knorr, sondern Erwa, Schnaps hieß Goldbrand statt Chantré, Kekse waren von Hansa statt Bahlsen. Anstelle von Rama gab es Marina, Tempo hieß hier Kriepa und der Käse nicht Edamer, sondern Tollenseer.

«Ihr werdet euch im nächsten Jahr ganz schön umstellen müssen», flüsterte er seiner Cousine ins Ohr.

Eine der Verkäuferinnen sah das und drohte Carola schelmisch mit dem Finger. «Hier wird nicht geknutscht! Was soll denn Ihr Verlobter denken?»

«Das ist mein Cousin, Frau Brocki!»

«Ja nu, und dann noch einer aus dem Westen!»

Erkenbrecher zuckte zusammen, aber Frau Brocki sah nicht so aus, als wolle sie ihm Schwierigkeiten machen. «Woher wissen Sie denn, dass ich aus dem Westen bin?», fragte er.

«Na, woher wohl? Aus dem West-Fernsehen. Sie waren doch in der *Abendschau*, auf der Bilderausstellung, wo Ihr Vater die Rede gehalten hat. Und vorher noch in der FU, wo Sie was über die Meinhof gesagt haben. Sie müssen nicht denken, dass wir hier in Dummsdorf leben.»

Erkenbrecher beteuerte, dies nie gedacht zu haben. «Zumal die DDR in München so viele Goldmedaillen geholt hat.» Da gab es zwar nicht unbedingt einen Zusammenhang, aber es klang versöhnlich.

«Mein Neffe war auch Assistent an der FU», sagte Frau Brocki und nannte einen Namen, den Erkenbrecher schon einmal gehört hatte, aber er wollte sich auf kein längeres Gespräch einlassen und drängte zum Aufbruch.

Hartmut stand vor dem Bootshaus und fummelte an seinem Faltboot herum, das vor ihm auf zwei Böcken ruhte, damit er sich nicht mühsam bücken musste. Sie begrüßten sich kurz und in fast geschäftlichem Ton.

Erkenbrecher sah sich aufmerksam um, ob sie auch niemand belauschen konnte, bevor er Hartmut gespielt provokant fragte, ob dies der Ozeanriese sei, mit dem sie die Weltmeere überwinden wollten. «Ich würde die Kiste eher dem Klepper-Werkmuseum überlassen, die zahlen dir ein Vermögen dafür.»

Carola war ein wenig eingeschnappt. «Unser Schiff ist absolut seetüchtig. Komm, steig ein, und überzeug dich selber davon!»

Die beiden trugen das Boot zum Steg und ließen es ins Wasser. Erkenbrecher zog seine Schuhe aus und hängte sein helles Sommerjackett an den abgebrochenen Ast einer Erle. Er war zwar kein Schwergewicht, aber er hatte deutlich die wunderbare Szene aus Jacques Tatis *Die Ferien des Monsieur Hulot* vor Augen, in der der Held mit seinem Paddelboot zusammenklappt. Er sitzt in der Mitte, und Vorder- wie Hinterteil ragen steil aus dem Wasser und umschließen ihn.

Nun, das passierte nicht, dafür aber etwas anderes: Erkenbrecher war es zwar gewohnt, von einem Steg aus in ein Boot zu steigen, aber dabei hatte es sich stets um eine wuchtige Motoryacht gehandelt und nicht um ein fragiles Faltboot. Als er jetzt dessen Mittelsteg verfehlte und mit seinem Fuß in die Gummihaut trat, verlor er das Gleichgewicht und fiel ins Wasser. Carola und Hartmut klatschten Beifall und meinten, er solle es einmal als Onkel Pelle bei einem Kinderfest versuchen.

So richtig lachen konnte Erkenbrecher nicht, denn den restlichen Tag über in einer nassen Hose herumzulaufen war kein berauschender Gedanke. Das Kleidungsstück wurde erst einmal samt seinem Slip auf die Leine gehängt, und er bekam von Hartmut Turn- und Trainingshose geliehen. Als sie dann am frühen Abend im Alten Dorfkrug aßen, durfte er die Hose trockensitzen, was ziemlich eklig war. Davon abgesehen, genoss er das Schmöckwitzer Ensemble aus wilhelminischen Backsteinbauten: Straßenbahnremise, Feuerwache und Schule. In regelmäßigen Abständen, wenn die Straßenbahnzüge der 86 vorüberzogen, dröhnte und schepperte es.

Später brachten Hartmut und Carola ihn zur Haltestelle, und vor der alten Dorfkirche, wo sie ungestört waren, besprachen sie leise alles Weitere. Die Flucht über die Ostsee noch in diesem Jahr zu wagen erschien ihnen zu riskant. Sie hatten nicht genug Trainingskilometer in den Armen und wussten zu wenig von den Gegebenheiten der Küste. Auch Erkenbrecher hatte noch einiges zu erledigen, wollte er ihnen von Dänemark aus mit dem Motorboot entgegenkommen.

«Also, nächstes Jahr im Mai», sagte Erkenbrecher.

Carola widersprach ihm. «Nein, erst Ende Juli, Anfang August, da sind hier in Berlin die Weltfestspiele, und sie werden alle Stasi-Leute von der Küste abziehen.»

Mit diesem Datum im Kopf stieg Erkenbrecher in die 86, um nach West-Berlin zurückzukehren.

Als er am Bahnhof Friedrichstraße vor dem Tränenpalast in der langen Schlange stand und wartete, fiel der jungen Frau vor ihm das Portemonnaie aus der Umhängetasche, und er bückte sich, um ihr beim Aufheben der Münzen zu helfen. Dabei entdeckte er, dass sie noch einiges Ostgeld bei sich hatte, auch zwei Zehnmarkscheine. «Die dürfen Sie aber nicht mit in den Westen nehmen, das gibt Ärger bei der Ausreise.»

Sie sah ihn hilflos an. «Was mache ich denn damit?»

Er wies zum Bahnhofsgebäude. «Da in der Halle gibt es einen Devisenschalter, da können Sie ein Konto eröffnen und alles einzahlen, was Sie an Ostgeld haben.»

Sie zögerte. «Das dauert mir zu lange ...»

«Dann geben Sie mal her.» Er ließ sich von ihr alles

Ostgeld geben, es waren 22 Mark und 30 Pfennige, und legte es neben einen Laternenpfahl. «Der ehrliche Finder wird sich freuen.»

Sie bedankte sich bei ihm, und als sie ihre Papiere in die Hand nahm, um zu sehen, ob alles vollständig war, sah er, dass sie Gabriele hieß, Gabriele Goltz.

NEUN

September 1972

MIT OPA BREITKREUZ war Hartmut nach langem Hin und Her handelseinig geworden. Der Alte wollte tausend Ratschläge erteilen und nannte ebenso viele Bedingungen für die weitere Pflege und Unterbringung des betagten Heiligtums mit den drei akkurat aufgesetzten Flicken, zu denen jeweils eine lange Geschichte gehörte. Hartmut hatte sich alles geduldig angehört und gelobt, jeden der Hinweise treulich zu beherzigen. Er wusste nun, dass der Schneidermeister Klepper in Rosenheim das Kajak nach Plänen eines gewissen Alfred Heurich eigenhändig genäht und in Serie gefertigt hatte und dass der Werbespruch des Unternehmens *Fahr fröhlich in die weite Welt mit Klepper-Boot und Klepper-Zelt* lautete und der berühmte wasserdichte Klepper-Mantel besser unerwähnt blieb, weil den nämlich auch die Gestapo getragen hatte.

Die Summe, die Breitkreuz schließlich forderte, schien lächerlich, und Hartmut hätte ungefragt fünfzig Mark draufgelegt, wäre nicht die blödsinnig teure und, wie er im Nachhinein fand, völlig überflüssige Bulgarienreise gewesen. Immerhin handelte es sich bei dem Boot um ein echtes Museumsstück des Jahrgangs 1928, war also knapp 45 Jahre alt und bis auf gewisse unübersehbare Alterserscheinungen so gut wie neuwertig. Wurden nicht täglich zehn Jahre alte Plaste-Autos zum Neupreis verkauft? Hätten Carola und er über genügend Geld verfügt, wäre ein solcher Handel auch für sie in Frage gekommen. Irgendwie mussten sie ja an dem entscheidenden Tag ihre zwar handlich zu verpackende, auf einem schwachmotorisierten Moped aber dennoch kaum zu befördernde Neuerwerbung an die Küste transportieren. Aber jetzt sechs- oder achttausend Mark aufzutreiben - im Prinzip für eine einzige Fahrt - erschien ihnen absurd.

Hartmut war es gewohnt, das Geld, das er verdiente, auszugeben, während Carola immerhin ein Sparbuch mit einer dreistelligen Einlage besaß. Anfang März würde es außerdem die Jahresendprämie geben; das war noch einmal ein sicheres Polster vor dem großen Abflug.

Und Hartmuts Muggen mit den Stompers waren auch nicht zu verachten, zumal er das Geld nicht mehr für Platten ausgab. Sechzig, achtzig Mark pro Stück waren dafür schnell draufgegangen, bot ihm einer das Richtige an: Fletcher Henderson von 1924 mit dem frühen Armstrong, obskure Blues-Sängerinnen, von Sidney Bechet auf dem Sopransaxophon begleitet, oder sonstiger echter Oldtime-Jazz. Er hatte sowohl Armstrong als auch Bechet live im Sportpalast erlebt, dazu Benny Goodman und Duke Ellington in der Deutschlandhalle - und alles für ein paar Mark Ost! Erinnerungen, von denen er sein Leben lang zehren würde. Vor sieben Jahren war Satchmo sogar im Friedrichstadtpalast aufgetreten. Hatte die Konzert- und Gastspieldirektion direkt mit der Mafia verhandelt? Denn dass Armstrongs Manager ein alter Chicagoer Gangster war, wussten Eingeweihte wie Hartmut natürlich.

Die halbe Band geriet ins Schwärmen, wenn das Gespräch auf die großen alten Jazzer kam. Nur der Pianist hatte keine Ahnung, um wen es sich da eigentlich handelte, der Posaunist war in der Kirchenmusik wesentlich sattelfester als beim *Tailgate*, und der jugendliche Drummer hätte viel lieber in einer Rockband getrommelt. So hörte sich die Musik auch an, und Hartmut war sich an diesem Mittwoch wieder einmal sicher, dass ihm der Abschied von der Band leichtfallen würde. Vorläufig aber waren sie bis Weihnachten ziemlich gut ausgebucht, und das konnte ihm nur recht sein.

Er war nicht mit der rechten Lust bei der Probe. Außerdem hielt er es für reichlich überflüssig, ausgerechnet jetzt das Repertoire zu erweitern. Gewisse Kumpel sollten erst mal ihre Chorusse beherrschen, knurrte er unzufrieden. *Schlafe mein Prinzchen, schlaf ein* gehörte außerdem ebenso wenig zum echten Dixieland wie irgendwelche Weihnachtsschnulzen, von *Maryland, My Maryland* mal abgesehen. Das war weitgehend mit *O Tannenbaum* identisch und musste für Jahresendfeiern allemal genügen. Vielleicht fing noch einer mit Rudolf, dem rotznasigen Rentier, an!

Er zupfte stoisch seine Viere runter, von Detlef am Schlagzeug wie immer dreizehn Stilepochen zu modern und zu laut, jedoch ohne rechten Drive begleitet, während Jo, der neue Banjospieler, mit dem stotternden Timing eines frisch geschwefelten Maikäfers sie nach Kräften aus dem Rhythmus zu bringen versuchte. Toddy klingelte am Piano ausschließlich das, was in den Noten stand, und die Posaune klang wie kurz vor dem Ende von Jericho.

Schließlich reichte es Hartmut. «Mensch, die Jungs haben das in New Orleans früher bei Straßenparaden und im Puff gespielt! Bei eurem Getute wären ja die Nutten noch vor den Kunden eingeschlafen!»

«Du musst es ja wissen!» Toddy spielte gern den großen Musiktheoretiker. «Bei deinem Geschrummel weiß man ja nicht mal, in welcher Tonart du gerade danebengreifst!»

Schon war ein lebhafter Streit im Gange.

Jo, der Neue, war im Prinzip ein lieber Kerl und versuchte, Frieden zu stiften. «Hört doch mal her! Ich habe nämlich noch zwei gute Neuigkeiten für uns!»

«Die erste ist, du lernst jetzt Banjo spielen», spottete Toddy.

Der hatte es nun wirklich nötig, fand Hartmut. «Und die zweite wäre, Toddy improvisiert einen halben Chorus auf dem Piano, ohne in die Noten zu gucken», ergänzte er.

Jo verdrehte die Augen. «Die erste ist, wir spielen bei uns im Betrieb zum Frauentag.»

Dazu hatte jeder etwas anzumerken. Alle wussten, dass Jo als Textilingenieur in einem reinen Frauenbetrieb arbeitete.

«Doppelte Gage und Gefahrenzulage», verlangte der Klarinettist. Er war frisch verheiratet. Bei der letzten Frauentagsmugge waren sich zwei Damen seinetwegen so heftig in die Haare geraten, dass schließlich Blut geflossen war. Und zwar auf sein bestes Sonntagshemd. Den wahren Grund dafür kannte seine Frau bis heute nicht.

Selbst Detlef, sonst immer der Erste bei den Mädels, wenn auch durch das sperrige Schlagzeug stets gehandicapt, meldete Bedenken an: «Hast du nicht was weniger Anstrengendes im Angebot?»

Jo verstand die Welt nicht mehr. «Ihr habt an allem was auszusetzen!», murrte er. «Es wird gut gezahlt. Und ein paar von den Mädels sind wirklich erste Sahne!»

«Und in festen Händen. Das kennen wir schon!» Toddy hatte gerade eine längere Affäre mit einer verheirateten Frau hinter sich.

«Ich fordere mindestens freies Geleit!» Das war wieder der Klarinettist.

«Okay, ich nehme dich mit meiner neuen Pappe mit, dann tut dir keine was», versprach Jo.

«Bist du denn bis dahin dran?», staunte Detlef.

Jo strahlte. «Das ist ja die zweite gute Nachricht! Übermorgen kann ich den Kremser in Empfang nehmen.»

Hoffnungsvoll fragte Detlef: «Ist es wenigstens ’n Kombi?»

Da musste Jo passen. «Tut mir leid. Darauf hätte ich noch ein Jahr länger warten müssen.»

Hartmut sah seine Felle wegschwimmen. Seit einiger Zeit hatte Jo ihn öfter auf seinem Motorradgespann mitgenommen. Er begann sich gerade daran zu gewöhnen. Die Maschine hatte ihre Mucken, aber der Bass passte aufrecht in den Beiwagen.

«Und die EMW verkaufst du?», erkundigte er sich ahnungsvoll. In einen normalen Trabbi passte niemals ein Bass.

Jo war noch unentschlossen. «Müsste ich eigentlich», sagte er. «Aber wer kauft denn so was jetzt vor dem Winter?»

«Ich», sagte Hartmut trocken, und da alle sich überrascht zeigten, fügte er hinzu: «Ich habe die Schlepperei endgültig satt.»

Arthur Mohnholz arbeitete seit Menschengedenken bei der Post. In Wirklichkeit habe er selber das Telefon erfunden und nicht irgendein Brite namens Alexander Graham Bell, lästerten seine Untergebenen gelegentlich, wenn Mohnholz mal wieder einen seiner geliebten Vorträge über die Historie des Berliner Fernsprechwesens vom Stapel ließ. Er behauptete, dass unbedarfte preußische Beamte an der Einführung des Telefons die Schuld trügen. Denen seien beim Übermitteln von Telegrammen und Börsenwerten per Morsealphabet permanent so viele Tippfehler unterlaufen, dass ihr oberster Chef Heinrich von Stephan sofort den Wert der neuen Erfindung für den Telegraphenverkehr erkannte und sie am 26. Oktober 1877 erstmals zwischen dem Generalpostamt in der Leipziger Straße und dem nahen Haupttelegraphenamt erprobte. Eilig verbesserte sein Freund Werner Siemens die Importanschaffung, von Stephan inzwischen in Fernsprecher eingedeutscht, so weit, dass bereits am 12. November das erste – selbstverständlich dienstliche – Gespräch mit der neuen Telegraphenbetriebsstelle in Friedrichsberg bei Berlin zustande kam. Das Haus an der Frankfurter Allee, Ecke Jungstraße stand noch, wie der Amateur-Posthistoriker Mohnholz herausgefunden hatte, doch nichts erinnerte dort an das historische Ereignis. Vier Ecken weiter dagegen kündete eine Bronzetafel von Lenins Teilnahme an einer Versammlung im Jahre 1895 – in der Kneipe nämlich, die sich dort noch immer befand.

Mohnholz hatte das nur im kleinsten Kreise und nach dem Genuss einiger Schnäpse angemerkt. Dabei wurde im Dienst prinzipiell nicht getrunken. Oder fast nie. Jedenfalls selten.

Ausgerechnet an diesem trüben Vormittag aber schien jeder der Teilnehmer an der Beratung des WAO-Kollektivs die Bedeutung dieser wissenschaftlichen Arbeitsorganisation so geringzuschätzen, dass sich der Oberrat Mohnholz bei Sitzungsbeginn, statt von etwa zwölf mittleren Führungskadern umgeben zu sein, nur in Gesellschaft eines einzelnen Betriebsingenieurs fand und nach zehn Minuten Carola Weigang anwies, nach dem Verbleib der restlichen in dieses bedeutungsvolle Kollektiv Berufenen zu fahnden.

Gruppenleiter Süßkind, der als Erster der Gemahnten eintraf, brachte als Abbitte für den vergessenen Termin vorsichtshalber ein halbes Fläschchen jener braunen Flüssigkeit mit, die unter dem Namen Goldbrand schon mancher internen Feier zumindest in den Augen der Teilnehmer einen gewissen Glanz verliehen hatte. Natürlich ließ sich auch heute keiner der nach und nach Eintreffenden lumpen, fühlte sich doch jeder durch Süßkinds Vorgabe verpflichtet. Der kleine Lebensmittelladen, dem Amt gegenüber gelegen, war auf einen solchen Ansturm vorbereitet. An Schnaps und Zigaretten mangelte es nie in den Regalen. Nur Jonischkeit, der Tausendsassa von Operativingenieur, durchbrach das einseitige Getränkeangebot durch eine Flasche wasserklaren Wodka nordkoreanischen Ursprungs, in dem eine wachsbleiche Ginsengwurzel schwebte, das Gastgeschenk einer Freundschaftsdelegation aus Pjöngjang, die sich über das hauptstädtische Fernmeldewesen zu informieren gedachte. Man musste wohl Nordkoreaner sein, um auf eine solche Idee zu kommen.

Auch Hartmut, von Carola telefonisch über das fällige Bußgeld in Kenntnis gesetzt, trug bei seinem Erscheinen ein Fläschchen am Herzen. Mit dieser ganzen WAO-Kacke sollten sie ihm gestohlen bleiben! Er hatte bereits bei der ersten Zusammenkunft angemerkt, mit derlei wissenschaftlich verbrämten Spielereien ließen sich die Probleme einer überalterten und materiell notorisch kurzgehaltenen Fernsprechtechnik kaum lösen. Niemand hatte ihm widersprochen, aber WAO musste nun mal sein, da kannte das übergeordnete Ministerium keinen Spaß.

An der heutigen Sitzung hätte der dortige wissenschaftliche Arbeitsorganisator allerdings kaum Freude gehabt: Sie artete schnell in eine allgemeine Stunde der Wahrheit und damit fast ausschließlich in Kritik aus. Der Staatsoberste blickte reichlich pikiert aus seinem Bilderrahmen auf die muntere Gesellschaft. Das große und auf jung retuschierte Foto mit dem himmelblauen Hintergrund hatten die Kollegen Mohnholz während seiner Kur-Abwesenheit ins Arbeitszimmer gehängt, darauf vertrauend, dass der es nicht wagen würde, den neuen Kaiser wieder zu entfernen.

In Wahrheit war Mohnholz gegen derlei Späße immun. Selbst eine leicht aus dem Ruder laufende WAO-Sitzung wie die heutige vermochte ihn nicht aus dem Gleichgewicht zu bringen. Und der Genuss von Alkohol schon gar nicht, hatte er doch in den Nachkriegsjahren in enger Zusammenarbeit mit der Besatzungsmacht über die Reste des Ost-Berliner Fernsprechwesens geherrscht und dabei manche größere Wodkadosis zu sich nehmen müssen. Die Russen hatten sowieso nie verstanden, wozu die Deutschen so viele Privattelefone benötigten. So viele auf einmal ließen sich doch gar nicht abhören!

Man war also bei den Anekdoten und Kriegserlebnissen angelangt, wie Mohnholz es nannte. Die meisten am Tisch waren zwanzig oder dreißig Jahre jünger als er und wussten nichts von den schweren Zeiten, die er überlebt hatte. Jonischkeit war damit beschäftigt, die Ginsengwurzel gerecht zu teilen, und Hartmut, der sich beim

Trinken schon wegen Carolas Nähe zurückhielt, berechnete, dass sie dabei waren, zu zehnt 3,3 Liter Goldbrand und Wodka niederzumachen, was etwa 1,3 Liter reinen Alkohol ergab, also 130 Gramm pro Nase. Süßkind hatte etwa 200 Gramm intus und stellte fest, der ostasiatische Wodka schmecke wie Kellertreppe ganz unten – jedenfalls leicht stockig. Niemand widersprach.

Es ging auf Mittag zu, eine Störung von höherer Stelle war kaum zu erwarten. Der Amtsleiter weilte zu einem Solidaritätsbesuch im fernen Chile. Etwaige Besucher niederer Chargen hielt Carola mit dem Hinweis auf die bedeutungsvolle WAO-Beratung in Schach. Zweimal war sie mit Kurzberichten über abgewimmelte Telefonate in das Sitzungszimmer vorgedrungen und mit großem Hallo empfangen worden. Nur Hartmuts Anwesenheit schränkte das allzu eindeutige männliche Interesse an Mohnholz' schmucker Sekretärin etwas ein. Jeder wusste, dass Carola und er ein Paar waren.

«Du warst doch mit ihr in Bulgarien», tönte Süßkind. «Wie war's denn?»

Hartmut hob die Achseln. «So ungefähr stelle ich mir die Türkei vor. Vielleicht nicht ganz so arm. Aber die Westdeutschen werden dort wahrscheinlich genauso bevorzugt.»

Süßkind verzog ärgerlich das Gesicht, andere lachten. Von Hartmut waren sie derlei Sprüche gewohnt.

In diesem Augenblick schlängelte sich Carola durch die nur einen spaltbreit geöffnete Tür. Ihrer Miene sah man an, dass etwas Unangenehmes anlag.

«... muss Sie dringend sprechen», war alles, was Hartmut von dem verstand, was sie Mohnholz ins große Ohr flüsterte.

Der hob warnend die Hand, und alle schwiegen. «Sagen Sie ihm, er soll warten. In spätestens zehn Minuten sind wir hier fertig.»

Sie waren sofort fertig. Die Flaschen hatten ohnehin nie auf dem Tisch gestanden, die Gläser schloss Mohnholz im Wandschrank ein.

«Ihr geht besser alle hinten raus», ordnete er an. Sein Büro besaß erfreulicherweise eine zweite Tür, die ins hintere Treppenhaus führte. Verschlossen und von außen gesiegelt, diente sie als Notausgang. Er durfte nur nicht vergessen, dort heute Nachmittag sein persönliches Dienstsiegel in die Knete zu drücken.

«Hier stinkt's wie in einer Kneipe», äußerte Carola missbilligend, bevor sie sich wieder hinausschlängelte.

Die Tür zum Vorzimmer war dick gepolstert und hoffentlich auch geruchsfest. Als letzte gute Tat vor dem Verschwinden riss Johnny Jonischkeit die Fenster weit auf.

Mohnholz vergewisserte sich, dass keine Zigarettenglut mehr glimmte, und leerte eigenhändig die Aschenbecher in eine Plastetüte, die er zu den leeren Flaschen ins unterste Fach seines Schreibtisches schob. Er selber rauchte schon lange nicht mehr. Es fehlte gerade noch, dass in Anwesenheit dieses unerwünschten Besuchers das altertümliche Büromöbel in Flammen aufging. Er trat ans Fenster und nahm ein paar Atemzüge frischer Luft. Im Hof flatterten herbstlich gefärbte Blätter von den Bäumen. Ein bisschen sehnsüchtig dachte Mohnholz an seinen Kleingarten.

Er schloss die Fenster und ließ sich hinter seinem Schreibtisch nieder. Dann hob er den Hörer ab und drückte die Ruftaste. «Schick ihn rein», knurrte er.

Beinahe sofort schob sich Norberts feistes Mondgesicht mit der selbsttönenden Brille durch die Tür, der plumpe Rumpf im ausgeblichenen, beigefarbenen Anorak folgte.

«Na, Meister, wo fehlt's denn heute?», erkundigte sich Mohnholz jovial und wies mit einer ausholenden Handbewegung auf die Stühle am gerade geräumten Sitzungstisch, der sich, wie überall üblich, an die Breitseite seines Schreibtisches anschloss.

Norbert schien einen Augenblick verwirrt, bestand aber nicht auf einem Händedruck. Stattdessen schnüffelte er ein bisschen mit seiner dicken Nase, was Mohnholz zu der Bemerkung veranlasste, man habe gerade die Ormig-Abzüge des WAO-Maßnahmeplans verteilt. Ormig hieß ein stark nach Spiritus riechendes und fingerfärbendes Vervielfältigungsverfahren, das Mohnholz schon seit seiner Lehrzeit kannte. Er hoffte nur, dass Norbert jetzt nicht auf die Idee kam, eine Kopie des eben erfundenen Maßnahmeplans anzufordern.

Doch der hatte ganz andere Sorgen. Es habe sich herausgestellt, dass die DDR-Bürger insbesondere in Berlin den neuen Selbstwählfernverkehr in die besondere politische Einheit West-Berlin in einer unerwarteten Weise missbrauchten und (mangels eigener Anschlüsse, aber das sagte Norbert nicht) tagsüber die meisten der Verbindungen aus Ämtern, Institutionen und volkseigenen Betrieben hergestellt wurden, ohne dass sich der jeweilige Anrufer eindeutig identifizieren ließ.

Mohnholz kannte das Problem. Auch im Fernsprechamt gab es ein internes Verbot, die Vorwahl in das fast zwanzig Jahre lang telefonisch nicht existente Stadtgebiet zu nutzen. Eine Kontrolle war jedoch in Nebenstellenanlagen nicht möglich. Stattdessen diskutierte man über den Einbau von Sperrumsetzern für die inkriminierte Ziffer 8.

Nachdem Mohnholz erläutert hatte, dass es sich hier nicht um ein Problem der Deutschen Post – Weshalb hatte sich die eigentlich noch nicht in Post der DDR umbenannt? – mit ihren äußerst beschränkten materiellen Möglichkeiten handelte, fühlte sich Norbert bemüßigt, wenigstens den Anschein einer guten Nachricht schimmern zu lassen. Vom Fernsprechwesen verstand er als gelernter Rinderzüchter eingestandenermaßen nicht viel, doch er sagte geheimnisvoll: «Für die im nächsten Jahr bevorstehenden Ereignisse sind auch Investitionen in eurem Bereich geplant. Möglicherweise werden sogar zusätzliche Importmittel bereitgestellt.»

Mohnholz nickte. Das Gerücht von einem neuen fünfhundertpaarigen Kabel in der Frankfurter und Karl-Marx-Allee war längst bis zu ihm vorgedrungen. Die Post würde davon den geringsten Nutzen haben, verlief es doch von der Gedenkstätte der Sozialisten direkt am Ministerium für Staatssicherheit vorbei zur Paradestrecke am Ende der Allee. Auch das Auslandsfernamt der Deutschen Post befand sich passenderweise nur hundert Meter vom Ministerium entfernt. Das bevorstehende Großereignis waren die X. Weltfestspiele im Juli, die ihre langen Schatten vorauswarfen.

Norbert rückte an seiner violett schimmernden Brille herum. «Darüber müssen wir auch noch ausführlich reden.»

Wie üblich hatte Mohnholz bereits die ersten Listen mit den Namen der für den Einsatz Vorgesehenen eingereicht. Er kannte seine Pappenheimer und hatte Kirchenanhänger, renitente oder anderweitig auffällige

Mitarbeiter, die sich beispielsweise weigerten, im Weihnachtsverkehr Westpäckchen zu öffnen und dem Zoll vorzuführen, gar nicht erst gemeldet. Die regelmäßigen Arbeitseinsätze im verlotterten Bahnpostamt am Ostbahnhof waren alles andere als beliebt.

Einer von denen, die Mohnholz vorsichtshalber noch nie zum Ostbahnhof geschickt hatte, war Hartmut Battin. Dafür stand sein Name ganz oben auf der Weltfestspielliste, als verantwortlicher Ingenieur für alle Sondervorhaben.

Dagegen meldete Norbert keine Bedenken an, jedenfalls nicht direkt. Er wand sich ein bisschen, und Mohnholz erwartete jeden Augenblick die Frage nach jener schriftlichen Beschwerde, die in einem gesonderten Hefter in seinem Schreibtisch schmorte. Der Parteisekretär einer Möbelbude hatte sich zutiefst getroffen an Mohnholz gewandt, nachdem ihn Hartmut in einer anscheinend nicht sonderlich sanften Auseinandersetzung darüber belehrt hatte, dass die Möbelbude ganz planmäßig über einen zugegebenermaßen völlig unzureichenden Zugang zum Fernsprechnetz verfüge, da in der DDR bekanntlich alles planmäßig geschähe und die Pläne stets - wie er als Parteisekretär doch am besten wissen müsse - erfüllt und übererfüllt würden. Gute Aussichten beständen also für den übernächsten Fünfjahrplanzeitraum.

Mohnholz hatte angesichts Hartmuts dialektisch zwingender Argumentation ein stilles Grienen nicht unterdrücken können, diktierte anschließend jedoch eine windelweich formulierte Halbentschuldigung an den aufgebrachten Parteisekretär. Man werde mit dem betreffenden Mitarbeiter ein klärendes Gespräch führen. Das stand noch immer aus, obwohl Hartmut durch Carola todsicher sowohl die Beschwerde als auch die amtliche Antwort kannte. So viel schien Mohnholz bei aller Wertschätzung von Carolas Diskretion gewiss. Er verspürte einfach wenig Lust, sich mit Hartmut auf eine spitzfindige und letztlich ergebnislose Diskussion über Pläne, Planerfüllung und nicht vorhandene Perspektiven einzulassen.

Norbert drückte glücklicherweise ein ganz anderer Schuh, Hartmut Battin betreffend. «Kennst du seine Mutter?», fragte er Mohnholz, den er als Genossen selbstverständlich duzte.

Mohnholz riss die Augen weit auf. «Ich hatte bisher nicht die Ehre», sagte er mit trockenem Mund und dachte dabei an seine eigene Mutter, deren Wohnort in seinen Kaderunterlagen als *unbekannt* bezeichnet wurde. In drei Jahren wurde er 65. Als Geheimnisträger würden sie ihn noch zwei, drei weitere Jahre zappeln lassen, dann war sie, wenn sie noch lebte, weit über neunzig. «Was ist mit der Mutter?» Er hätte jetzt gerne einen Kaffee getrunken. Er nahm den Hörer ab und drückte die Ruftaste. «Zwei Kaffee bitte», sagte er. Carola würde ihm die knappe Aufforderung hoffentlich verzeihen.

Norbert verzog sein Mondgesicht. «Nichts, nichts», beteuerte er. «Sie ist Lehrerin. Genossin ...»

«Verwitwet, wenn ich mich recht erinnere», ergänzte Mohnholz, um wenigstens etwas an Information beizusteuern.

Norbert nickte heftig. «Und ebenda liegt der Hase im Pfeffer. Es gibt da seit einiger Zeit eine Beziehung ... Hat Battin nie ein Wort darüber verloren?»

Mohnholz sah ihn mit steinerner Miene an. «Du kannst mir glauben, dass ich hier andere Sorgen habe als die Liebesabenteuer verwitweter Anverwandter meiner Mitarbeiter», grollte er. Der Kerl war ihm noch nie sympathisch gewesen, aber dass seine Schnüffelei jetzt derartige Dimensionen annahm, ging ihm über die Hutschnur.

«Natürlich, natürlich.» Norbert hob entschuldigend die plumpen Schultern und Arme, als wolle er fliegen lernen. Er senkte die Stimme, wie es sich für die Weitergabe eines Staatsgeheimnisses schickte, und murmelte: «Bei dem Genossen handelt es sich um einen Kader aus einem ganz speziellen Bereich.»

Mohnholz verstand. Mutter Battins Neuer war ein höheres Tier von politischer, militärischer oder möglicherweise wissenschaftlich-künstlerischer Bedeutung, und nun wurde das familiäre Umfeld nach Sicherheitslücken abgegrast. Armer Hartmut.

«Vielleicht könnte man erkunden, wie Battin zu diesem Partner seiner Mutter steht», schlug Norbert denn auch vor. «Immerhin leben sie zusammen in einem Haus.»

Mohnholz' Gesichtszüge versteinerten vollends. «Wie stellst du dir das vor? Soll ich ihn zu einem Kadergespräch einbestellen und ihn über seine Familienverhältnisse ausquetschen?»

Wieder hob Norbert die feisten Arme, diesmal beschwichtigend. «Nein, nein, natürlich keine so direkte Maßnahme. Ihr werdet doch auch mal ein privates Wort miteinander wechseln ...»

Mohnholz schüttelte seinen hohen Schädel. «Für Privatgespräche haben wir hier wirklich keine Zeit!», behauptete er.

«Aber deine Sekretärin», wieder senkte er die Stimme und wies zur Tür, «die ist doch mit Battin liiert.»

«Kann sein. Ich habe ihnen nicht die Kerze gehalten», sagte Mohnholz beinahe barsch.

Wie aufs Stichwort öffnete sich die Tür, und Carola brachte den Kaffee. Sie stellte Mohnholz den gewohnten Topf auf seinen Schreibtisch, lächelte ihm zu und balancierte die zweite Tasse mit so viel Ungeschick an Norbert vorbei, dass Mohnholz unwillkürlich die Augen schloss. Bis auf ein, zwei kleine Spritzer auf dem hellen Anorak ging jedoch alles gut.

«Entschuldigung. Tut mir wirklich leid», sagte Carola steif. Wenn sie wollte, konnte sie so unnahbar wirken wie eine echte Gräfin.

ZEHN

Herbst 1972

AUS ALLEN LAUTSPRECHERN dröhnte das, was Jürgen Marcus der Welt zu verkünden hatte: *Eine neue Liebe ist wie ein neues Leben!* Und natürlich lästerte Rainer Erkenbrecher öffentlich über diesen wie über alle anderen deutschen Schlager, denn die intellektuelle Elite schätzte ausschließlich Songs aus England und Amerika oder aber das, was die Blacks zu bieten hatten, zum Beispiel Miriam Makeba mit *Pata Pata.* War er aber allein, summte er pausenlos *Eine neue Liebe ist wie ein neues Leben* oder hörte den Song im RIAS oder SFB.

Sie hieß Gabi, Gabriele Goltz, und war die Frau, die er bei seiner Rückkehr aus Schmöckwitz beim Grenzübertritt kennengelernt hatte. Sie kam aus Lehrte, einer kleinen Stadt an der Strecke nach Hannover, der der Lehrter Bahnhof in Berlin seinen Namen verdankte, war 27 Jahre alt, hatte die Höhere Handelsschule besucht und arbeitete im Siemens Hausgerätewerk draußen in Gartenfeld, einem Teil des Bezirks Spandau. Im Neubaugebiet Charlottenburg-Nord hatte sie eine kleine Eineinhalb-Zimmer-Wohnung gefunden.

Erkenbrecher und Zützer waren sich einig, dass sie all das hatte, was Martina nicht gehabt hatte: eine wache Intelligenz und ein quirliges Wesen. Abgesehen davon war sie in der körperlichen Liebe sehr experimentierfreudig und lag nicht nur da, vornehmlich in der Missionarsstellung, um ihm einen Gefallen zu tun. Nur einen Nachteil hatte sie: Er kam kaum noch zum Arbeiten. Fragte man ihn, wie weit er mit seiner Dissertation sei, dann antwortete er, nicht sehr weit, denn er sei süchtig nach Gabi. Zützer hatte ihm schon die passende Platte geschenkt: *Für Gabi tu ich alles*. Mit Gabi auch. Sie gingen ins Theater und sahen in der Schaubühne am Halleschen Ufer Ibsens *Peer Gynt* unter der Regie von Peter Stein und im Schillertheater Strindbergs *Totentanz* unter der Regie von Rudolf Noelte. Noch öfter hockten sie im Kino, weil man dort besser flüstern und noch besser knutschen konnte. Einmal hatten sie es sogar in einem Schöneberger Kino in der letzten Reihe richtig getan, da hatte sie auf ihm gesessen, den Blick nach vorn auf die Leinwand gerichtet. Dass es bei Rainer Werner Fassbinders *Die bitteren Tränen der Petra von Kant* passiert war, durfte er seinen Freunden nicht erzählen, nicht einmal Zützer, denn die hätten ihn wegen dieser Entweihung gelyncht. *Der Pate* mit seinen deftigen Liebesszenen wäre anregender gewesen, aber in einem vollen Kino hatten sie es nicht gewagt.

Mehrmals in der Woche zog er mit ihr durch Berlin, durch West-Berlin, um ihr seine Stadt zu zeigen und ihr zu verraten, was wichtig war. Sie kletterten auf den Kreuzberg, standen am Nationaldenkmal und sahen auf den Wasserfall und die Innenstadt hinunter. Sie schlenderten durch Riehmers Hofgarten und über den Chamissoplatz, sie kauften allen möglichen Krimskrams in der Bergmannstraße und aßen in der Marheineke Markthalle ihre Currywurst, sie tauchten in der Oranien- und der Naunynstraße ein in das, was Klein-Istanbul genannt wurde, speisten dann aber doch in keinem türkischen Lokal, sondern im «Max und Moritz». Danach liefen sie zum Mariannenplatz, zum Georg-von-Rauch-Haus.

«Das ist ein selbstverwaltetes Wohnkollektiv im ehemaligen Schwesternwohnheim des Bethanien-Krankenhauses», erklärte ihr Erkenbrecher. «Georg von Rauch war ein Berliner Stadtguerillero, der im Dezember letzten Jahres bei einem Schusswechsel mit der Polizei getötet worden ist.»

Vom Mariannenplatz liefen sie zum Schlesischen Tor, um einen Blick auf die Spree, die Oberbaumbrücke und die Grenzbefestigungen drüben am Ost-Berliner Ufer zu werfen und dann mit der Linie 1 zurückzufahren.

Gabriele Goltz liebte die Berliner Hochbahn und hatte, wie sie Erkenbrecher beichtete, die stillgelegte S-Bahn zwischen Jungfernheide und Gartenfeld, die sogenannte Siemensbahn, anfangs auch für eine Hochbahnstrecke gehalten.

Erkenbrecher war glücklich. Statt mit Martina immer nur zu Hause zu sitzen und mit ihren Eltern Canasta zu spielen, konnte er jetzt endlich durch die Stadt streifen und sie erkunden. West-Berlin war ja letztlich die Summe seiner Kieze, und so richtig kannte er nur die Gegend zwischen dem Kadettenweg und der FU, also Lichterfelde West und Dahlem, von gelegentlichen Ausflügen in die Deutsche Oper in der Bismarckstraße und den Theatern und Kinos in Kudammnähe einmal abgesehen.

Von daher war Gabi ein großer Gewinn für ihn, und nur auf eines musste er verzichten, seit er sie kannte: auf sein Tennis. Jeglicher Wettkampf war ihr zuwider, dafür wanderte sie gerne, was aber bei den begrenzten Möglichkeiten auf dem engen West-Berliner Territorium schnell langweilig wurde.

Als sich die Blätter zu verfärben begannen, wollte sie von der Stößenseebrücke runter nach Wannsee spazieren.

Zützer war mit von der Partie. Von der Heerstraße stiegen sie zur Havel hinunter, und sofort legte er los: «Schön, dass die Berliner den Václav Havel so schnell geehrt haben, aber mir ist schleierhaft, warum der Fluss in der DDR auch so heißt ... Den hätten sie doch längst umbenennen müssen.»

Zunächst liefen sie auf der Havelchaussee, erst hinter dem Postfenn konnten sie direkt am Wasser entlanggehen. Das Schiffsrestaurant «Alte Liebe» lockte zwar, aber sie hatten noch keinen Hunger. Gabriele bestand darauf, die Halbinsel Schildhorn zu erkunden und keine Abkürzung zu nehmen, und auch den Grunewaldturm auf dem Karlsberg wollte sie erklimmen.

Zützer protestierte: «Auf den Turm komme ich nicht mit, wegen meiner Höhenangst. Wenn ich die nicht hätte, wäre ich schon längst ganz weit oben in der Politik.»

«Die Partei, in der du Karriere machen kannst, die muss erst noch gegründet werden», sagte Erkenbrecher.

«Warte ma, det kommt schon noch irjendwann!» Zützer war sich ganz sicher, dass es eine Abspaltung von der SPD geben würde. «Aus der APO wird mal 'ne Partei werden.»

«Ja, die PdP, die Partei der Parteilosen», spottete Erkenbrecher.

«Und was ist mit der DKP?», fragte Gabriele Goltz.

Zützer zuckte zusammen. «Ich will doch kein Berufsverbot riskieren, falls ich doch Briefträger werden sollte. Außerdem: Was soll ein Anarchist wie ich in der DKP? Da wollen sie doch Parteisoldaten haben.»

Obwohl das Wasser viel zu kühl war, als dass man gern hineingefallen wäre, gab es noch einige Ruderer und Paddler auf der Havel. Ein Ehepaar in einem blauen Faltbootzweier kämpfte tapfer gegen Wind und Wellen und strebte unbeirrt dem Pichelsdorfer Gemünd entgegen. Sehr harmonisch sahen ihre Bewegungen jedoch nicht aus, und immer wieder fuhren die Blätter ihrer Paddel in der Luft krachend gegeneinander.

Zützer schüttelte den Kopf. «Wenn ich mir vorstelle, dass jemand so über die Ostsee ...»

«Psst!» Erkenbrecher stieß ihm den Ellenbogen in die Seite, ehe Zützer sagen konnte, dass er sich um Hartmut und Carola sorgen würde. Er wollte Gabi nicht mit dieser Sache belasten. Sie war zu sensibel und hätte unbedingt helfen wollen, was aber sehr leicht alles verderben konnte.

Zützer reagierte schnell und zeigte auf ein Flugzeug, das sich im Anflug auf die britische Militärbasis in Gatow befand. «Mensch, die Königin landet in Berlin. *God shave the Queen!*»

Als sie am Fuße des Grunewaldturmes angekommen waren, sahen sie Diether Keiner mit seiner Freundin auf den Stufen vor dem Eingang stehen und die Wanderkarte studieren. Sie nährten sich den beiden, und man begrüßte sich so emphatisch, wie es in der Szene üblich war.

Kaum waren sie mit der Zeremonie «Wange an Wange» am Ende, begann sich Diether Keiner heftig zu erregen: «Mensch, am 9. Oktober soll der Prozess gegen Horst Mahler beginnen, das kann doch nicht sein, dass die ihm die Gründung einer kriminellen Vereinigung unterstellen, die Gründung der Baader-Meinhof-Gruppe!»

«Der Gustav Mahler ist schon schlimm», brummte Zützer, «aber der Horst ist noch schlimmer. Nur die Heidi, die liebe ich.» Heidi Mahler war die Tochter von Heidi Kabel und spielte im Hamburger Ohnsorg Theater. Er begann zu singen: «Heidiiii, Heidiii ...»

«Zützer, Sie nerven!», sagte Keiner.

«Zum Glück ist ein Keiner kein Kain», erwiderte Zützer. «Aber ich bin ja auch kein Abel und werde nicht erschlagen ...»

«Können wir Kaffee trinken gehen?», unterbrach ihn Gabriele Goltz.

Otto Stammer hatte begonnen, das durchzulesen, was ihm Rainer Erkenbrecher bis jetzt von seiner Dissertation über die Geschichte des Reichsbanners Schwarz-Rot-Gold abgeliefert hatte. Viel war es nicht, und das Wenige schien ihm ziemlich mediokre zu sein. Aber nicht nur das, es gab auch einige peinliche Fehler. Aus Erwin Beck, dem letzten Vorsitzenden der Kreuzberger Sozialistischen Arbeiterjugend, hatte er Edwin Beck gemacht, und den Putsch des Reichskanzlers von Papen vom 20. Juli 1932 hatte er auf den 20. Juni 1932 verlegt. Otto Stammer waren solche Schludrigkeiten ein Greuel, und auch der nicht immer akademische Stil des Textes ärgerte ihn.

Als er dann am Abend bei einer privaten Feier Ernest Erkenbrecher traf und der ihn fragte, wie zufrieden er denn mit der Doktorarbeit seines Sprösslings sei, konnte er nicht an sich halten. «Wie zufrieden ich bin? Frage lieber, wie unzufrieden ich bin, nämlich sehr.» Und er zählte seine Kritikpunkte auf.

Ernest Erkenbrecher nippte nachdenklich an seinem Spätburgunder. «Auch mir macht er Sorgen. Seit er seine neue Freundin hat, hat er fürchterlich nachgelassen. Aber es ist nicht nur das. Ich glaube auch, dass ihm diese Inzucht am OSI nicht bekommt. Der Dogmatismus des Guten ist eine fürchterliche Sache. Jedes Grüppchen ist so überzeugt davon, die letzten Wahrheiten gefunden zu haben, dass es fast so schlimm ist wie im ZK der SED.»

Otto Stammer lächelte. «Nun bist du auch Karl Popper auf den Leim gegangen.» Gemeint war dessen Kritischer Rationalismus mit der Grundaussage, dass alle Hypothesen nur so lange gültig sind, wie ihre Falsifikation noch nicht gelungen ist, und diese Widerlegung zu betreiben sei die eigentliche Aufgabe aller Wissenschaft.

Ernest Erkenbrecher gab ihm recht und unterstrich dies mit einem Vers aus Schillers *Kassandra*: *«Nur der Irrtum ist das Leben, / Und das Wissen ist der Tod.»* Er dachte eine Weile nach und fügte dann hinzu, dass es gut wäre, seinen Sohn für einige Zeit ins Ausland zu schicken. «Ich habe da Kontakte zur Cornell University in Ithaca, New York, und werde mal sehen, was sich machen lässt.»

Rainer Erkenbrecher fühlte sich in Gabis kleiner Neubauwohnung wie in einer Weltraumkapsel, die unterwegs war zu exotischen Planeten. Nur selten blieb er über Nacht bei ihr, denn wegen des Verkehrslärms schlief er schlecht, und ihr Bett war einfach zu schmal. Da setzte er sich lieber in seinen Wagen und fuhr nach Lichterfelde raus. Aber Gabi wollte immer noch kuscheln, und so schlief er dann manchmal mit ihr ein.

In dieser Nacht war es kein hupendes Auto, das ihn hochschrecken ließ, und auch kein schmerzender Ischiasnerv, sondern ein Traum. Er saß in einem Boot, das irgendwie aus Packpapier zusammengeklebt war, und paddelte auf einem Meer, das rund war und bis zu den Sternen reichte. Das Wasser war eine schwarze Brühe und schien aus Säure zu bestehen, die sein Boot langsam zerfraß. Plötzlich riss die Haut, und er saß im Wasser. Er paddelte wie ein Irrer, die Wellen schlugen über seinem Kopf zusammen. Gurgelnd ging er unter und schrie um Hilfe.

«Was ist denn?» Gabi war wach geworden und hatte die Nachttischlampe eingeschaltet.

Erkenbrecher richtete sich auf und murmelte, dass er am Ertrinken gewesen sei. «Auf der Ostsee, im Faltboot.»

Ihre Fingerspitzen fuhren über seine Stirn. «Komm, es ist nichts weiter, du liegst hier bei mir im Warmen und Trocknen und kannst ruhig weiterschlafen.»

Kriminalkommissar Hans-Jürgen Mannhardt konnte nicht recht verstehen, dass viele West-Berlin als Insel der Glückseligen erachteten. Er zweifelte zu sehr an seinem Leben, um high zu sein. Anstatt zu studieren, war er nach dem Abitur zur Polizei gegangen und dümpelte nun im gehobenen Dienst herum. Aber was hätte er studieren sollen? Sport und Erdkunde, um Lehrer zu werden? Nein, auf keinen Fall wieder zurück in die Schule! Jura? Nein, er hatte eine fürchterliche Abneigung gegen alle Juristen. Also saß er da und wartete darauf, dass ein neuer Mord geschah oder dass es Feierabend wurde. Zu Hause hatte er Idylle pur: eine Frau, zwei Kinder und ein Häuschen im Grünen. Alles, wie es sich für einen Beamten gehörte. Und vielleicht schaffte er es eines Tages noch in den höheren Dienst oder in die Politik. Aber in der SPD waren zu viele, die an die Fleischtöpfe wollten, da hatte man nicht mehr Chancen als beim Lotto.

Er öffnete die Schublade seines Schreibtisches, in der die Romane lagen, mit deren Lektüre er gegen seine dienstliche Langeweile ankämpfte. Er hatte sich vorgenommen, in diesem Jahr alles zu lesen, was Theodor Fontane je geschrieben hatte, und war jetzt bei *Graf Petöfy* angekommen, dem vielleicht unbekanntesten Werk des Meisters. Der siebzig Jahre alte Graf Adam von Petöfy will die blutjunge Schauspielerin Franziska Franz heiraten. Die wehrt sich gegen die Einwände, die ihre Dienerin gegen diese Ehe vorbringt:

Im Allgemeinen, darin hast du recht, gehört zu einem Grafen eine Gräfin; wer wollte das bestreiten? Aber wenn es keine Gräfin sein kann, so kommt nach der Gräfin gleich die Schauspielerin, weil sie der Gräfin am nächsten steht. Denn worauf kommt es in der sogenannten Oberschicht an? Doch immer nur darauf, dass man eine Schleppe tragen und einen Handschuh mit einigem Schick aus- und anziehen kann. Und sieh, das gerade lernen wir aus dem Grunde. So vieles im Leben ist ohnehin nur Komödienspiel, und wer dies Spiel mit all seinen großen und kleinen Künsten schon von Metier wegen kennt, der hat einen Pas vor den anderen voraus und überträgt es leicht von der Bühne her ins Leben.

Mannhardt war begeistert von diesem Satz, der inhaltsgleich war mit Shakespeares *Die ganze Welt ist eine Bühne*. In den Fortbildungsveranstaltungen, die jetzt groß in Mode waren, nannten sie das Rollentheorie.

Die Tür flog auf, und im Rahmen stand Dr. Weber. Im Organisationsplan war er als Mannhardts Vorgesetzter verortet, auf der Bühne Büro spielte er die Rolle des Kotzbrockens.

«Kennen Sie Rudow?»

«Nein, ich kenne nur Brahms.» Mannhardt freute sich über seine kesse Antwort, gleichzeitig aber hatte er

Angst vor der zu erwartenden negativen Reaktion des anderen und duckte sich.

Dr. Weber zog die Augenbrauen hoch. *«Omnes una manet nox.»*

Mannhardt hatte das kleine Latinum gemacht und konnte sich das gerade noch zusammenreimen: Auf alle wartet ein und dieselbe Nacht. «Soll das heißen, dass wir die Nacht über in Rudow zu tun haben werden?»

«In der Tat. In der Laubenkolonie ‹Luise Dähne› ist ein junger Mann niedergeschossen worden. Greifen Sie sich den Kollegen Koch, und hin!»

Koch hatte keinen Vornamen, jedenfalls war noch keinem in der Mordkommission aufgefallen, dass er einen hatte. Koch war Vierhundert-Meter-Läufer und galt als Berlins schnellster Kriminalwachtmeister. Ansonsten war er ein Gemütsathlet mit viel Freude an kindlichen Späßen und immer neuen Bräuten.

«In Bad Rudow, wen hatte ich denn da vor Jahren mal?» Koch dachte nach, während sie im Auto saßen.

«In Bad Rudow war's bestimmt der Udo», sagte Mannhardt als Anspielung auf Ingo Insterburgs: *Ich liebte ein Mädchen in Wedding, die wollte immer nur Petting.*

Am Tatort angekommen, erfuhren sie, dass man den 26-jährigen FU-Assistenten Diether Keiner niedergeschossen hatte. Anlieger hatten drei Schüsse gehört. Der Schütze hatte hinter einer dichten Hecke gestanden und Keiner in den Rücken getroffen, als der an der Teppichstange Klimmzüge machte. Der Täter sei in einem grauen VW-Käfer geflüchtet, hieß es. Das Kennzeichen hatte sich niemand merken können.

Diether Keiner, so erfuhr Mannhardt schnell, kam vom OSI und wurde ultralinken Gruppierungen zugerechnet. Er dachte sofort an Rudi Dutschke, der im April 1968 auf dem Kurfürstendamm von einem jungen Hilfsarbeiter niedergeschossen und lebensgefährlich verletzt worden war. Gegen eine Tat aus politischen Motiven sprach allerdings der Umstand, dass sich Keiners Lebensgefährtin gerade von ihrem Mann getrennt hatte. Von dem wurde kolportiert, er habe gedroht, sie und Keiner umzubringen. Es handelte sich um den Gerüstbauer Uwe Schulz, wohnhaft in der Neuköllner Weichselstraße.

Als sie dort klingelten, öffnete ihnen niemand. Sie ließen ihn zur Fahndung ausschreiben, mehr konnten sie an diesem Abend nicht tun. Keiner war außer Lebensgefahr, aber es war unmöglich, mit ihm zu sprechen.

Am nächsten Morgen fuhr Mannhardt zum OSI hinaus, um mit den Leuten dort zu reden. Wer wusste etwas über Keiner, das sie weiterbringen konnte? Die Gespräche blieben ergebnislos, bis gegen Mittag einem der Assistenten einfiel, dass es im September einen Einbruch in Lichterfelde bei Rainer Erkenbrecher gegeben hatte.

Mannhardt bedankte sich für diesen Hinweis und wartete, bis Erkenbrecher aus seinem Seminarraum kam und er ihn befragen konnte.

«Tut mir leid, dass ich Ihnen nicht weiterhelfen kann», sagte Erkenbrecher, nachdem er sich alles angehört hatte. «Aber ich war zu dieser Zeit in München. Getroffen hat es meinen Freund Günther Zützer, der ist niedergeschlagen worden.»

«Kann es sein, dass man sie verwechselt hat?», fragte Mannhardt.

«Schwer zu sagen. Er ist größer und stämmiger als ich, aber es war ja dunkel.»

Mannhardt nickte und dachte in eine andere Richtung. «Kann es sein, dass einer Ihrer Studenten so frustriert war, dass er sich an Ihnen rächen wollte, an Ihnen und an Keiner?»

Erkenbrecher lachte. «Bei uns fällt doch nie einer durch. Da kennen Sie das ZI 6 schlecht.»

«Vielleicht war einer wütend, weil er keine Assistentenstelle bekommen hat?»

«Ausgeschlossen.»

Mannhardt machte, dass er wieder in die Keithstraße kam. In diesem fundamentalistischen Tempel namens OSI fühlte er sich noch unwohler als in seinem Dienstgebäude, und solche intellektuellen Oberschichtenfuzzis wie diesen Erkenbrecher konnte er auf den Tod nicht ausstehen.

ELF

Jahreswechsel 1972/73

ALS SIE ZWEI TAGE VOR SILVESTER in Berlin losfuhren, herrschten noch weihnachtliche Plusgrade. Carola, dick eingepackt und mit einer langsam erkaltenden Wärmflasche ausgerüstet, glich dennoch einem Eiszapfen, als sie in Greifswald die erste Pause einlegten.

Hartmut hätte sie gerne gewärmt, vermochte aber kaum die steifen Finger zu bewegen. «Ich weiß schon», stieß er selbstkritisch zwischen den eingefrorenen Kinnbacken hervor, «war keine gute Idee mit dem Motorrad.»

Carola gab sich Mühe, zu lächeln und ihn zu bedauern: «Und du darfst nicht mal einen Grog trinken.»

Einen trank er dennoch, und die herzhafte Erbsensuppe dazu ließ seine Gesichtszüge allmählich auftauen. «Nachher binde ich den Schal ums Gesicht», sagte er.

Das war bitter nötig. Obwohl die vierspurige Straße ein ganzes Stück weit landeinwärts verlief, blies ihnen von der Küste her ein steifer Nordwest direkt ins Gesicht. Vergebens versuchte Carola, sich hinter der Scheibe des Beiwagens klein zu machen. Es war einfach saukalt, und bis zu ihrem Ziel hatten sie mindestens noch eine Stunde vor sich.

Sie war fest entschlossen, nicht zu klagen. Immerhin waren sie sich einig darin gewesen, ihren Urlaubsort auf

Rügen auf diese wenig wintergerechte Weise zu erreichen, und das gleich aus mehreren Gründen. Erstens galt es, das alte Gespann auf seine Zuverlässigkeit auch unter widrigen Umständen zu testen, und zweitens – und das war viel wichtiger – brauchten sie ein Fahrzeug, um sich auf der Insel bewegen zu können. Jetzt im Winter würde ihnen vermutlich kein Mensch irgendwelche Fluchtgedanken unterstellen, wenn sie sich ein bisschen umsahen und die Gegend genauer erkundeten, als es im Sommer möglich war.

Für Rügen hatten sie sich aus rein geostrategischen Erwägungen entschieden, wie Hartmut seine Überlegungen ein wenig schwülstig nannte. Boltenhagen, die Lübecker Bucht und die Insel Poel schieden von vornherein wegen der wahrscheinlich lückenlosen Überwachung aus. Bis hinüber nach Holstein waren es von dort nur zwanzig bis dreißig Kilometer. Nordöstlich von Poel befand sich ein riesiges Armeegelände, und die anschließende Küste bis weit hinter Rostock bot kaum Möglichkeiten, ungesehen aufs Wasser zu kommen, obwohl sich die Entfernung Kühlungsborn—Fehmarn mit etwa 37 Kilometern verlockend ausnahm. «Da haben sie alleine durch den Flugbetrieb eine zu gute Übersicht», vermutete Hartmut. Als Lehrling hatte er in Rerik einmal eine Woche lang unter Flugzeuglärm und Flakbeschuss verbracht.

Blieben Fischland und Darß, der dänischen Insel Falster am nächsten gelegen. Doch da sah es vermutlich nicht viel besser aus mit der Überwachung. Auch am Darßer Ort saß die Armee seit Hitlers Zeiten. Wie dicht man durch den Urwald bis an den Weststrand herankam und ob man ungesehen das Boot aufbauen konnte, blieb ungewiss.

Hartmut hatte Abend für Abend die Messtischblätter studiert, die Erkenbrecher tatsächlich eingeschmuggelt hatte und die sich, was den Osten anging, leider auf dem Stand von 1941 befanden.

Er hatte ein Faible für das Unwahrscheinliche – vielleicht, weil er in einem Lande lebte, in dem sich der Inhalt von Tageszeitungen wie von Parteitagsversprechen auf Monate im Voraus prophezeien ließ. So war er auf Rügen verfallen. Zwischen Dranske und Kap Arkona erstreckte sich ein weites Küstenstück mit mehreren großen Zeltplätzen, mit kleinen und größeren Wäldern und unübersichtlichen Strandabgängen. Auch in dieser Gegend war er mal als Lehrling gewesen, und er erinnerte sich an die unwirtliche Steilküste und die steinigen Strände.

Leider war es ihm nicht gelungen, jetzt mitten im Winter dort oben ein Quartier zu finden. Als Helfer in der Not hatte sich wieder mal der umtriebige Jonischkeit erwiesen, dessen Schwager in einem Baubetrieb tätig war, der irgendwo auf Rügen ein halbverfallenes Fischerhaus an Land gezogen und aufs Feinste als Ferienheim ausgebaut hatte. Und weil ausgerechnet dieser Schwager ein Jazzer war und schon lange vergebens nach zwei, drei Import-LPs aus der ČSSR suchte, von denen sich Hartmut schweren Herzens trennte, waren Carola und er nun in Wind und Kälte unterwegs und warteten am Rügendamm in der Schlange vor der hochgeklappten Brücke.

Nach zehn Minuten ging es weiter. Hartmut hatte sich nicht sonderlich für das Urlaubsquartier interessiert. Es lag irgendwo im Westen der Insel, genauer gesagt auf einer weiteren Insel im Windschatten zwischen Rügen und Hiddensee.

Der Name Hiddensee hatte einen magischen Klang.

Davon träumte jeder: einmal Urlaub machen auf der sagenhaften Sonneninsel, wo es keine Straßen und keine Autos gab, nur blanke Idylle, einsame Häuser, endlosen Strand. Und natürlich kein Quartier für einen Normalsterblichen. Gerhart Hauptmann hatte dort gelebt und lag da auch begraben, so eine Art Goethe der Jahrhundertwende. Ansonsten war Hiddensee eine Künstler- und Fischerinsel, und beide Berufsgruppen achteten streng darauf, dass es so blieb. Stand man im Sommer früh genug am Fähranleger in Schaprode, bestand immerhin die Aussicht, als Tagesausflügler wenigstens für ein paar Stunden auf das verträumte Eiland zu gelangen. Carola war einmal mit ihren Eltern von Breege aus mit dem Dampfer dort gewesen und schwärmte Hartmut davon vor.

Der schüttelte den Kopf. «Keine Chance», sagte er. «Mit einem zusammengelegten Faltboot nehmen die uns schon vor der Fähre fest.»

Die F96 zog sich endlos durch die sanft hügelige Landschaft. Die EMW tuckerte gleichmäßig, und der böige Wind hatte auf Nord gedreht. In Samtens bogen sie in Richtung Gingst ab und fanden dort auch einen Wegweiser Richtung Ummanz. Sie merkten kaum, dass sie über eine flache Brücke von der einen Insel auf die andere geraten waren. Nur dass es plötzlich zu schneien begann, fiel ihnen auf. Und dass die schlaglochreiche Straße in zwei Fahrspuren überging, die aus Betonschwellen bestanden. So kamen sie von Waase nach Wusse, und als sie bald darauf eine Kurve passierten, stand plötzlich ein verwunschenes Haus mitten im Winterwald, blauweiß getüncht und mit einem tief heruntergezogenen Reetdach.

«Das ist es doch nicht etwa!», staunte Carola.

Das war es, das als mühevoll getarnte Schwarzinvestition um- und ausgebaute Ferienheim Berliner Bauschaffender, und sie durften das gemütliche Zimmer unter der geschwungenen Dachgaube beziehen, das sogar geheizt war.

«Wundert euch nicht, wenn's mal ein bisschen rappelt über euch», sagte der Heimleiter. «Das ist bloß der Marder. Der müsste jetzt eigentlich Winterschlaf halten, aber im Dach ist es wahrscheinlich zu warm.»

Zählte man die den nächtlichen Geräuschen nach überaus aktive Marderfamilie nicht mit, so wohnten im Haus nicht mehr als fünfzehn Personen, vom korpulenten Heimleiter Klaus Jahnke und seiner zierlichen Ehefrau beinahe liebvoll umsorgt und verpflegt. Alles war viel besser, als Carola und Hartmut erwartet hatten. Nach dem Abendessen saß es sich in dem gut beheizten Aufenthaltsraum warm und gemütlich, bulgarischer Rotwein war reichlich vorhanden, und das Bier stammte glücklicherweise nicht aus Stralsund. Die halbwüchsigen Kinder hatten sich vor den Fernseher verzogen.

Die Bauschaffenden pflegten untereinander einen recht offenen Ton, bei dem es auch Hartmut und Carola gegenüber blieb, nachdem sich herumgesprochen hatte, mit welchem Gefährt die beiden das Heim erreicht hatten. Eine echte R 35/3 mit 14 PS, Baujahr 1954, wenngleich aus Eisenach, galt noch immer beinahe als BMW-Westimport und bot ein erstes ergiebiges Gesprächsthema für die Männer.

Draußen war ein leichter Sturm aufgekommen, dicke, nasse Flocken wehten waagerecht vor den Fenstern dahin. Der Orkan, der ein paar Wochen zuvor über das

Land gezogen war, hatte auch hier oben im hohen Norden einigen Schaden angerichtet. Einen Tag zuvor hatten die Zeitungen noch fröhlich von einem *ersten winterlichen Intermezzo* geschwafelt.

«Auf Hiddensee haben sie mal wieder gefürchtet, die Insel bricht auseinander», erzählte Klaus. «Aber Goldschmuck haben sie diesmal nicht gefunden.»

Er spielte damit auf die ominöse Fundgeschichte des berühmten Hiddensee-Schmucks an, von der hier oben jeder seine eigene Version bevorzugte. Die Hiddenseer Strandräuber kamen dabei nicht gut weg.

«Wie weit ist es eigentlich bis da rüber?», wollte eine der Frauen wissen.

Klaus lachte. «Im Sommer kann man rüberlaufen, falls man nicht vorher im Schlamm versinkt. Nur die paar Meter über die Fahrrinne musst du schwimmen. Aber wir haben auch ein Ruderboot.»

Carola konnte sich nicht länger zurückhalten. «Und damit darf man nach Hiddensee rudern?»

Klaus hob die Achseln. «Eigentlich nicht. Man darf da nicht einfach anlanden. Hier gegenüber am Gellen schon gar nicht. Die ganze Südspitze ist Vogelschutzgebiet.»

Arno, ein spitznasiger Bauingenieur, lachte spöttisch. «Armeeübungsgelände, meinst du wohl! Die scheren sich mit ihren Jeeps den Teufel um irgendwelche Vögel.» Er sah Carola an, die es ihm anscheinend angetan hatte. «Sogar hier kommen die Grenzer jeden Abend angedackelt und prüfen, ob du auch nicht zu lange gen Dänemark guckst.»

Klaus winkte ab. «Ach die», sagte er wegwerfend, «die schieben auch bloß ihren Dienst nach Vorschrift.»

«Wo du hingucken möchtest, das weiß ich schon.» Das war Arnos Frau. «Er hatte nämlich mal so 'n buntes Heft aus Dänemark», ergänzte sie vielsagend.

«Mein Gott, Doris», widersprach ihr eine der anderen Frauen, «hier gibt's doch wirklich genug FKK. Da braucht man doch keine Pornohefte.»

«Die in der DDR gedruckt werden!», wusste einer der Männer.

Darauf stellte Arno nüchtern fest: «Wir haben eben den falschen Beruf.»

Alle lachten, und Arno fragte Carola sehr direkt: «Bei welcher Firma kassiert ihr beiden Hübschen denn eure Anwesenheitsgebühr?»

Carola schwieg überrascht.

Hartmut aber griente und sagte: «Wenn du das erfährst, weiß ich, was du mich als Nächstes fragst.»

Jetzt waren alle gespannt.

«Kannst du mir kein Telefon besorgen?», sagte Hartmut.

Alle lachten.

«Bei der Post!», gluckste Doris.

Einer der Männer sagte halblaut: «Hoffentlich nicht bei der Rohrpost ...»

Nur Arno tat, als verstünde er nicht. «Ich habe doch ein Telefon», sagte er, «wenn auch nur 'n Zweieranschluss. Allerdings für den vollen Preis!»

Das war eine typische DDR-Erfindung. Von zwei Teilnehmern konnte jeweils nur einer telefonieren und niemals mit dem anderen. Geplant war neuerdings das System drei aus sechzehn oder so ähnlich, aber das erwähnte Hartmut vorsichtshalber nicht. Über die Post hatte ohnehin jeder was zu meckern, und Betriebsgeheimnisse wollte er nicht ausplaudern, obwohl viele davon noch aus dem Jahre 1922 stammten.

Jedenfalls waren sie schon gegen halb neun in bester Stimmung, als sich ein alter Mann in dicker Joppe und mit zünftiger Kapitänsmütze auf dem weißen Haarschopf einfand. Er wolle nur mal seine kranke Schwester anrufen, ob die bei dem vielen Schnee auch zurechtkäme, sagte er, wehrte aber die Einladung auf ein wärmendes Gläschen nur halbherzig ab und ließ sich am Tisch nieder. Sein wortkarges Telefongespräch, vom Heimleiter Klaus mit einem nicht sonderlich wohlwollenden Nicken genehmigt, hatte kaum eine Minute gedauert.

«Na, Onkel Paul, alles im rechten Lot an ’ne Küste?», fragte Doris, die den Alten anscheinend schon gut kannte.

Der nickte weise. «Bei uns immer. Und in Berlin? Wie sieht’s da aus?»

«Auch beschissen», erwiderte Arno. «Aber zu Weihnachten gab’s Apfelsinen und französischen Käse. Die drüben haben damit angeblich ihre Postschulden bezahlt.»

Onkel Paul staunte. «Die haben bei uns Schulden? Wie kommen denn die zustande?»

«Wahrscheinlich durch die neuen Telefonverbindungen», vermutete Doris spöttisch. «Frag ihn mal, der ist bei der Post.» Sie wies auf Hartmut.

Der Alte sah Hartmut aus seinen wässrigen Augen aufmerksam an. «Sieh an. Kannst du mir da kein Telefon besorgen?» Er verstand nicht, weshalb die ganze Gesellschaft in unbändiges Lachen ausbrach.

«Nee», entgegnete Hartmut heiter, «nicht mal für ’ne Kiste Räucheraal.»

Das war eine Währungseinheit, die selbst Pauls Vorstellungsvermögen überschritt. «Gleich 'ne ganze Kiste», sagte er, «das geht doch man alles in 'n Export!»

Carola lag nichts an Postthemen. «Sie wohnen ständig hier?», fragte sie. «Ist das im Winter nicht ein bisschen einsam?»

Arno lästerte: «Na eben. Deswegen braucht er ja 'n Telefon.»

Klaus mischte sich ein. «Na, Paul, bis jetzt hast du ja die hundert Schritte bis hierher immer noch geschafft, nicht?»

Paul sah ihn scheel an. «Im Westen hat jeder sein eigenes Telefon», sagte er aufsässig.

«Im Westen gibt's viele Arbeitslose», widersprach Arno, und es war keineswegs sicher, wie ernst er dies meinte. «Die Menschen werden dort ausgebeutet. Es wird mit Drogen gehandelt, und viele Frauen müssen auf den Strich gehen.»

«Na, das wäre was für dich da drüben!» Doris kannte ihren Mann anscheinend ganz gut. «Trotzdem möchte ich mal hin», fügte sie hinzu. «Bloß mal zum Gucken ...»

«Und zum Einkaufen, wie?» Arno musterte seine Gattin kritisch. «Für'n Strich biste ja wahrscheinlich nicht mehr knackig genug.»

«Von hier aus sollen es ja auch schon mal welche versucht haben ...», sagte einer der Männer und sah Paul an. «Ist da was dran?»

Klaus hustete. «Von hier kommt man höchstens bis Hiddensee», sagte er. «Oder willst du 66 Kilometer bis Dänemark schwimmen?»

Der Alte hob die Schultern. «Es gibt immer wieder welche, die's probieren», meinte er ungewiss. «Aber die kommen nicht weit ...»

Am nächsten Tag fiel nasser Schneeregen vom Himmel, doch am Silvestermorgen beschien eine kalte Sonne die weiß überzuckerte Landschaft. Also fuhren Hartmut und Carola gleich nach dem Frühstück los in Richtung Wittower Fähre. Die verkehrt bei jedem Wetter, hatte Klaus behauptet.

Im nächsten größeren Ort erspähte Carola ein Landwarenhaus und rüttelte Hartmut am Arm. «Da kaufe ich mir jetzt zwei Paar lange Unterhosen und dicke Socken!»

Auf die gleiche Idee waren vor ihr schon andere Inselbewohner oder Urlauber gekommen.

«So was hatten wir nicht mal im Sommer», erklärte die mollige Verkäuferin und musterte Carola abschätzig. «Warum bringen Sie sich das nicht aus Berlin mit? Da gibt's doch alles!»

Trotz der Sonne hatten sie keinen glücklichen Tag erwischt. Auf die Fähre brauchten sie nicht lange zu warten, doch in der einzigen Gaststätte weit und breit waren zwei müde Gestalten damit beschäftigt, die abendliche Silvesterfeier vorzubereiten, und der Bäcker schräg gegenüber hatte sein gesamtes Warenangebot bereits an Einheimische verkauft. *Mit erfüllten Plänen ins neue Jahr* stand auf einer Papptafel mitten im Ort.

«Mit leerem Magen auch!», knurrte Hartmut erbost.

Sie umrundeten den Bodden und stellten schnell fest, dass zwischen der Armeesiedlung Dranske und dem Zeltplatz am Bakenberg kaum Chancen für ihr Vorhaben bestanden. Immerhin galt es, das Gespann irgendwo so unterzubringen, dass ihre Abwesenheit nicht sofort auffiel. Und der angebliche Wald von Schwarbe erwies sich als ein schütteres Gehölz auf der Steilküste, von der aus man die offene See weithin überblicken konnte. Kaum einen Kilometer landeinwärts schwenkten die mächtigen Antennenarme einer Radarstation bedrohlich hin und her. Rechts auf dem Kap überragten zwei Leuchttürme ein weiteres militärisches Sperrgebiet.

«Wenn wir hier mit dem Motorrad verschwinden, sind die in fünf Minuten bei uns», sagte Hartmut düster.

Carola schwieg. «Und nun?», fragte sie nach einer langen Pause.

Hartmut ließ den Motor aufblubbern und langsam die Kupplung kommen. «Dann eben woanders», sagte er verbissen.

Der Pfad auf der Steilküste war schmal, und einige Male gerieten sie auf dem nassen Lehm gefährlich ins Rutschen. Vor dem Burgwall von Arkona stand eine weitere Turmruine, an deren Fuß sich ein aufgeweichter Parkplatz befand. Sie ließen das Gespann stehen und wanderten über den alten Burgwall hinunter in die Senke, in der sich das Fischerdorf Vitt verbarg. Im «Goldenen Anker» bekamen sie sogar einen Grog und eine Bockwurst. Der Wirt, ein alter Knabe mit leprösem Igelgesicht unter der weißen Kapitänsmütze, musterte sie wohlwollend und ließ sich gerne zu einem Spezi-Kognak einladen. Als er zum winzigen Tresen zurückkehrte, um sich ein Bier aus dem Hahn in der Wand zu zapfen, legte Hartmut seine Hand auf Carolas und flüsterte: «Ich hab's!»

Die Silvesterfeier im Heim übertraf beinahe die Jahresabschlussfeier der Brigade Mohnholz in der Zillestube des neuen Nobelhotels am Alex. Wie Klaus es angefangen hatte, etliche Fläschchen rumänischen Weinbrands zu beschaffen und das selten gesehene Fabeltier namens Räucheraal auf den Tisch zu zaubern, blieb sein Geheimnis. Es ging ziemlich ausgelassen zu, und neckische Spiele erfreuten Kinder wie Erwachsene gleichermaßen. Die Männer mussten mit verbundenen Augen die Hände ihrer Frauen identifizieren, die Frauen ihre Gesponse an Knien und Waden ertasten. Carola erkannte Hartmuts kantiges Schienbein auf Anhieb. Vorher hatte sie die Kleinen mit der Geschichte vom Nuschelpeter erfreut, an die sie sich auf der Rückfahrt von Arkona erinnert hatte, als ihr die Ortsnamen Goor und Drewoldke aufgefallen waren. Zwischen Gooren und Drewolke war Falladas kleiner Held mit der undeutlichen Aussprache zu Hause gewesen.

Nach Mitternacht, nachdem alle sich ausgiebig geküsst und beglückwünscht und die Raketen in der feuchten Nachtluft nur ein mattes Fauchen hinterlassen hatten, gingen Hartmut und Carola hinunter zum Strand. Von Hiddensee leuchteten ein paar Feuererscheinungen durch den Dunst, im Stall neben Onkel Pauls Haus schrie der Esel.

«Im Sommer frisst der Esel Eis», sagte Carola fröstelnd.

«Im Sommer fahren wir hierher», sagte Hartmut fest. «Ich habe mir das genau überlegt.»

Carola blieb stehen. «Ausgerechnet hier? Da müssten wir ja um Hiddensee herum ...»

«Oder drüber weg. Bis dorthin sind es höchstens zwanzig Minuten. Und die Insel ist schmal, da tragen wir das Boot einfach rüber.»

«Wenn uns keine Grenzstreife erwischt.»

«Ja», gab Hartmut zögernd zu, «das ist das einzige Problem.»

«Vielleicht könnte man rausfinden, wann die üblicherweise ihre Kontrollfahrt machen. Dieser Onkel Paul beispielsweise ...»

Hartmut packte sie an den Schultern. «Zu keinem ein Wort!», beschwor er sie. «Obwohl der Alte wirklich ganz vertrauenswürdig wirkt. Wir müssen vorher mal herkommen und uns da drüben etwas genauer umgucken.»

«Wie willst du das anstellen? Johnny wird uns kaum noch mal einen Platz in dem Heim beschaffen können.»

Hartmut drückte sie an sich und musste mal wieder die männliche Überlegenheit rauskehren. «Mein Schäfchen, das hier ...», er wies über den Deich in die Dunkelheit, «... ist ein öffentlicher Zeltplatz!»

«Für den brauchst du auch eine Genehmigung», entgegnete sie nüchtern. «Im Januar einzureichen, damit du im April die Ablehnung hast.»

«Das gilt nicht für Wochenendzeltler, wenn der Platz nicht überfüllt ist. Und das ist er im Mai/Juni nicht, wie mir Klaus bestätigt hat. Nicht mal im August ist es hier besonders voll.»

«So lange willst du noch warten?»

Er tippte ihr mit der kalten Fingerspitze auf die ebenso kalte Nase. «Ich habe einen Plan», flüsterte er.

Sie wartete.

«Die Weltfestspiele. Da brauchen sie in Berlin alle Sicherheitsnadeln auf einmal. Und irgendeine hochgespielte Fluchtaffäre können sie sich zu der Zeit schon gar nicht leisten.»

Carola schwieg und kuschelte sich an ihn. An seiner

Schulter vorbei blickte sie hinüber nach Hiddensee. «Ist vielleicht keine so schlechte Idee», sagte sie schließlich.

Hartmuts Hände zuckten an ihren Oberarmen. «Da kommt wer!», raunte er.

Es war aber nur Onkel Paul. «Prosit Neujahr!», rief er ihnen zu.

ZWÖLF

April 1973

RAINER ERKENBRECHER hatte ein etwas zwiespältiges Verhältnis zu seinem Vater. Einerseits war er ihm dankbar für eine glückliche Kindheit und Jugend mit einer durchweg gelungenen Sozialisation, andererseits hatte er unter dem penetranten Kulturprogramm, ohne das es im Hause Erkenbrecher nicht ging, gehörig gelitten, und in den letzten Jahren war es ihm zunehmend schwergefallen, im Schatten des allgegenwärtigen Honorarprofessors und Dr. eh. Ernest Erkenbrecher zu stehen. Hieß es bei einer Begrüßung «Ah, Sie sind der Sohn von ...», dann zuckte er zusammen, und er geriet immer häufiger in Versuchung, seinem Gesprächspartner links und rechts eine zu scheuern, wenn der durchblicken ließ, dass seine Erfolge nur auf die Einflussnahme des Alten zurückzuführen seien. «Klar, dass die *Politische Vierteljahresschrift* Rainers Text gedruckt hat, allein der Name Erkenbrecher macht es.»

So war Rainer Erkenbrecher auch nicht sonderlich erfreut, als sein Vater ihn in seiner Einliegerwohnung aufsuchte. Die einleitende Floskel «Ich muss mal mit dir reden» ließ nichts Gutes erwarten. So war es losgegangen, wenn er wegen irgendeines Streiches in der Schule einen Blauen Brief bekommen hatte.

Sie setzten sich an den Couchtisch, und sein Vater

steckte sich eine Zigarette an. Dann schwiegen sie erst einmal, denn der Eröffnungszug musste wohlüberlegt sein. Ernest Erkenbrecher wusste das aus dem Kino, sein Sohn vom Fußball. Da hieß es immer: Den Gegner kommen lassen.

Ernest Erkenbrecher begann die Partien mit dem Sohn am liebsten mit einem Zitat. Diesmal war es Hölderlins *Hyperion* entnommen. «*Ach! Es kann ja nicht einmal ein schöner Traum gedeihen unter dem Fluche, der über uns lastet. Wie ein heulender Nordwind fährt die Gegenwart über die Blüten unseres Geistes und versengt sie im Entstehen.*»

Rainer Erkenbrecher wählte als Gegenzug die Ironie und kam seinem Vater mit der Frage: «Was will uns der Dichter damit sagen?»

Ernest Erkenbrecher drückte seine Zigarette aus und wurde unerwartet früh direkt: «Er will uns damit sagen, dass es im Augenblick für die geistige und charakterliche Entwicklung eines Deutschen, vor allem eines Berliners, sehr nützlich wäre, eine Weile ins Ausland zu gehen.»

«Wie?» Rainer Erkenbrecher tat erstaunt und entschloss sich zur Attacke. «Du hast einen Ruf bekommen? Wohin denn, in die USA oder nach Argentinien?»

Sein Vater guckte böse. «Letzteres ist eine Gemeinheit.» Argentinien – das klang so, als würde man ihm unterstellen, er hätte die alten Nationalsozialisten, die am Rio de la Plata Unterschlupf gefunden hatten, gebeten, ihm eine Professur zu verschaffen. «Nein, es geht um dich. Du verkümmerst mir am OSI, da herrscht ja intellektuelle Inzucht, das bringt dich nicht weiter, und Otto Stammer wird unter deine Dissertation bestimmt nicht *magna cum laude* schreiben, wenn du so weitermachst.»

Rainer Erkenbrecher wusste, dass er wirklich nicht

dabei war, einen Geniestreich abzuliefern, andererseits hatte er nicht die geringste Lust, aus Berlin wegzugehen. Aber wo war das Argument, das gewichtig genug war, seinen Vater zu überzeugen? Mit Gabriele durfte er ihm nicht kommen, das wäre in höchstem Maße kontraproduktiv. Also versuchte er es mit emotionalen Mitteln. «Ich möchte nicht weg von Mutter und dir. Und vor allem will ich nicht den Eindruck erwecken, ich würde zu denen gehören, die West-Berlin verraten und die Flucht ergreifen, weil sie woanders ein bisschen mehr verdienen.»

Sein Vater winkte ab. «In spätestens anderthalb Jahren bist du wieder zurück. Ich habe schon mit meinen Freunden in Ithaca gesprochen. Du kannst Ende des Sommersemesters dort anfangen und bei Jeremy wohnen.»

«Und was ist mit meiner Dissertation?»

«Die kannst du auch drüben voranbringen.»

Rainer Erkenbrecher spürte, dass er langsam in Rückstand geriet und die Partie verlieren würde, wenn ihm nichts mehr einfiel. Doch ihm fiel noch etwas ein: «Da ist noch was anderes ...»

Sein Vater lachte. «Du wirst Vater, Gabriele bekommt ein Kind von dir?»

«Nein, nicht dass ich wüsste.»

«Was dann?»

Rainer Erkenbrecher senkte den Blick. «Es geht um Carola ... Wir haben einen gemeinsamen Plan, sie, Hartmut und ich. Und ohne mich funktioniert der nicht.»

Sein Vater schaltete sofort. «Republikflucht – und du sollst ihnen dabei behilflich sein?», fragte er entsetzt.

Rainer Erkenbrecher zögerte. Er wusste, dass sein Vater eine Plaudertasche war und schwer etwas für sich behalten konnte. Dasselbe galt aber auch für Zützer, und der war bereits eingeweiht. Nur gegenüber Gabriele hatte er geschwiegen, vor allem deshalb, weil sie eine Frau war.

«Misstraust du mir?»

«Vater, bitte! Zu den Weltfestspielen Ende Juli, Anfang August wollen sie rüber, weil die DDR da alle Leute in Berlin zusammenzieht und die Grenzen nicht so streng bewacht werden.» Nun war es heraus, und das Schicksal musste seinen Lauf nehmen. «Sie wollen mit dem Faltboot über die Ostsee, und ich soll ihnen mit dem Motorboot entgegenkommen.»

«Aber nicht mit meinem Schiff!», rief Ernest Erkenbrecher.

Rainer Erkenbrecher freute sich über diesen Einwand, denn so hatte er seinen Vater in der moralischen Falle und konnte auf ein Nachgeben in der USA-Frage hoffen. «Ich weiß, wenn die DDR-Marine den Namen *SMS Brummer* liest und das nach oben meldet, sind deine ganzen schönen Kontakte in den Ostblock im Eimer, und sie werden dich zu keinem Festival mehr einladen.»

Ernest Erkenbrecher steckte sich eine neue Zigarette an. «Du solltest wirklich in die Politik gehen, du hast schon eine Menge gelernt. Von mir.»

«Ich darf uns beiden gratulieren.»

Sein Vater stieß Rauch gegen die Decke. «Du schwörst, dass das mit Carola und ihrem Verlobten stimmt?»

«Ja.»

Ernest Erkenbrecher stand auf und drückte seine Zigarette aus. «Nun gut, Carola ist die Tochter meiner Schwester, somit bin ich moralisch verpflichtet, ihr in dieser Angelegenheit zu helfen.»

Rainer atmete auf, zumal sein Vater ihm abschließend

zugestand: «Schieben wir also Ithaca so lange auf, bis die beiden bei uns im Westen sind. Und eine Motoryacht solltest du dir in Dänemark mieten.»

Über eine Autobahn von Berlin nach Rostock wurde in der DDR schon lange nachgedacht, und es schien auch nicht ausgeschlossen, dass man für den Transitverkehr, gab der Westen das Geld dazu, bei ihrer Trassierung einen Abzweig nach Hamburg gleich mit in die Landschaft setzte. Doch vorerst mussten die West-Berliner, die nach Hamburg und Dänemark wollten, mit der alten Fernverkehrsstraße 5 vorliebnehmen, die schmal war und durch etliche Dörfer und kleinere Städte führte. Das Anhalten und Aussteigen zwischen Staaken und Boitzenburg war strengstens untersagt, und wer zwischendurch ein dringendes Bedürfnis hatte, brauchte schon starke Nerven.

Rainer Erkenbrecher und Günther Zützer hatten sich frühmorgens um sechs auf den Weg gemacht. Anfangs schwiegen sie und hörten RIAS, dann kam langsam ein Gespräch in Gang. Immer wieder diskutierten sie den Fall Diether Keiner. Der Mann, der auf ihn geschossen hatte, war bisher ebenso wenig gefunden worden wie der Einbrecher in Lichterfelde.

«Wenigstens hat er überlebt», sagte Erkenbrecher.

«Haben *wir* überlebt», wurde er korrigiert. «Ich hätte bei dem Einbruch in deine Wohnung auch draufgehen können. Kleine Schläge auf den Kopf erhöhen nicht immer das Denkvermögen, sie können auch tödlich enden.»

Erkenbrecher versuchte, es auf den Punkt zu bringen. «Die Frage ist doch, ob es ein ganz normaler Einbruch gewesen ist oder ob es der Täter auf mich abgesehen hatte und dabei aus Versehen dich erwischt hat.»

«Ich wäre gern stellvertretend für dich gestorben», sagte Zützer.

«Wie kann ich das nur wiedergutmachen?»

Zützer grinste. «Indem du mir Gabi überlässt, wenn du sie abgelegt hast.»

«Versprochen.»

Kurz vor Ludwigslust merkte Erkenbrecher, dass er kaum noch Benzin im Tank hatte. *«Merde!»*, fluchte er. Der gebildete Deutsche sagte nicht «Scheiße».

«Macht nichts», merkte Zützer an. «Die letzten hundert Kilometer durch die DDR schieben wir einfach.»

«Du schiebst, ich bleibe am Steuer.»

«Okay. Mein Vater war ja Schieber, da liegt's auch mir im Blut.»

Der Motor begann schon zu stottern, als Erkenbrecher eine gelb-rote Minol-Tankstelle entdeckte und aufatmete. Doch er sollte sich zu früh gefreut haben, denn als Zützer ausgestiegen war, wurde er von einem Bürger der Deutschen Demokratischen Republik im schulmeisterlichen Ton belehrt, dass Ausländer hier nicht tanken dürften.

«Wo ist denn hier ein Ausländer?», fragte Zützer und schaute in die Runde. «Ich sehe weder einen US-Amerikaner noch einen Briten, Franzosen, Italiener oder Schweden.»

«Wollen Sie Schwierigkeiten machen?»

Erkenbrecher sprang aus dem Wagen, um seinen Freund zu bremsen, denn möglicherweise war der DDR-Bürger Stasi-Mann, und im Transitabkommen stand, dass das Anhalten auf dem Territorium der DDR verboten war.

«Was soll ich nun machen mit meinem leeren Tank?», fragte er um Mitleid heischend.

«Fahren Sie zum nächsten Intertank für Ausländer», kam es barsch.

Zum Glück stieg der Mann in seinen Wartburg und entfernte sich Richtung Ludwigslust.

Kaum war er verschwunden, stand der Tankwart neben ihnen. «Schnell, ran an die Zapfsäule, ehe wieder einer vorbeikommt.»

Erkenbrecher zögerte. «Der Liter Benzin kostet doch bei Ihnen 1,60 Mark Ost, und ich habe nur ein Zweimarkstück in der Tasche.»

«Kein Grund zur Panik.»

Erkenbrecher war verwirrt, und auch Zützer hatte das Gefühl, dass man sie hier in eine Falle locken wollte, denn schnell flossen siebzig Liter in den Tank, was weit über hundert Ostmark gemacht hätte.

Der Tankwart grinste. «Bei mir können Sie auch in West zahlen, vierzig Pfennige der Liter.»

Er putzte auch noch die Scheiben, prüfte den Reifendruck und nahm Erkenbrecher dann mit in seine kleine Werkstatt. Dort kniete er sich neben sein Feldbett, langte hinunter und förderte eine kleine Holzkiste hervor, in der er unter allerlei Krimskrams eine schwarze Kasse versteckt hatte, eine Blechbüchse mit Westgeld. Ohne weiteres konnte er den blauen Hunderter wechseln, den Erkenbrecher ihm gab. Erkenbrecher bedankte sich und schenkte dem jungen Mann eine Packung Marlboro.

Zützer schmunzelte, als sie wieder im Wagen saßen. «Wenn ich an Deutschlands Zukunft glaube, dann dank einem Mann wie diesem.»

Mit dem illegal erworbenen Ostbenzin im Tank hatten sie bei der Ausreise aus der DDR ein mulmiges Gefühl, aber alles ging erfreulich glatt über die Bühne. Öde war dann die Fahrt durch das norddeutsche Flachland: Lauenburg, Büchen, Mölln, Ratzeburg, Lübeck. Nirgends hatten sie Zeit, um anzuhalten und sich die Städte anzusehen. Erst als sie auch die Insel Fehmarn hinter sich gelassen hatten und in Puttgarden auf die Wagenfähre nach Rødby Havn warteten, aßen sie etwas.

Am frühen Nachmittag rollten sie endlich den Gedser Landevøj entlang und kamen an den Fähranleger. Schnell war ein Parkplatz gefunden. Ehe sie sich auf die Suche nach einem Bootsverleiher machten, wollte Zützer unbedingt einkehren und etwas trinken. Erkenbrecher tat ihm den Gefallen.

Sie setzten sich in ein Restaurant, und Erkenbrecher zog seinen Sprachführer hervor. Der politisch korrekte Deutsche hatte es tunlichst zu vermeiden, in Gebieten, die im Krieg unter der deutschen Besatzung gelitten hatten, Deutsch zu sprechen.

«Jeg vil gerne have noget at drikke», las Erkenbrecher ab, als sich die Bedienung an ihrem Tisch eingefunden hatte.

Die junge Frau guckte irritiert. «Sind Sie aus Holland?»

«Nein, aus Berlin.»

«Aber ich denke, die Leute dort sprechen Deutsch?»

«Nee, nich alle», sagte Zützer. «Die meisten berlinern. Ooogen, Fleesch, Beene und so.» Er bestellte für sich ein Fassbier, auf Dänisch *fadøl*, was ihn wenig entzückte, und für Rainer Erkenbrecher ein *vand*, gesprochen fand, ein Wasser. Dänisch fand er überaus putzig, und es regte ihn zu allerlei Assoziationen an. «Das Fräulein heißt *frøken*. Rufst du sie an, und die Mutter ist am Apparat, bekommst du zu hören: ‹Das *frøken* ist gerade beim Knöken.›»

«Wobei?», fragte Erkenbrecher, denn in Lichterfelde hatte er diesen Ausdruck nie gehört.

«Altberlinisch für kacken», klärte Zützer ihn auf.

«Tak, tak.» So viel Dänisch hatte Erkenbrecher schon gelernt.

«Bei Tack habe ich in früheren Zeiten immer Schuhe gekauft», sagte Zützer. «Am meisten erschüttert mich aber, dass *ikke* nicht bedeutet.» Er hatte sich den Sprachführer gegriffen und blätterte darin herum. «Olle *Ikke* ist dann bei den Dänen Olle Nichts.» Er verzog das Gesicht. «Und Fleisch heißt auf Dänisch *kød*. Möchtest du eine Portion Köter?»

Die Bedienung brachte ihnen die Getränke, und während sich Zützer sofort auf sein *fadøl* stürzte, fragte Erkenbrecher, was Motorboot auf Dänisch hieße.

«Wie im Deutschen, nur mit kleinem m vorne.»

Nachdem sie ihren Durst gestillt hatten, machten sie sich auf den Weg durch den Ort, der nicht eben groß war. Fähranleger, Bahnhof, Kirche, Wasserturm und Kaufmannshof, das war schon alles. Der Südstein, *Sydstenen*, der den südlichsten Punkt Dänemarks markierte, befand sich außerhalb des Ortes auf einer Landzunge namens Gedser Odde. Das verriet ihnen ihr Reiseführer. Wo sie einen Bootsverleiher finden konnten, verriet er hingegen nicht. Zu klein war die Karte.

«Im Allgemeinen findet man solche Leute am Strand», sagte Zützer nachdenklich.

Erkenbrecher ließ sich nicht beirren. «Die Frage ist nur, ob wir am Søndre Boulevard anfangen zu suchen oder am Vestre Strand. Am besten, wir beginnen am Vestre Strand, da scheint mir eine Marina zu sein.»

Wie auf Knopfdruck begann Zützer zu singen: *«Bei*

Tag und Nacht denk ich an dich, Marina, du zauberhafte Ballerina.»

Erkenbrecher hielt sich die Ohren zu. «Hör auf, du bist nicht Rocco Granata!»

Nach einer halben Stunde hatten sie einen Dänen gefunden, der bereit war, ihnen bei einer Anzahlung von fünfhundert D-Mark für die Zeit vom 28. Juli bis 5. August eine Motoryacht zu reservieren.

«It's a 56 Matthews Motor Yacht, build in the USA. Hull material: Fiberglass. Engine and fuel type: Twin Diesel. This vessel has been kept in the freshwater of the Tennessee River for the last five years, before it was brought to Denmark. The Penelope has been well cared for and is ready to cruise», erklärte er ihnen stolz.

Zützer grinste. «Siehste! Statt in Ithaca biste nun auf der *Penelope* – wat willste mehr?»

Der Däne war damit einverstanden, dass sie eine Probefahrt machten, nur mussten sie ihre Pässe bei ihm hinterlegen.

«Vielleicht glaubt er, dass wir in die DDR flüchten wollen», sagte Zützer.

Erkenbrecher bemühte sein bestes Englisch und fragte, was denn nun sei, wenn die dänische Küstenwache ihre Papiere sehen wolle. Die kannten die *Penelope*, wurde ihm geantwortet, und so genau nähme es hier keiner.

So gingen sie an Bord, jagten den Motor hoch, umkurvten die südlichste Ecke Dänemarks und nahmen Kurs auf die DDR, auf den Darß, Hiddensee und Rügen.

«Carola, wir kommen!», schrie Erkenbrecher auf die offene See hinaus.

DREIZEHN

Mai 1973

JA, MACH NUR EINEN PLAN ... Der pessimistische Brecht-Song wollte Hartmut nicht aus dem Kopf gehen. Beinahe alles lief schief, zumindest anders – und schlechter –, als Carola und er sich das vorgestellt hatten. Mit dem schnellen Auf- und Abbau des Kajaks kamen sie schon ganz gut zurecht, und etliche Trainingskilometer hatten sie auch schon absolviert, aber für die *Early Bird* hatte sich noch kein zahlungsfähiger Käufer gefunden, und das Gespann war demzufolge nicht ganz abbezahlt.

Mit den Dixieland-Muggen war vorläufig Schluss, nachdem die gefürchtete Frauentagsfeier mit einem allgemeinen Zerwürfnis der Band geendet hatte. Schuld daran trugen weniger die munteren Näherinnen und ihre handfesten Annäherungsversuche als vielmehr der unentschuldigt fehlende Klarinettist und der unmotiviert herumtrommelnde Detlef, der sich anscheinend viel Mut angetrunken hatte. Dazu Jos stümperhafter Banjorhythmus und die Kirchenposaune – irgendwann hatte Hartmut sich mit seinem Bass rückwärts hinter einen Vorhang abgesetzt und war einfach verschwunden. Nur eine kleine Blonde hatte es bemerkt, aber daran dachte er lieber nicht zurück. Er hatte schließlich Carola.

Ihr gemeinsames Jahr hatte ruhig begonnen, vom Höhepunkt «EdeWedePuF» einmal abgesehen, dem festlich-feucht, mit Prämien, Freibier und zahllosen Hackepeter-Brötchen begangenen Ehrentag der Werktätigen des Post- und Fernmeldewesens im Februar. Bei der Überreichung des Ehrenbanners hatte der stramme stellvertretende Minister eine kämpferische Rede gehalten und dabei ausführlich auf die grundlegende Bedeutung des Referats des Kronprinzen Lamberz verwiesen: *Die Aufgaben von Agitation und Propaganda bei der weiteren Verwirklichung der Beschlüsse des VIII. Parteitages der SED.* Die Rede gipfelte in der drohenden Feststellung, es gäbe mit erklärten Feinden des Sozialismus keinen ideologischen Frieden. Hartmut war dicht davor gewesen, aufzustehen und den Saal zu verlassen. Ansonsten pries der Genosse Minister in höchsten Tönen eine neue ökonomische Wunderwaffe, die Gegenplan hieß, und kündigte eine weitere namens Intensivierungskonzeption an. Was man an nichtvorhandenen Leitungen und Fernsprechanschlüssen intensivieren wollte, blieb das Geheimnis der Erfinder solcher Schlagwörter. Jedenfalls galt es nunmehr, den Wettbewerb auf allen Ebenen noch stärker zu führen und dem Gegner keine ideologischen Positionen zu überlassen.

Immerhin sah es so aus, als würde es ein paar besonders dringliche Importe geben und als würde wenigstens das Fünfhunderter-Kabel durch die ehemalige Stalinallee realisiert werden, was zusätzliche Arbeitsschichten bedeutete. Außerdem war für die Zeit unmittelbar vor und während der Weltfestspiele eine Urlaubssperre verkündet worden. Davon abgesehen hätten Carola und Hartmut als unverheiratetes Paar ohne Kinder sowieso keine Chance gehabt, im Juli oder August Urlaub zu machen.

Hartmut knirschte mit den Zähnen. «Warten wir es ab», war alles, was ihm einfiel.

Sie hatten das durch den 1. Mai verlängerte Wochenende genutzt, um endlich die geplante Informationsreise nach Norden zu unternehmen. Die wäre kurz vorher beinahe noch an einem Kolbenfresser der alten EMW gescheitert. Mit Johnnys Hilfe gelang es Hartmut, die einzige Zylinderschleiferei der Hauptstadt ausfindig zu machen und den Meister zu einer Reparatur zu überreden. Um ihr Fehlen bei der großen Kampfdemonstration aller Werktätigen machten sie sich wenig Sorgen. Daran war Mohnholz gewöhnt, oder wer immer im Namen der Partei die Anwesenheitsliste führte.

Wenigstens auf Ummanz wich die Lage nicht allzu sehr von ihren Erwartungen ab. Klaus erinnerte sich ihrer gut, was nicht zuletzt wohl an Carola lag, und Onkel Paul begrüßte sie wie alte Bekannte. Auf der Weide hinter seiner Scheune graste der betagte Esel und kam tatsächlich an den Zaun, wenn sich jemand mit einer Eiswaffel näherte.

Sie schwätzten ein wenig über dies und das, wobei der Alte immer wieder gerne auf die weite See und die Unwägbarkeiten von Wetter und Wind kam.

«Wir sind richtige Landratten», versicherte ihm Hartmut. «Mir wird schon schlecht, wenn ich nur an das Geschaukel denke.»

Leider scheiterte ihr Versuch, mit dem Ruderboot über den Bodden und vielleicht sogar bis Hiddensee zu gondeln.

«Sonst gerne», entschuldigte sich Klaus, «aber der Ökonomische Direktor und der Kopekenscheich sind im Haus. Da kann ich das Boot keinem Betriebsfremden überlassen.»

Das verstanden sie. Der Kopekenscheich war der

Hauptbuchhalter, und wenn das genauso ein Krümelkacker war wie der in ihrem Amt, konnte Klaus ihnen nur leidtun.

Zurück in Berlin, setzte Hartmut Carola in der Winsstraße ab. Zum 1. Juni hatte man ihr eine Einzimmerwohnung in einem Hochhaus in Friedrichsfelde angeboten, und Hartmut hatte ihr geraten zuzugreifen: «Wir müssen alles vermeiden, was auffällt.»

Carola brauchte nicht überredet zu werden. Die Aussicht, jeden Morgen duschen zu können und ein eigenes Klo zu besitzen, genügte ihr. Und ein Südbalkon im elften Stock war auch nicht zu verachten – wenn auch mit Aussicht auf die stinkenden Abgaswolken über den Schornsteintürmen von Klingenberg.

Hartmut fuhr nach Eichwalde. Er war seit drei Wochen nicht mehr dort gewesen und hatte nur gelegentlich mit seiner Mutter telefoniert. Sie schien ihn nicht besonders zu vermissen, seit der eierköpfige Zeuthener Wissenschaftler Eugen endgültig bei ihr eingezogen war und das Kommando im Hause übernommen hatte.

Als erste sichtbare Veränderung registrierte Hartmut einen Stapel frisch gebrannter Klinker und einen Mörtelberg in der Einfahrt des Grundstücks, wo er sonst sein Gespann geparkt hatte.

«Am Giebel oben müssen ein paar Steine ausgetauscht werden. Und dann wollen wir so eine Art Patio mit einer Pergola um die Terrasse herum bauen», erläuterte seine Mutter das Bauvorhaben.

Eugen fügte hinzu: «Hättest du eigentlich längst selber machen können. Du bist doch Ingenieur.»

«Aber nicht für Gartenbau und Schmucksteine», knurrte Hartmut. Er wusste nur, dass man eine Sondergenehmigung vom zuständigen Schornsteinfegerobermeister brauchte, um Klinker zu bestellen. Oder man musste gute Beziehungen haben. Oder so offensichtlich ein Bonze sein, wie Eugen einer war. «Wer mauert euch denn das?», fragte er.

«Das übernehmen drei Kollegen aus Eugens Institut», sagte die Mutter.

Eugen war dabei, sich zu entfernen, doch Hartmuts Frage tönte so laut, dass er sich angesprochen fühlen musste. «Was ist das eigentlich für ein Institut?»

Eugen kam zurück, trat dicht an Hartmut heran und blickte sich durch seine dicken Brillengläser sichernd um. «Wir bearbeiten gewisse Sondervorhaben», sagte er mit gedämpfter Stimme, als verriete er dem Klassenfeind persönlich intime Einzelheiten eines Staatsgeheimnisses. «Nichts, was man an die große Glocke hängen müsste.»

Hartmut nickte, als hätte er verstanden. «Und dafür kriegt ihr auch Klinker, wenn ihr sie braucht», sagte er.

Dr. Eugen Haferkorn sah ihn hoheitsvoll von unten her an. «Das sind Hartbrandsteine. Habt ihr so etwas nicht in Werkstoffkunde behandelt?»

Später, als die Mutter Hartmut zum Abendessen einlud, entspannte sich die Atmosphäre etwas, und nach dem vierten Schoppen Wein erwies sich Eugen als ein ganz umgänglicher Zeitgenosse. Ohne große Zeremonie bot er Hartmut das Du an, und der ging darauf ein. Warum auch nicht? Er gönnte seiner Mutter das Glück, das sie zusehends verjüngt hatte. Es gab wahrhaftig Schlimmeres als einen späten Stiefvater, der diesmal ausnahmsweise nicht den 150-Prozentigen spielte, sondern selber ein paar kritische Anmerkungen zum Weltfestspielrummel beisteuerte.

Dafür fand er allerdings andere Gründe als Hartmut. Ihn störte, dass man den hochverdienten und erfahrenen Genossen Walter Ulbricht durch die Umbenennung des Stadions, das 23 Jahre lang seinen Namen getragen hatte, unnötig düpiert und noch weiter ins gesellschaftliche Abseits gedrängt hatte, ja überhaupt der neue Besen ein wenig zu scharf in alle Ecken fuhr, nur um populistischen Zuspruch auch beim Gegner zu finden.

Hartmut, durch den Wein ebenfalls gelockert, fragte ohne besonderen Hintergedanken: «Haben sie eigentlich den U-Bahnhof auch umbenannt?», und fing sich einen strafenden Blick seiner Mutter ein.

Eugen hingegen verstand nicht, welcher U-Bahnhof gemeint war. Er stammte aus Osnabrück, war 1952 in die DDR übergesiedelt und seitdem, wie er betonte, ausschließlich wissenschaftlich tätig. In Berlin hatte er nie gewohnt und wusste demzufolge gar nicht, dass unter Friedrich- und Chausseestraße eine U-Bahn-Linie verkehrte, mit einer Station namens Walter-Ulbricht-Stadion, auf der allerdings seit August 1961 keine Züge mehr hielten. Die Frage, ob man einen außer Betrieb befindlichen Bahnhof mit einem in Devisen bezahlten durchgängigen Zugverkehr umbenennen könne, solle oder müsse, hätte er sich nie gestellt. Anders als die Mutter nahm er sie Hartmut jedoch nicht übel, sondern erwärmte sich ausschließlich für deren sophistischen Aspekt.

«Wo hast du denn vorher gewohnt?», erkundigte sich Hartmut, um endlich das Glatteis der gespaltenen Stadt mit ihren verschwiegenen, unterirdischen Verbindungen zu verlassen.

Seiner Mutter schien auch dieses Gesprächsthema wenig zu behagen. «Weshalb interessiert dich das?», fragte sie spitz und weckte damit erneut Hartmuts Widerspruchsgeist.

«Ich wusste ja nicht, dass auch das geheim ist!», sagte er aufsässig.

Eugen lachte. «Ich habe in Miersdorf gewohnt. Das Haus wird meine ehemalige Frau nach der Scheidung behalten.»

«Entschuldige. Das geht mich wirklich nichts an.»

Eugen winkte ab. «Hübscher alter Bau, ein bisschen besser erhalten als eurer. Hat früher mal einem Gummifabrikanten gehört.» Er trank einen Schluck. «Aber ganz schön weit von der Bahn entfernt», fügte er hinzu. «Korsopromenade. Kennst du Miersdorf?»

So genau kannte Hartmut den Nachbarort nicht. Im Miersdorfer See hatte er als Kind gebadet. Die Adresse aber elektrisierte ihn. Vor gar nicht allzu langer Zeit war er dort gewesen, hatte kein Namensschild *Kühn* entdeckt und nach längerem Zögern beschlossen, nicht nachzufragen. Wer weiß, wer da jetzt wohnte. Und wer weiß, weshalb die beiden sich nicht gemeldet hatten.

«Korsopromenade?», fragte er gedehnt. «Ich glaube, da wohnen Bekannte, die ihr Faltboot im Bootshaus bei uns hatten.»

Eugen sah ihn über den Rand seines Glases aufmerksam an. «Meinst du etwa die Kühns?»

Hartmut hatte alle Mühe, ruhig zu bleiben. «Günther und Annegret. Ich glaube, sie heißen Kühn», sagte er betont gleichmütig.

«Katholiken, nicht wahr?»

Hartmut lachte gezwungen. «Wir haben uns im Bootshaus getroffen, nicht in der Kirche.»

Eugen nickte bedächtig. «Wie gut kanntest du die?»

«Anscheinend nicht so gut wie du. Was ist mit ihnen?»

Bedeutungsschwanger ließ Eugen ein Weilchen verstreichen, bevor er antwortete: «Sie sind tot.» In seiner Stimme und in seinem verlorenen Blick lag so etwas wie Trauer. «Wusstest du das nicht?», setzte er leise hinzu.

Hartmuts Magen krampfte sich zusammen. Stumm schüttelte er den Kopf.

«Erst hieß es, sie seien in den Urlaub gefahren. Aber sie kamen nicht wieder. Und irgendwann ist dann die Wohnung versiegelt und später ausgeräumt worden. Jetzt wohnt ein junger Mann drin, so in deinem Alter.»

Hartmut war wie erstarrt. «Und woher weißt du, dass sie ... tot sind?», fragte er stockend.

«Ein Unfall mit dem Boot, hieß es. Man hat die Leichen im Wasser gefunden. Ein freundliches junges Paar ...» Er schüttelte den Kopf. «Sie wohnten im Nachbarhaus. Meine ehemalige Frau ist mit der Hauseigentümerin befreundet.»

«Das ist ja eine schreckliche Geschichte», sagte die Mutter vorwurfsvoll. «Davon hast du mir nie etwas erzählt!»

«Warum auch», entgegnete Eugen mild. «Du kanntest doch die Leute gar nicht.»

Viel später, als Hartmut aus dem Bad kam, wartete Eugen draußen in Trainingshose und Unterhemd, ein Handtuch über der Schulter. «Tut mir wirklich leid», sagte er, «dass ausgerechnet ich dir so eine Nachricht überbracht habe. Du kanntest sie gut?»

Hartmut schüttelte den Kopf. Dann fiel ihm etwas ein. «Weißt du, wo man die beiden gefunden hat?», fragte er.

«Nein. Keine Ahnung. Das hat man der Hauseigentümerin anscheinend nicht mitgeteilt.»

«Und woher weißt du, dass die beiden katholisch waren?»

Eugen sah ihn durch seine Eulenbrille durchdringend an, wandte sich zur Treppe um und sagte schließlich leise: «Du wirst es nicht glauben, aber ich war selber sogar mal Messdiener ...»

Carola spürte sofort, dass etwas vorgefallen sein musste, als sie sich am nächsten Morgen beim Frühstück in der Kantine begegneten, doch zwischen ihnen standen noch drei andere Kollegen in der Bockwurstschlange, und Hartmut hatte es eilig.

Zum Mittagessen kam er erst mit einstündiger Verspätung, als es nur noch unansehnliche Pellkartoffeln mit Quark und Margarine gab. Also aß er eine weitere ausgelaugte Bockwurst, deren Kunststoffumhüllung sich bereits löste.

Erst gegen vier fand er Zeit, Carola aufzusuchen. Mohnholz, so erfuhr er, war zu einer dringenden Beratung in die Bezirksdirektion abberufen worden.

«Was ist los?», empfing ihn Carola beunruhigt.

Hartmut war sich noch immer nicht schlüssig, ob er ihr die Hiobsbotschaft überhaupt mitteilen sollte. «Bei den Leuten mit dem Faltboot», begann er vorsichtig und nannte keinen Namen, «scheint etwas schiefgegangen zu sein.»

Carola erblasste. «Du meinst ...»

Er legte den Finger über die Lippen und sagte gewollt munter: «Du weißt ja, wie das mit so alten Kähnen ist ...»

«Ich mach uns einen Kaffee», sagte Carola tonlos und warf den Wasserkocher an. Als sie den Kaffee in die Tassen goss, verschüttete sie die Hälfte, so sehr zitterten ihre Hände.

Die zitterten noch, als sie am Abend in der Winsstraße begannen, ihre irdischen Besitztümer zusammenzuräumen. Hartmut hatte ihr die ganze Geschichte erzählt. «Mein Gott, vielleicht sind die beiden ja wirklich einfach ertrunken», sagte sie.

Hartmut widersprach ihr nicht. Die Vorstellung, die beiden seien erschossen worden, war noch grausiger.

«Gab es denn keine Beerdigung?» Carola ließ die Sache keine Ruhe. «Es müssen doch irgendwelche Verwandten da gewesen sein.»

«Ich werde versuchen, es rauszufinden», versprach Hartmut. Er hatte keine Vorstellung, wie er das anfangen sollte. Günther hatte bei Berlin-Chemie gearbeitet und sie in einem Kindergarten, mehr wusste Hartmut nicht.

Carola räumte ihr Regal aus. Sie nahm jedes einzelne Stück in die Hand und staubte es sorgfältig ab, bevor sie es in einem der Kartons verstaute, die sie sich von überall zusammengeholt hatten.

«Trenn dich von möglichst vielem», riet Hartmut. «Es ist doch nur noch für zwei, drei Monate.»

Carola ließ die Hände sinken und sah sich in ihrem Reich um. «Wahrscheinlich hast du recht. Das meiste ist sowieso nur Trödel.» Na gut, die breite Liege war fast neu, ein Sessel und das Radio. Den unzuverlässigen Junost-Fernseher hatte sie von ihren Eltern übernommen, auf den konnte sie gut verzichten. «Aber die Bücher und Platten ...», sagte sie schließlich.

«Scholochow und die Puhdys.» Hartmut lächelte spöttisch.

«Und Nathalie Sarraute. Weißt du, wie ich darum gekämpft habe?»

«Das kannst du dir im Westen in jeder Buchhandlung kaufen.» Er sah sie forschend an. «Oder ist dir die Lust vergangen?»

Doch Carola schüttelte energisch den Kopf. «Jetzt erst recht!», sagte sie und warf eine bunte bulgarische Tasse mit Schwung in die Abfallkiste.

Der Mai verging und mit ihm ein neues Plenum der Parteispitze mit langen Tiraden über die Erfolge der Gegenpläne. *Die Rolle des Staates wird sich weiter erhöhen*, las Hartmut als Überschrift in der Zeitung und konnte sich nicht verkneifen, einen der Genossen zu fragen, ob Marx nicht das allmähliche Absterben des Staates im Sozialismus prophezeit habe. Solche philosophischen Haarspaltereien liebte die Partei gar nicht. Die Historiker waren damit beschäftigt, die Ulbricht'sche Geschichte der Arbeiterbewegung im Honecker'schen Sinne umzuschreiben, und die übrigen Gesellschaftswissenschaftler konnten sich zu keiner neuen Definition des Begriffes Arbeiterklasse durchringen.

In der pragmatischen Tagespolitik war derlei auch gar nicht gefragt. Einer der Lieblingsverräter jener Arbeiterklasse, ein gewisser Herbert Wehner, besuchte den Genossen Staatsratsvorsitzenden, und am gleichen Tag suchte ein Herr Mischnick von der West-FDP den vielbeschäftigten Dachdeckergehilfen aus dem Saarland heim.

Neue, mit dem Bildnis des Fabrikantensohns Engels

geschmückte Fünfzigmarkscheine kamen in Umlauf. Auf dem Hunderter war Marx verewigt, und die Frage, weshalb es keine Tausendmarkscheine geben würde, war leicht zu beantworten: Wer wusste denn, wie der liebe Gott aussieht?

Im Amt nahm die Arbeitsüberlastung durch die bevorstehenden Weltfestspiele nahezu groteske Züge an. Ihre Trainingspläne mussten Hartmut und Carola hoffnungslos vernachlässigen. In den letzten Maitagen schafften sie es mit Ach und Krach, Carolas Umzug mit einem leergeräumten Materialwagen und dem EMW-Gespann zu vollziehen. Die Benzinkosten wurden der Einfachheit halber auf dem Konto *X. Weltfestspiele* verbucht. Da wurde ausnahmsweise mal kein Kraftstoff gespart, und Carola konnte in der neuen Wohnung sogar den Wohnungsdienstanschluss ihres Vormieters übernehmen.

«Bad, Telefon und Fernheizung – das ist beinahe zu viel des Guten», spottete Hartmut, als sie am Abend frisch geduscht und todmüde auf die breite Liege sanken. «Willst du nicht doch hierbleiben?»

Verbissen schüttelte Carola den Kopf. «Du kennst diesen Norbert doch auch.»

«Was hat der damit zu tun? Von der Sorte gibt's 'ne ganze Menge.»

«Na eben. Ich weiß schließlich, wie oft der bei Mohnholz angeschissen kommt. Letztens hat er sich nach meinen Westverbindungen erkundigt.»

Hartmut versank in dumpfes Brüten. «Hört sich nicht gut an», murmelte er. «War dein Cousin vielleicht so dämlich, dich bei der Einreise als Zielperson anzugeben?»

«Das kann ich mir nicht vorstellen.» Sie überlegte,

und plötzlich packte sie seinen Arm. «Ich glaube, es ist viel schlimmer! Er hat die Adresse meiner Eltern angegeben.»

«Hat das Rindvieh dir das gesagt?»

«Nein.» Sie schüttelte heftig ihre Kurzhaarfrisur. «Meine Mutter hat so eine Andeutung gemacht, jemand hätte auch bei ihr in der Dienststelle nachgefragt ...»

«Manche verstehen einfach gar nichts», stöhnte Hartmut. «Da lesen sie freiwillig Marx und Mao, und wir landen im Knast, weil dein neumalkluger Rainer zu kleine Hände hat und so schwer begreift.»

«So schlimm wird es ja nicht gleich kommen. Rainer ist schließlich kein Idiot. Er weiß, was für uns auf dem Spiel steht, wenn jemand auch nur etwas ahnt.»

Hartmut nahm sie in den Arm und küsste sanft ihre Halsbeuge. «Dein Wort in Gottes Gehörgang», flüsterte er ihr ins Ohr und schob die Zungenspitze nach.

Carola wand sich ein wenig. «Das ist das Problem mit euch Kerlen», sagte sie. «Sobald eine Frau auftaucht, seid ihr nicht mehr Herr eurer Sinne. Den Rainer muss es ziemlich schwer erwischt haben ...»

«Was ist denn die Neue für eine?», wollte Hartmut wissen.

«Keine Ahnung. Auf jeden Fall 'ne Hübsche.»

«Da bin ich aber sehr gespannt.»

Sie boxte ihm in die Rippen. «Das kann ich mir vorstellen! Er hat geschworen, ihr nichts von uns zu erzählen. Deshalb wird er sie auch nicht mitbringen.»

Hartmut räkelte sich. «Ich kann mich bis Ende Juli gedulden. Dann werden wir *sie* besuchen.»

Carola atmete ganz flach. «Hoffentlich», sagte sie, und nach einer langen Pause: «Hast du dir mal überlegt, wie wir die Urlaubssperre umgehen können? Du wirst jede Menge Sonderdienste schieben müssen.»

Auch darüber hatte Hartmut schon nachgedacht. «Zur Not lässt man sich krankschreiben», entgegnete er leichthin.

VIERZEHN
Mai 1973

DIE STAATLICHE HOCHSCHULE für Bildende Künste in Berlin war die älteste staatliche Kunsthochschule in Deutschland. Ihren Ursprung hatte sie in der Akademie der Künste, die vom brandenburgischen Kurfürsten Friedrich III. im Jahre 1696 gegründet worden war. Maler wie Karl Hofer, Max Pechstein und Karl Schmidt-Rottluff, Bildhauer und Bildhauerinnen wie Edwin Scharff, Richard Scheibe und Renée Sintenis und Architekten wie Hans Poelzig, Bruno Paul, Heinrich Tessenow und Max Taut gehörten zu ihren Lehrern. In den Studienrichtungen Freie Kunst, Angewandte Kunst, Architektur und Kunstpädagogik galt sie als eine der ersten Adressen in Deutschland, und ihr repräsentatives Gebäude in der Hardenbergstraße, errichtet im schönsten Neobarock, war einer der kulturellen Leuchttürme West-Berlins.

Ernest Erkenbrecher war stolz darauf, hier arbeiten zu dürfen. Viel lieber als zu Hause in Lichterfelde saß er in der City-West in seinem Büro und feilte an seinen Vorlesungen und Reden. Heute ging es um den englischen Architekten John Soane, der als Maurergehilfe angefangen und es bis zum Architekten der Bank of England, zum Professor für Architektur an der Royal Academy und zum Ritter gebracht hatte.

Meine Aufgabe ist es hier und heute, über seinen Einfluss auf die Architekten des 20. Jahrhunderts und insbesondere die der Postmoderne zu sprechen. Ausgangspunkt ist dabei Soanes zu einem höchst eigenwilligen Museum umgestaltetes Wohnhaus in London, das in seiner Vielschichtigkeit an ein Labyrinth erinnert. Sein Geheimnis besteht in einem Diskurs, der chronologische Abfolgen ignoriert und jedes Sammelobjekt zu einem archäologischen Fundstück werden lässt, wobei sich zwischen Fiktion und Realität, Fälschung und Original nicht mehr unterscheiden lässt. Kunst steht übergangslos neben Replik, Relikt oder Trouvaille. Das Gestern entdecken wir neben einem Morgen, das aber seinerseits bereits zum Trümmerstaub der Vergangenheit zerfallen ist. Diese Perspektive ist es, die …

So weit war Ernest Erkenbrecher mit seinen Formulierungen gekommen, als an seiner Tür ebenso höflich wie machtbewusst geklopft wurde.

Auf sein eher unfreundliches «Ja bitte, herein!» erschien ein Mann Mitte fünfzig, dessen Foto bei jeder Meinungsumfrage zu 99,9 Prozent ein Kreuz in der Rubrik «Idealtypischer Beamter» ergeben hätte. Er stellte sich vor als Werner Schultze aus der Senatskanzlei und zeigte unaufgefordert seinen Dienstausweis vor.

Ernest Erkenbrecher war über diese Störung wenig erbaut, rückte aber den Besucherstuhl für Schultze zurecht und bat ihn, Platz zu nehmen. Mit hörbarem Spott fragte er: «Womit kann ich dienen, mein Herr?»

«Nun …» Schultze setzte sich und musterte das große Wandgemälde hinter Erkenbrecher, das die Künstlerhilfe des Landes Berlin einem armen Teufel abgekauft hatte und das stark an Joan Miró erinnerte. «Das Leben ist bunt und nicht immer leicht zu deuten … So geht es auch uns, die wir die Schriftsteller und die Künstler aus Ost und West zusammenbringen wollen. Das ist ja auch Ihr Anliegen, Herr Professor Erkenbrecher.»

«Es ist Herzenssache für mich.»

Herr Schultze nickte. «Wir wissen das auch sehr zu schätzen, nur fühlen wir uns oftmals unterlegen, sitzen wir mit den Herren aus dem Osten am Verhandlungstisch, um mit ihnen über den Ausbau des Kulturaustausches zu verhandeln, weil die schon alles wissen, wir aber wenig bis nichts von dem, was es alles an privaten Kontakten zwischen den Kulturschaffenden beider Seiten gibt.»

Ernest Erkenbrecher nickte. «Ich verstehe, die haben ihre Stasi und Sie nur eine Laienspielschar.»

«Sie bringen es auf den Punkt, Herr Professor, und darum bin ich auch hier, um von Ihnen zu erfahren, mit wem aus dem Ostblock Sie intensive Kontakte unterhalten.»

Ernest Erkenbrecher fuhr hoch. «Ein gewisser Unterschied zwischen den beiden Systemen sollte doch gewahrt bleiben!»

Schultze reagierte auf diesen Ausbruch ostentativ mit einem Gleichmut, der selbst Buddha begeistert hätte. «Ihre Angaben sind natürlich absolut freiwillig. Aber als Gegenleistung könnte ich Ihnen eine Information anbieten, die für Sie und Ihre Familie nicht ganz unwichtig sein könnte.»

«Und die wäre?»

«Sie sind also bereit, ein wenig mit mir zu plaudern?»

Ernest Erkenbrecher wusste, wie die Welt funktionierte, und was blieb ihm da anderes übrig, als einiges zu Protokoll zu geben. «Gut, ich plaudere ein wenig mit

Ihnen. Aber erst sind Sie an der Reihe. Was ist es denn nun, das Sie mir verraten können?»

«Nur so viel: Es gibt eine Perspektivagentin von drüben, die sich an Ihren Sohn heranmachen soll, um ihn und Sie sozusagen ständig unter Kontrolle zu haben.»

Die Havel war auf den etwas mehr als 25 Kilometern, die sie in ungewöhnlicher Richtung, nämlich von Norden nach Süden, durch Berlin strömte, immer auch Grenze. Oben, wo sie sich in den Nieder Neuendorfer See ergoss, trennte sie bis hin nach Konradshöhe die DDR – genauer gesagt, den Kreis Oranienburg – von West-Berlin, dann eine Weile nur den Bezirk Spandau vom Bezirk Reinickendorf und später Spandau von Charlottenburg, Wilmersdorf und Zehlendorf, bis sie schließlich auf Höhe der Pfaueninsel wieder zur Staatsgrenze wurde, diesmal zwischen dem DDR-Stadtkreis Potsdam und West-Berlin. Und gerade hier, zwischen dem Schwemmhorn, einer Landzunge in Kladow, die mit einem Wasserkontrollpunkt ausgestattet war, und der Glienicker Brücke musste man als West-Berliner auf der Hut sein, wollte man sich nicht mit den «Organen» anlegen und Schlimmes fürchten.

So sinnvoll es aus der Sicht der Herren Ulbricht und Honecker auch gewesen wäre, die ökonomische Not der DDR verbot es, eine Mauer mitten in den Fluss zu setzen und aufwendig im märkischen Schwemmsand und Morast zu verankern, doch eine Grenze ohne Mauer, Stacheldraht und Todesstreifen war ein großes Ärgernis. Zwar hatte man an seinem Ufer alles angehäuft, was sich findige Ost-Ingenieure ausgedacht hatten, um Menschen daran zu hindern, ins andere Deutschland zu wechseln, aber zwischen der imaginären roten Linie in der Mitte des Flusses und dem DDR-Ufer lagen viele Quadratmeter Wasser, in die immer wieder Sportboote aus dem Westen eindrangen, teils aus Lust an der Provokation, teils unwissentlich, und auf die war mit fundamentalistischem Eifer Jagd zu machen, denn das Territorium der DDR unerlaubt zu betreten oder zu befahren war ein ungeheures Verbrechen.

Rainer Erkenbrecher kam mit der *SMS Brummer* vom Steg am Bahnhof Wannsee, wo er Gabriele Goltz an Bord genommen hatte, und nahm Kurs auf Heckeshorn, wo das Löwendenkmal durch dichtes Laubwerk schimmerte. Sie hatte heute ihren freien Tag, Überstunden waren abzubummeln, und ihr Ausflug war schon seit vierzehn Tagen abgesprochen, lange bevor Ernest Erkenbrecher seinem Sohn die Augen über Gabriele Goltz geöffnet hatte.

Rainer hatte wie jemand reagiert, dem man eröffnete, dass er an einer unheilbaren Krankheit litt. «Nein, das kann nicht wahr sein, Vater! Das ist ein Irrtum, da muss einer was verwechselt haben!»

«Der Mann hat eindeutig den Namen Gabriele Goltz genannt.»

«Dann ist es eine Intrige, ein Falle, was weiß ich! Gabriele liebt mich, und ich liebe sie, da will uns jemand auseinanderbringen!»

So war es eine Weile gegangen, und er hatte immer wieder ausgerufen, dass doch, juristisch ausgedrückt, alles nur ein Anfangsverdacht sei.

«Dann sprich mit Gabriele.»

«Ja, das werde ich auch.»

Ihr Bootsausflug hatte sich dafür angeboten. Die Nacht davor hatte er keinen Schlaf gefunden und war um drei Uhr aufgestanden, um sich an die Schreibmaschine zu setzen und an seiner Dissertation zu arbeiten, hatte aber nur einen Satz zu Papier gebracht und dann Zützer angerufen, obwohl ihn sein Vater gebeten hatte, dies nicht zu tun.

Zützer hatte lange zugehört und dann gesagt, er könne das alles nachvollziehen. «Ihren Verrat, deine Wut, deine Enttäuschung, deine Verletzung, deine narzisstische Kränkung, deine Rachegefühle, den Wunsch, sie zu bestrafen, sie zu vernichten, aber bitte: *Calm down, keep cool!* Die Welt kennt größere Dramen.»

«Du hast gut reden!»

«Ja, und ich hätte möglicherweise auch gemerkt, dass da jemand ...»

«Das werfe ich mir ja auch andauernd vor, dass ich so blind gewesen bin!»

«Das hat die Liebe so an sich ...» Zützer konnte nicht anders, als das Leben als Abfolge von Gags und Pointen zu sehen. «Was sagt denn dein Vater zu allem?»

«Abwarten und sehen, ob man Gabriele nicht umdrehen kann, damit sie für den BND arbeitet. Aber das ist doch so etwas von Zynismus!»

«Das ist Realismus. Du solltest dich zum letzten Mal mit ihr treffen, *Merci Chérie* auflegen und die Sache dann abhaken. Nach Martina hattest du eine wie Gabi bitter nötig. Jetzt kannst du deine Dissertation zu Ende schreiben und dann nach einer Frau Ausschau halten, mit der man zwei Kinder haben und alt werden kann.»

Nun saß Rainer Erkenbrecher mit Gabriele Goltz auf der *SMS Brummer* und wartete darauf, dass der Showdown begann. Sie war aufreizend wie immer, zumal wenn sie Shorts und einen leichten Pullover trug, und er wusste, dass es sehr schmerzlich sein würde, sie zu verlieren.

Er zögerte immer wieder, die Partie zu eröffnen, und erst, als sie das Inselchen Kälberwerder umrundet hatten und Kurs auf die Pfaueninsel nahmen, wagte er das erste Wort. «Jetzt muss ich aufpassen, dass wir nicht in die DDR ... Aber es gibt ja viele, die sich dort sehr wohl fühlen.»

Sie zeigte keinerlei Reaktion. «Wie meinst du das?»

«So, wie ich es sage.» Jetzt brach es aus ihm heraus, er konnte einfach nicht diplomatisch sein. «Es soll ja Menschen geben, die für die Stasi arbeiten, weil sie an die gute Sache glauben, an das gute Deutschland, an die DDR, und darum Westdeutsche und West-Berliner bespitzeln. Wie eine Gabriele Goltz zum Beispiel.»

Sie wurde blass und stammelte, das sei eine ungeheure Verleumdung und woher er die Information habe.

«Aus sicherer Quelle.» Er ließ das Steuer los und drehte den Zündschlüssel herum, um sie an den Oberarmen zu packen und zu schütteln. «Sag die Wahrheit: Bist du auf mich angesetzt oder nicht?»

Statt einer Antwort bekam er eine Art Karateschlag gegen das Kinn, fiel ins Bootsinnere und schlug mit dem Hinterkopf gegen die Kajütentür. Für einen Moment blieb er benommen liegen.

Sofort hatte sie den Motor wieder gestartet und das Steuer herumgerissen, ganz offensichtlich in der Absicht, mit ihm in die DDR zu fliehen.

Doch Rainer Erkenbrecher konnte sich aufraffen und zu ihr stürzen, um sie vom Steuer wegzureißen. Sie rangen miteinander, es wurde ein Kampf auf Leben und Tod. Am Ende war er der Stärkere und schaffte es, sie über Bord zu werfen. Sie schrie kurz auf, dann entfernte sie sich mit unbeholfenen Schwimmzügen von der *SMS Brummer* und nahm Kurs auf das gegenüberliegende Ufer. Sie hatte nur ein paar hundert Meter zurückzulegen, um in der DDR und damit in Sicherheit zu sein.

Furchtbar aufgewühlt jagte Erkenbrecher den Motor auf höchste Touren und raste davon, ohne sich noch einmal umzudrehen. Alles war entschieden.

Wieder in Wannsee, sah er keinen Grund, sich sofort bei der Polizei zu melden. Bloß keine Scherereien und keine langen Protokolle, bloß alles schnell vergessen! Er war mit seinen Kräften am Ende und wollte nur noch eines: schlafen.

FÜNFZEHN
Juni 1973

DER JUNI versprach einen schönen Sommer. Hartmut und Carola nutzten jede freie Minute für ihr hartes Training. An die neue Wohnung im Hans-Loch-Viertel hatten sie sich ebenso schnell gewöhnt wie an die morgendliche Verstopfung der Frankfurter Allee in Richtung Stadtzentrum oder die überfüllte S-Bahn in Richtung Marx-Engels-Platz. Hartmut erinnerte sich daran, dass die Station einmal Börse geheißen hatte, aber wo das entsprechende Gebäude gestanden hatte, entzog sich seiner Lokalkenntnis. Neben dem Fernmeldeamt hatte es einmal ein Schloss gegeben, von dem nur der Name geblieben war: Monbijou. Gegenüber erhob sich die Ruine einer Synagoge, über die wenig zu erfahren war. Er wusste ja nicht einmal, wer Hans Loch gewesen war, vermutete aber dem Namen nach, dass es sich um einen ehemaligen Finanzminister handeln musste. Die Gegend ringsum war früher Laubengelände gewesen, vom ehemaligen Triftweg für das Vieh durchzogen.

Für den Mittwochabend hatte sich Rainer Erkenbrecher in Carolas neuem Domizil angesagt, und für sie war es Ehrensache, dem Westbesuch nur das Feinste und Allerbeste zu servieren, was der Handel eher unter als auf dem Ladentisch zu bieten hatte. Die Butterrationierung lag glücklicherweise schon einige Jahre zurück, und harte

Wurst gab es auch wieder, gelegentlich sogar echte ungarische Salami. Carola hatte eine aufgetrieben.

«Als gäbe es hier nicht genug Esel», kommentierte Hartmut die seltene Delikatesse. Dem Vernehmen nach wurde Salami aus Eselfleisch gefertigt.

«Denk mal an den armen Eisesel auf Ummanz», erinnerte ihn Carola.

«Eis ist immer gut. Was hast du denn unserem noblen Freund und Helfer als Dessert anzubieten?»

Sie zog ein unglückliches Gesicht. «Ich habe noch ein Glas polnische Stachelbeeren», sagte sie unsicher.

Hartmut lachte. «Drüben werfen sie dir zu dieser Jahreszeit die Erdbeeren aus Werder hinterher.»

«In der Markthalle soll es auch welche gegeben haben. Aber wann sollte ich mich da anstellen?»

Hartmut verschwand in der winzigen Küche und kehrte mit einer rotfleckigen Tüte zurück, die er aufriss. «Und was ist das?», fragte er triumphierend.

«Erdbeeren! Wo hast du denn die aufgetrieben?»

«Ich musste schließlich unseren Bautrupp in der *Uliza Karla Marxa* kontrollieren. Da habe ich mich gleich angestellt.» Aus der Schule hinter dem Hotel Berolina sollte zu den Weltfestspielen ein internationales Pressezentrum werden.

«Wunderbar», lobte ihn Carola. «Wenn wir jetzt noch richtige Schlagsahne hätten ...»

«Du bist auch nie zufrieden mit dem, was der real existierende Sozialismus dir an Vorzügen anzubieten hat», tadelte Hartmut ironisch.

Carola war weniger zum Lachen zumute. «Guck mal auf die Uhr!», meinte sie beunruhigt. «Rainer wollte um sechs hier sein.»

Hartmut schien weniger aufgeregt. «Vielleicht findet er das Haus nicht?», vermutete er. Das Hochhaus war zwar kaum zu übersehen, aber es gab drei gleich aussehende davon.

Nach einer weiteren Stunde aber packte auch ihn die Unruhe. «Wo bleibt der denn bloß?»

Als es endlich im Flur surrte, stürzten beide gleichzeitig zur Wechselsprechanlage. «Ja bitte?»

«Ich bin's», ertönte eine gepresste Stimme, die möglicherweise Rainer gehörte.

Er war es tatsächlich, obwohl ihn Carola im ersten Augenblick kaum erkannte, als sie ihm die Tür öffnete. Er sah erschreckend aus und blickte sich scheu um, als sei jemand hinter ihm her, bevor er sich hastig an ihr vorbei in den schmalen Flur drängte.

Sie fragte bestürzt: «Was ist denn los?»

«Ich weiß nicht. Da unten stand beim Klingeln einer neben mir. Und dann ist er auch noch im selben Fahrstuhl mitgefahren.»

Hartmut versuchte, ihn zu beruhigen. «Bei über zweihundert Wohnungen kommt es vor, dass man nicht alleine rauffährt.»

«Das schon. Aber der Kerl sah irgendwie ... verdächtig aus.» Rainer umarmte Carola, schien aber nicht ganz bei der Sache zu sein. «Ich habe euch ein paar Erdbeeren mitgebracht», sagte er unsicher und förderte ein exquisites Körbchen aus einer Plastiktüte zutage.

«Nun setz dich erst mal, und trink einen Schluck.» Hartmut schob den erregten Besucher ins Zimmer und nötigte ihn, im Sessel Platz zu nehmen. «Stolitschnaja oder Zubrowka?», fragte er, was Rainer natürlich nicht verstand. Geduldig erläuterte ihm Hartmut den Unterschied zwischen moskowitischem Hauptstadtschnaps und polnischem mit einem würzigen Halm Bisongras.

«Wodka!», sagte Rainer. «Ruhig einen großen.»

Carola, die mit den belegten Broten hereinkam, erkundigte sich besorgt, ob er denn nicht fahren müsse.

Rainer schüttelte den Kopf. «Bin diesmal mit der S-Bahn hier. Schien mir sicherer.»

Hartmut und Carola wechselten einen besorgten Blick. Anscheinend lief da irgendwas nicht ganz nach Plan.

Sie stießen an und tranken.

Dann sagte Hartmut ruhig: «Sieh mal, du musst das ganz pragmatisch sehen. Wenn drei Leute so wie wir beieinandersitzen, dann ist theoretisch einer von der Stasi dabei. Das ist jedenfalls der übliche Scherz bei uns. Hier im Haus wohnen todsicher auch ein paar von den Genossen, aber die können uns nach zwei Wochen kaum kennen.»

Rainer widersprach: «Dein Gespann ist mir unten vor der Tür gleich aufgefallen.»

Da hatte er auch wieder recht. Hartmut versuchte, ihn zu besänftigen. «Wenn übrigens drei Genossen zusammentreffen – weißt du, was dann von ihnen verlangt wird?»

Rainer schüttelte den Kopf. «Keine Ahnung.» Die Frage schien ihn auch nicht sonderlich zu interessieren.

«Sie müssen eine Parteigruppe bilden und einen Gruppenorganisator wählen. Ist das in eurem Maoistenverein etwa anders?»

Erkenbrecher begriff nicht, dass es sich diesmal um keinen Witz handelte. Er hatte für derlei Spitzfindigkeiten heute kein Ohr.

Vergebens versuchte Carola herauszufinden, welche Laus ihm über die Leber gelaufen war.

Er wich aus. «Ich hatte einfach Stress.»

«An der Uni?»

«Da auch ...»

«Und deine Gabi? Mit der alles in Ordnung?»

Hartmut hatte es getroffen, das spürte auch Carola.

Rainer bestritt zwar, dass Gabi etwas mit seinem desolaten Zustand zu tun habe, musste jedoch auf intensives Befragen zugeben, er habe sie schon einige Tage nicht mehr gesehen. «Hört endlich davon auf! Das macht alles nur noch schlimmer», sagte er schließlich.

Hartmut hatte einen guten Rat: «Such dir hier im Osten eine Braut. Die sind nicht so kompliziert wie die Frauen bei euch. Wenn ich deren Gerede im Fernsehen immer so höre ...»

«Ach», sagte Carola aufgebracht, «du meinst wohl, wir Ostmädels wären brav und fügsam, wie?»

«Unsinn! Ihr seid einfach gleichberechtigt, und die drüben reden nur davon.»

Damit war Rainer nicht einverstanden. «Dein Chef ist ein Mann?», fragte er Carola.

Die bejahte.

«Und dessen Chef ist auch ein Mann.»

«Natürlich.»

Sie mussten beide zugeben, dass sich das so fortsetzte bis zum Minister. Nur für die Bildung war eine ehemalige Telefonistin und Pionierchefin zuständig, die noch dazu mit dem allerobersten Mann verheiratet war, wobei es schon mal Scheidungsgerüchte gegeben hatte.

«Na seht ihr!», triumphierte Rainer. «Auf die ökonomischen Zusammenhänge kommt es nämlich an.»

Hartmut nickte ergeben. «Das Sein bestimmt das Bewusstsein», bestätigte er. «Aber wenigstens verdienen die Frauen das Gleiche, und am Frauentag kochen die Männer Kaffee. Und Frauen gehen fünf Jahre früher in Rente.»

Entgeistert sah Rainer ihn an. «Rente?», fragte er mit einem Gesicht, als hätte man ihm etwas Ekelerregendes angeboten. «Wie alt bist du eigentlich?»

«Einunddreißig», antwortete Hartmut. Er verstand Rainers Entsetzen nicht.

«Und da hängst du an so bürgerlichem Schrott wie Rente?» Rainer schüttelte sich und goss sich einen weiteren Wodka ein. «Du wirst bei uns noch viel lernen müssen!»

Carola versuchte zu vermitteln. «Das musst du verstehen», sagte sie. «Jeder DDR-Bürger wartet auf nichts anderes als das Rentenalter. Dann ist man endlich frei und kann reisen, wohin man will.»

«Vorausgesetzt, man hat das nötige Kleingeld», ergänzte Rainer. «Aber das braucht vorläufig nicht eure Sorge zu sein. Kommerzielle Fluchthelfer würden übrigens auch ein paar Tausender kassieren, wenn sie euch rüberhelfen.»

Hartmut war ein bisschen pikiert. «Okay. Das müssen wir dann eben später abbezahlen. Wie viel kostet denn der Spaß?»

«Quatsch», fuhr Rainer ihn an, «für euch doch nicht! Ich mache das gerne, das könnt ihr mir glauben. Und das Geld für den Kahn in Dänemark wird mein Alter für seine Nichte wohl noch übrig haben. Der freut sich auf euch.»

Endlich kamen sie also zu den *essentials*, wie Rainer sich ausdrückte: Wann genau von wo nach wo. Ummanz als Ausgangsbasis hielt er nach einem Blick auf die Karte für eine ausgemachte Schnapsidee. «Das ist doch viel zu weit! Und ein Stück unberechenbarer Landweg dazwischen. Wenn die euch nun schon auf Hiddensee erwarten ...»

«Dagegen ist kein Kraut gewachsen. Aber sie werden eher die See- als die Boddenseite bewachen. Und wenn wir die richtige Stelle treffen, sind es nur ein paar hundert Meter durch buschiges Gelände.»

«Es handelt sich um ein Vogelschutzgebiet», ergänzte Carola.

Rainer war nicht überzeugt. «Dann werden euch die auffliegenden Spatzen verraten!»

«Hiddensee lass mal unsere Sorge sein», sagte Hartmut. «Die Frage ist vielmehr, wie wir dich draußen auf offener See finden – oder du uns.»

«Bei uns gibt es natürlich drahtlose Telefone. Für Baustellen und so. Aber die Dinger sind ziemlich sperrig. Damit komme ich wohl kaum über die Grenze.»

«Darüber habe ich schon nachgedacht.» Nicht umsonst hatte sich Hartmut als Jugendlicher für Amateurfunk begeistert, aber wenig Freude am militärischen Gehabe in der Gesellschaft für Sport und Technik empfunden. Die war in der DDR für den Amateurfunk und das Segelfliegen zuständig. «Wenn du auf deinem Boot einen kleinen Sender mit einer Festfrequenz betreiben würdest, könnten wir dich anpeilen und immer gerade auf dich zuhalten.»

«Ich bin ein technischer Idiot», gestand Rainer. «Aber es hört sich einfach an.»

«Ist es auch. Ich löte einen ganz kleinen Peilempfänger zusammen, nur mit deiner Frequenz und der des dänischen Langwellensenders Kalundborg. Der hält uns zuverlässiger auf Kurs als jeder Kompass.»

Rainer nickte. «Okay. Es gibt auch noch ein dänisches Feuerschiff in der internationalen Fahrrinne. Hat mir einer von unseren Seglern verraten.»

«Einwandfrei!» Hartmut freute sich. «Dann haben wir zwei Peilmöglichkeiten, das Feuerschiff, einen Kompass und den Polarstern, falls es klar sein sollte. Was allerdings nicht sehr gut wäre.»

«Und wenn nun der Mond sehr hell scheint?», wandte Carola ein.

Doch auch daran hatte Hartmut längst gedacht. «Am Wochenende Ende Juli haben wir Neumond. Und der zunehmende Mond scheint anschließend wie immer nur am Tage.»

Rainer staunte. «Was du alles weißt! Das mit dem Neumond wäre mir nie aufgefallen.»

«Man muss möglichst alle Eventualitäten bedenken. Ich kenne auch die Sonnenauf- und -untergänge. Wirklich dunkel ist es zu dieser Jahreszeit leider nur für etwa fünf Stunden, ungefähr zwischen zehn und nachts um drei. Bis dahin müssen wir weit außerhalb der Küstengewässer der DDR sein.»

Rainer senkte den Kopf. Er druckste herum: «Da wäre noch etwas zu bedenken ...»

«Nämlich?»

«Eure Küstenschutzboote scheuen nicht davor zurück, Boote auch außerhalb der Dreimeilenzone aufzubringen. Sagt jedenfalls der Segler.»

«Das traue ich denen durchaus zu. Deshalb brauchen wir dich ja mit dem Motorboot!» Er merkte gar nicht, dass Rainer bei diesem Wort unwillkürlich zusammenzuckte.

Das letzte Wochenende im Juni nutzten Carola und Hartmut für eine Bootstour auf einem fremden Gewässer. Unter erschwerten Bedingungen wollten sie die geräuschlose Bootsmontage erproben und anschließend eine größere Strecke zurücklegen. Der Plauer See in Mecklenburg schien ihnen für ein solches Vorhaben geeignet. Hartmuts alte Wasserwanderkarte gab eine Rundfahrt auf dem See mit vierzig Kilometern an.

Auch an diesem Sonnabend war wieder ein Festival-Subbotnik angesetzt, ein freiwillig erzwungener Arbeitseinsatz für die drohenden Weltfestspiele, doch auf Hartmuts Konto hatten sich inzwischen so viele Überstunden angesammelt, dass selbst der Parteisekretär ihm den freien Sonnabend nicht missgönnte. Carola, die schon seit längerer Zeit tat, als wäre sie nie Mitglied der Freien Deutschen Jugend gewesen, klinkte sich vorsichtshalber gleich aus.

Erst am Dienstag hatte es mal wieder Knatsch im Amt gegeben, als laut Anweisung von oben eine ausreichende Zahl von Werktätigen zur Spalierbildung an der Protokollstrecke abgeordnet werden sollte und Mohnholz das glatt verweigert hatte. Es sei ihm gänzlich egal, wer die teuren polnischen Genossen begrüße – seine Mitarbeiter jedenfalls hätten einen Plan samt Gegenplan zu erfüllen, und da sei zwölf Tage vor Quartalsende keine Ehrenformation drin. Von den zusätzlichen Aufgaben für die Weltfestspiele einmal ganz abgesehen. «Habt ihr mal überlegt», so hatte er mit ungewohntem Nachdruck in den Hörer gedonnert, «wie viele VbE das im Jahr ausmacht: x-mal Bahnpostamt, Zivilschutzübungen, Rettungsschwimmer fürs Kinderferienlager – und jetzt noch Spalier stehen während der Arbeitszeit!»

VbE waren die ewig fehlenden Vollbeschäftigteneinheiten, mit denen der Mangel an Personal verwaltet wurde. Die Verwaltung war es auch, die Mohnholz besonders ins Auge stach. «Die stellen zwei Leute ein», pflegte er zu sagen, «und brauchen einen dritten, um den Staub zu beseitigen, den die beiden aufwirbeln. Und weil drei nicht ohne Anleitung fertig werden, müssen ein Chef und eine Sekretärin her. Das ist der Anfang einer neuen Struktureinheit, in der bald mehr Leute tätig sind als in der gesamten Produktion.» Er sprach aus Erfahrung und kannte genügend Beispiele für seine Prophezeiung. «Und so ergeht es allemal, weil Mangel ist an Personal», schloss er gewöhnlich. Das Zitat stammte aus einem achtzig Jahre alten Gedicht über den Posthilfsschaffner Säbelbein.

Mohnholz hatte in etlichen Fragen eine persönliche Meinung, die von der des Politbüros seiner Partei beträchtlich abwich. Er hatte nichts gegen Mitarbeiterinnen einzuwenden und förderte sie nach Kräften, doch er erinnerte sich auch des Zeitpunktes und des Anlasses, an dem die Post begonnen hatte, weibliche Arbeitskräfte außerhalb der Vermittlungen zu beschäftigen. Das war 1939 gewesen.

Über seine sonstigen Erfahrungen während NS-Zeit und Krieg schwieg Mohnholz klugerweise. Niemand musste wissen, wie genau er die große Telefonvermittlung im Führerbunker hinter der Reichskanzlei aus eigener Anschauung kannte oder dass ihn der Weltfestspielrummel an die unruhige Zeit vor der Olympiade von 1936 erinnerte. Nur in Gegenwart von Carola entfuhr ihm mitunter die eine oder andere Bemerkung, und die war diskret genug, nicht einmal Hartmut davon zu erzählen. Dass man die absoluten Dünnbrettbohrer am besten ins Ministerium hochlobte, wusste auch Hartmut aus Mohnholz' Mund, und er kannte die Gefahr, die später von den Anweisungen solcher Leute ausging.

Die Spalier-VbE boten ihnen beim Zeltaufbau am Plauer See Anlass zur Heiterkeit. «Hätte ich dem ollen Arthur gar nicht zugetraut!», konstatierte Hartmut.

Das Wetter war mäßig, also bestens für ihr Vorhaben geeignet. Sie waren am Sonnabend in aller Frühe gestartet und hatten sich durch Umleitungen und Staus bis Bad Stuer gekämpft. Jetzt beschlossen sie, erst mal eine Runde zu schlafen, um fit zu sein für ihre nächtlichen Pläne.

Gegen Abend begann es zu nieseln. Hartmut warf den Spirituskocher an, veredelte eine Tütensuppe mit zwei Bockwürsten und brühte anschließend im gleichen Topf schwarzen Tee, der sie munter halten sollte. Der Abend war grau, feuchter Nebel lag über den Wiesen. Richtig dunkel wurde es nicht. «Scheiß Sommerzeit!», fluchte Hartmut. Sie hatten nun einmal das Wochenende mit den längsten Tagen des Jahres erwischt. «Morgen ist Johanni», erläuterte er, doch damit konnte Carola nichts anfangen. Und er, genau besehen, auch nicht.

Nach 23 Uhr, als ringsum in den wenigen Zelten Ruhe eingetreten war, starteten sie ihr Unternehmen. Sie hatten sich etwas abseits hinter einem größeren Gebüsch platziert, und Hartmut holte erst jetzt das im Beiwagen verstaute Faltboot.

Der oft geprobte Aufbau ging ihnen leicht von der Hand, wenn auch nicht ganz so geräuschlos wie beabsichtigt. Hölzer klapperten gegeneinander, ein Paddel fiel platschend ins Wasser, und an einer Stelle saß die Haut zu knapp. Hartmut drückte etwas kräftiger und fuhr plötzlich mit den Fingern ins Freie.

Das hatte gerade noch gefehlt! Die gealterten Nähte waren einer der Schwachpunkte. Diesmal war es glücklicherweise nur die Naht, die Deckhaut und Unterboot miteinander verband. Allzu oft würde der alte Klepper den ständigen Auf- und Abbau nicht mehr mitmachen.

Sie stießen vom Ufer ab und glitten eine ganze Weile dahin, ohne zu paddeln. Sie hatten beschlossen, vorerst in der Mitte der sich allmählich nach Norden weitenden Bucht zu bleiben und sich dann ans steile Ostufer zu halten, um erst hinter der Stadt Plau auf die andere Seite zu wechseln.

Das nahe Ufer verschwamm in der Dunkelheit, Regen setzte ein, der in Schwaden von Nordwesten auf sie zutrieb. Von Mond oder Sternen war nichts zu sehen, der Kompass kaum zu erkennen. Carola erschien die dunkle Wasserfläche ringsum unheimlich. Doch sie ließ es sich nicht anmerken und paddelte ruhig und kräftig vor sich hin. Wenn Hartmut auch nicht mehr sah als sie, war es ihr ein Rätsel, wie er den Kurs halten wollte.

Nach unendlich langer Zeit tauchte rechter Hand ein Lichtschein auf, und nach weiteren zwei Kilometern leuchtete plötzlich ein Lagerfeuer zu ihnen herüber. Unter einer aufgespannten Plane bewegten sich Leute, jemand spielte Gitarre und sang.

«Kilometer sieben» war alles, was Hartmut dazu sagte, bevor das Hochufer den Campingplatz wieder verdeckte.

Er änderte den Kurs auf Nordwest. Sie befanden sich jetzt auf der Höhe von Plau und hatten ungefähr drei Kilometer freie Seefläche vor sich. Der Wind hatte aufgefrischt und blies ihnen den Regen ins Gesicht. Drei Kilometer, dachte Carola. Von Hiddensee bis Dänemark waren es an die 70, bis zum Feuerschiff mindestens 35. Außerdem lag das viel zu weit südlich, wie Hartmut ermittelt hatte.

Sie guckte nicht auf die Uhr, doch auch diesmal kam ihr die Zeit unendlich lang vor, bis endlich eine einsame Dorflaterne aufschimmerte und sich plötzlich wie aus dem Nichts eine dunkle Masse vor ihnen erhob. Auch Hartmut schien irritiert, was sie an seinen Steuermanövern spürte.

Er beugte sich vor zu ihr. «Das muss dieses blöde Inselchen vor Quetzin sein», sagte er gedämpft. «Am besten fahren wir gleich nach Norden dran vorbei.»

Carola vertraute ihm.

Schon bald tauchte ein weiteres Hindernis schräg vor ihnen auf, und Hartmut änderte den Kurs auf Nordost.

Wieder vergingen endlose Minuten oder Stunden. Carola hatte jedes Zeitgefühl verloren. Der Regen fiel jetzt weniger heftig und hörte schließlich ganz auf. Rechter Hand zeigte sich ein schwacher Schein am Horizont. Es wurde Tag. Unerwartet dicht vor ihnen querte plötzlich ein Auto ihre Sicht.

«Alles in Ordnung», sagte Hartmut, «das ist die Straße nach Alt-Schwerin.»

Unter dem Hochufer vollführten sie eine Kehrtwende und paddelten wieder in südlicher Richtung.

Nach einiger Zeit erkundigte sich Hartmut besorgt: «Alles in Ordnung?»

Carola erschrak und riss die Augen weit auf. War sie etwa eingeschlafen? Die Paddel tauchte sie ganz mechanisch ein. «Alles in Ordnung», bestätigte sie.

«Wir machen mal eine kleine Pause und fahren dann gleich um den Plauer Werder herum. Die Durchfahrt finden wir jetzt in der Dämmerung sowieso nicht.»

Sie aßen etwas und tranken den lauwarmen Tee, umrundeten die Halbinsel und die anschließende Bucht und trafen schließlich auf die Einfahrt zum Petersdorfer See. Inzwischen war eine blassgelbe Sonne aufgestiegen.

«Zehn Kilometer bis zum Zelt zurück», sagte Hartmut, «oder noch ein paar Kilometer in Richtung Malchow.»

Carola zögerte. Sie hatten alles genau abgesprochen. Ihre Handflächen brannten, und die Schulter schmerzte. «Malchow!», sagte sie dennoch. «Genau wie vorgesehen.»

Von dort gelangte man auf die Müritz. Der größte See der DDR wäre eigentlich für ihr Training geeigneter gewesen als der Plauer See. Dennoch war Hartmut davor zurückgescheut. Vor etlichen Jahren war dort eine Kollegin mit Mann und Sohn gekentert. Sie war ans Ufer geschwommen, um Hilfe zu holen. Die Helfer hatten keine Spur mehr von Vater, Sohn und Boot gefunden.

SECHZEHN

Juni 1973

HANS-JÜRGEN MANNHARDT saß an seinem Schreibtisch und ärgerte sich darüber, dass er trotz des herrlichen Sommerwetters nicht ausgesprochen fröhlich war. Sein Vater hatte immer gesagt: «Freu dich, dass du auf der Erde bist und nicht runterfällst.» Nun gut, aber musste man wegen des Vorhandenseins der Schwerkraft wirklich anhaltend frohlocken? Nein. Genauso dämlich kam ihm vor, was auf Kochs Abreißkalender stand: *Glück ist die Summe des Unglücks, dem wir entgangen sind.* Umgekehrt wurde auch ein Schuh daraus: Unglück ist die Summe des Glücks, das uns nicht zuteilgeworden ist. Lang war die Liste dessen, was er nicht hatte, aber gern gehabt hätte. Sie reichte von der Position des Polizeipräsidenten bis zu einer Villa auf Gran Canaria. Vielleicht hätte er sich besser gefühlt, wenn er mit Koch nicht einen so gnadenlos fröhlichen Menschen als Gegenüber gehabt hätte. Pausenlos sang der Schlager wie *Der Junge mit der Mundharmonika* oder *Mama Loo*.

Was Mannhardt noch missmutiger machte, war die Tatsache, dass sie im Fall Keiner nicht einen Schritt vorangekommen waren. Der FU-Assistent war aus dem Krankenhaus entlassen worden und hielt sich an einem unbekannten Ort in Westdeutschland auf. Seine Aussagen hatten null Komma nichts gebracht. Auch der Täter, der den Einbruch in die Erkenbrecher'sche Villa in Lichterfelde begangen und womöglich den Falschen niedergeschlagen hatte, war noch nicht gefasst worden, und ob ein Zusammenhang zwischen den beiden Fällen bestand, war ebenfalls völlig offen. Die Kollegen von der Politischen Polizei hatten nicht herausfinden können, ob das Ganze auf einen Konflikt zwischen verschiedenen Fraktionen am OSI zurückzuführen war. Möglich war alles.

Koch versuchte, Mannhardt zu trösten. «Nimm's leicht, manche Verbrechen sind auch nach hundert Jahren noch nicht aufgeklärt, so wie die von Jack the Ripper. Damit muss man leben.»

«Gut, dann lebe ich damit», brummte Mannhardt.

Koch sah auf die Uhr und rief wie jeden Nachmittag, wenn es auf den Feierabend zuging: *«Und das Schiffsvolk jubelt: ‹Halt aus! Hallo!› / Und noch zehn Minuten bis Buffalo.»*

«Hör damit auf!», brummte Mannhardt.

«Wieso denn? Das ist doch dein so verehrter Fontane, und außerdem klingt Maynard doch fast wie Mannhardt.»

«Ja, aber John Maynard kommt in den Flammen seines Schiffes um. Besten Dank!»

«Dafür steht aber nachher auf seinem Grabstein: *Er starb für uns, unsre Liebe sein Lohn*. Stell dir mal vor, das steht auch auf deinem Grabstein, wenn du im Dienst dein Leben lässt. Das ist doch herrlich!»

«Okay, dann wünsche ich mir das zum 25. Dienstjubiläum.»

Bald darauf saß er in seinem VW-Käfer und quälte sich auf verstopften Straßen Richtung Norden, nun mit erheblich besserer Laune als vor einer halben Stunde, obwohl er immer noch nicht so richtig Feierabend hatte, denn er war an diesem Wochenende zum Bereitschaftsdienst eingeteilt worden, und wenn irgendwo auf West-Berliner Gebiet ein Mordopfer entdeckt wurde, dann piepte sein Selektivruf. Da er brav seine Kirchensteuer zahlte, glaubte er, das Anrecht auf ein Stoßgebet zu haben: «Herr, lass das bitte nicht geschehen!»

Dank eines Bausparvertrages und des Geldes, das Lilo, seine Frau, von ihren Eltern geschenkt bekommen hatte, war es ihnen möglich gewesen, oben in Hermsdorf ein Grundstück zu kaufen und zu bauen. Manche Träume wurden eben wahr, und insbesondere für die Kinder, Michael und Elke, war es ein Segen, hier draußen aufzuwachsen.

Als er vor seiner Garage parkte, kamen sie schon angelaufen, denn er hatte versprochen, nach Feierabend mit ihnen zum Baden ins Strandbad Heiligensee zu fahren. Lilo hatte bereits die Badesachen und den Picknickkorb gepackt, und Mannhardt lief ins Haus, um sich Turnschuhe anzuziehen.

Schon ging es durch den Tegeler Forst und dann auf der sogenannten Franzosenchaussee nach Schulzendorf. Laut Karte war das die Rote Chaussee, doch bei den Einheimischen war sie nach den Franzosen benannt, denn hier war der Französische Sektor. Gleich nach dem Krieg hatte sich die Siegermacht, jetzt Schutzmacht, in den Kasernen an der Ruppiner Chaussee einquartiert. In Schulzendorf aber war es den Offizieren zu poplig gewesen, und sie hatten lieber im noblen Frohnau gewohnt, doch wollte man zu den dortigen Villen, hatte man einen ziemlichen Umweg über Tegel zu machen. Also war angeordnet worden, eine Chaussee mitten durch den Wald zu bauen, was sehr vorausschauend gedacht war, verlief diese doch nahezu parallel zur Grenze, so dass man bei einem Zwischenfall schnell zur Stelle sein konnte.

Über den Kiefheider Weg kam die Familie Mannhardt zur Ruppiner Chaussee, von dort ging es über kleinere Straßen bis zum Elchdamm, Mannhardts Lieblingsstraße, denn links vom Wege gab es eine wunderbare Dünenlandschaft. Zwar hatten die Franzosen weite Teile zur *Domaine Militaire* erklärt, aber es blieben noch die Baumberge und ein Stückchen für das Schullandheim Walter May, benannt nach dem Volksbildungsstadtrat im Senat Ernst Reuters.

Mannhardt kletterte gern auf die weithin baumlosen Baumberge, denn sie ersetzten ihm die Gebiete in der Mark Brandenburg, die für einen West-Berliner lange Zeit gar nicht und im Augenblick auch nur sehr umständlich zu erreichen waren.

Vom Elchdamm kam man auch ins Strandbad Heiligensee, in dem es, anders als am Wannsee, ruhig und gemütlich zuging und das als echte West-Berliner Idylle gelten konnte. Der Heiligensee hing wie eine Gallenblase an der Havel, und die Grenze zur DDR war gerade einen halben Kilometer entfernt, was die Insulaner mitunter erschauern ließ, aber sie hatten ja die Amerikaner, die sie nicht verkommen ließen und ihr Fort West-Berlin niemals aufgeben würden.

Lilo und die Kinder wollten ihre Decke möglichst dicht am Wasser ausbreiten, fanden aber nur noch ein Plätzchen in der Nähe des Toilettenhäuschens.

«Macht nichts», sagte Mannhardt, «das mindert die Gefahr, dass wir unseren Urin im See verklappen.»

Er selbst verblieb im sicheren Nichtschwimmerbereich und spielte mit den Kindern weißer Hai, während

Lilo bis zur Mitte des Sees kraulte. Wieder an Land, trocknete er sich ab und holte für seine Familie Pommes frites und Currywurst. Die Kinder durften zur Feier des Tages Cola trinken. Lilo und er beließen es bei Mineralwasser, obwohl sie gerne eine Weißweinschorle und er ein Pils getrunken hätten, aber man wollte den Kindern ein gutes Vorbild sein.

Die Kinder liebten dieses Picknick im Strandbad, und auch Mannhardt genoss es, in eine glückliche Familie eingebettet zu sein. Doch kaum wurde es gemütlich, fing sein Selektivruf an zu piepen. «So eine Scheiße!», rief er.

«Hajott, bitte!» Lilo lief immer Amok, wenn er in Gegenwart der Kinder ein «Pfuiwort» gebrauchte.

Mannhardt war im Nu auf hundert. Zum einen, weil sie wieder einmal die Oberlehrerin spielte, und zum anderen, weil sie ihn Hajott genannt hatte, was er mit HJ, also Hitlerjugend, assoziierte. «Nenn mich bitte nicht HJ! Und klar, wenn man einmal ‹Scheiße› sagt, ist schon die ganze Sozialisation unserer Kinder gefährdet.» Er biss noch einmal von seiner Currywurst ab, dann eilte er in das Strandbadrestaurant, um den Kollegen anzurufen, der die Einsätze der verschiedenen Mordkommissionen zu koordinieren hatte.

«Wasserleiche an der Spandauer Schleuse», hieß es lapidar.

«Na, wenigstens nicht hier im Heiligensee.»

«Wenn du sowieso schon am Wasser bist, kannst du ja schnell mal hinschwimmen.»

Eine Kammerschleuse war in Spandau schon um das Jahr 1572 in der Nähe der Zitadelle errichtet worden, 1723 entstand dann ein Neubau zwischen dem Festungsglacis, also dem Schussfeld vor den eigentlichen Festungsanlagen, und der sogenannten Kleinen Mühle. In den folgenden Jahrhunderten gab es immer wieder Neu- und Umbauten, und nach dem Zweiten Weltkrieg und der Teilung Berlins hatte die Spandauer Schleuse einen solchen Boom erlebt, dass man sie oft siebzehn Stunden am Tag betriebsbereit halten musste.

Die Leiche war von Paddlern im sogenannten Unterwasser entdeckt worden, was nichts anderes heißen konnte, als dass sie sich in der Ruderanlage eines Frachtschiffes verfangen hatte und flussaufwärts geschleppt worden war. Zwar hatte die Havel nur eine schwache Strömung aufzuweisen, nichtsdestoweniger hätte die Leiche ohne menschliche Hilfe, wenn man das so ausdrücken konnte, in Richtung Potsdam und weiter zur Elbe treiben müssen.

Das machte sich Mannhardt klar, als er in der Taxe vom Strandbad Heiligensee nach Spandau saß. «Bitte nach Tegelort und dann mit der Autofähre rüber zum Aalemannufer.»

«Muss det sein?», murmelte der Taxifahrer. «Ick werd nich so jerne seekrank, wissen Se.»

«Ja, es muss sein, denn ’n bisschen Spaß will ich bei meinen Leichen schon haben.»

Der Mann hielt unwillkürlich die Luft an. «Sind Se Bestattungsunternehmer?»

«In gewisser Weise schon. Möchten Sie einen Vertrag mit mir abschließen?»

«Nein, danke.»

«Dann fahren Sie so schnell wie möglich zur Spandauer Schleuse.»

Der musste man sich von hinten nähern, also über die

Neuendorfer Straße, den Falkenseer Platz und die Straße Am Juliusturm.

Als Mannhardt endlich sein Ziel erreicht hatte, waren die Spezialisten schon fast fertig, und der sogenannte Erste Angriff stand kurz vor dem Abschluss.

Koch ging auf ihn zu, um ihm alles Wissenswerte mitzuteilen. «Die Leiche ist weiblichen Geschlechts. Alter zwischen 20 und 25 Jahren. Am ganzen Körper Verletzungen durch scharfkantige Gegenstände, wahrscheinlich Schiffsschrauben. Keine sichtbaren Schuss-, Stich- oder Schlagverletzungen. Ob sie ertränkt worden oder ertrunken ist, kann der Medizinmann noch nicht sagen, ebenso wenig, ob sie vorher vergiftet worden ist oder dergleichen.»

Mannhardt nickte und versuchte abzurufen, was er während seiner Ausbildung über Wasserleichen auswendig gelernt hatte: *«Fäulnis, Autolyse und Mazeration laufen in einer bestimmten gesetzmäßigen Reihenfolge ab. Zuerst bildet sich eine Waschhaut an Händen und Füßen aus, zuletzt lösen sich die Zehennägel ab. Eine Umwandlung in Fettwachs kann in hiesigen Gewässern nach zwei bis drei Monaten eintreten.»*

«Sehr schön, Herr Mannhardt, und was versteht man unter Autolyse?»

«Mit meinem Auto wird das nichts zu tun haben, aber *auto* bedeutet selbst ... Ist es also die Selbstauflösung abgestorbener Körperzellen durch Enzyme?»

«Völlig richtig! Und Mazeration?»

«Da denke ich zuerst an die jüdische Gemeinde, Maze, aber das wird es ja nicht sein ... Tut mir leid, ich weiß es nicht.»

«Mazeration ist die Aufweichung eines Gewebes, wenn es von einer Flüssigkeit durchtränkt wird.»

Erfreut, dass er so gut fürs Leben gelernt hatte, ging

Mannhardt auf Dr. Niklas Kniehase zu, einen sehr selbstbewussten, fast herrischen Menschen. Schon sein Großvater hatte als Kriminaltechniker und Forensiker bei der Kriminalpolizei gearbeitet, zu Kaiser Wilhelms Zeiten, im Präsidium am Alexanderplatz.

«Wissen Sie denn schon, Herr Doktor, wie lange die Frau im Wasser gelegen hat?»

«Nach erster Inaugenscheinnahme etwa drei bis sechs Tage. Hohlhand und Fußsohle sind weißlich, beginnende Ablösung der Haut», schnarrte Dr. Kniehase.

«Hat sich ein Schaumpilz gebildet?», wagte Mannhardt zu fragen. Feinblasiger weißlicher Schaum vor Mund und Nasenöffnungen galt als äußeres Zeichen für vitales Ertrinken.

Dr. Kniehase sah ihn an wie einen Debilen. «Waren Sie gestern im Kino? Nein, außerdem würde ein Schaumpilz im Falle eines Falles längst abgewaschen sein.»

Mannhardt überlegte, wie er die nächste Frage formulieren konnte, ohne abermals aufzulaufen. Was ihn in der Hauptsache interessierte, waren Hinweise darauf, wie die junge Frau ins Wasser geraten war: War sie ertrunken als Opfer eines Badeunfalls, hatte sie sich in selbstmörderischer Absicht von einer Brücke ins Wasser gestürzt, oder war sie von ihrem Mörder hineingeworfen und ertränkt worden? «Hinsichtlich der Todesursache – auf was tippen Sie da, Herr Doktor?», fragte er schließlich.

«Ich tippe nur beim Toto, nicht aber als Sachverständiger», belehrte ihn Kniehase.

«Ich meine, spricht etwas für einen Mord?»

«Nein, es sei denn, die Dame war Nichtschwimmerin und wurde von jemandem ins Wasser gestoßen.»

Mannhardt verzog das Gesicht, denn in diesem Falle

wäre es schwierig bis unmöglich, den Täter zu überführen. Aber das war ja letztendlich Sache des Hohen Gerichts. Für ihn hatte nun Priorität, die Identität der Toten herauszufinden, und da gab es eine entscheidende Frage: «Kommt die Tote aus West-Berlin, oder hat sie sich noch vor der Stadtgrenze in der Ruderanlage eines Frachtschiffes verfangen, ist also Bürgerin der DDR?»

Koch tönte im Stile eines Zeitungsverkäufers: «Leiche glückt Flucht aus der DDR – BILD sprach als Erstes mit ihr!»

Dr. Kniehase strafte den Kriminalassistenten mit einem vernichtenden Blick und setzte zu einem kleinen Referat über das Treibverhalten von Wasserleichen an. «Der Körper befindet sich grundsätzlich in Bauchlage. Hand- und Fußrücken, die Kniescheiben und der Schädel haben Grundkontakt. Durch die verbliebene Luft in den Lungen und den Gasen im Darm hebt sich der Körperstamm ab, so dass sich das Gesäß an der höchsten Stelle befindet. Dieser Bodenkontakt wirkt ähnlich wie ein Anker und sorgt dafür, dass sich der Leichnam im Allgemeinen nicht weit von der Untergangsstelle entfernt, und wenn, dann in Richtung der Strömung natürlich. Erst bei längerer Liegezeit im Wasser steigt der Körper langsam auf, weil sich in seinem Inneren größere Mengen an Fäulnisgasen bilden. Dies erhöht die Wahrscheinlichkeit, dass er in die Schraube oder die Ruderanlage eines Schiffes gerät.»

«Aber unsere Leiche hat doch noch nicht sehr lange im Wasser gelegen, wie Sie eben gesagt haben», kam Kochs Einwand. «Also müssten wir nach einem flachen Gewässer suchen, wo ein Schiffskiel fast schon Bodenberührung hat, also irgendwo in der DDR.»

Dr. Kniehase nickte. «Ja, klingt plausibel.»

«Durchaus nicht, Herr Doktor!» Mannhardt freute sich, Dr. Allwissend einmal bei einer nicht ganz so präzisen Aussage erwischt zu haben. «Wenn eine Wasserleiche voll bekleidet ist, dann sinkt sie nicht so schnell zu Boden und bleibt dort haften, weil die Luftblaseneinschlüsse das spezifische Gewicht des Körpers und damit die Bodenhaftung reduzieren. Es kann also sein, dass die Tote vollständig bekleidet ins Wasser geworfen und von einem Schiff erfasst worden ist, als sie noch am Untergehen war.»

«Ja, und?», fragte Dr. Kniehase.

«Das kann bei uns in West-Berlin passiert sein, das muss nicht in der DDR gewesen sein.»

Koch wollte eigentlich nur scherzen, stellte aber möglicherweise die Schüsselfrage zu diesem Rätsel. «Wenn Sie mal den Mageninhalt untersuchen, Herr Doktor, dann können Sie doch feststellen, was die junge Frau gegessen hat: Soljanka und Würzfleisch oder einen Hamburger mit Pommes.»

«Sie hören von mir», sagte Dr. Kniehase und entfernte sich grußlos.

Mannhardt sah ihm hinterher. «Es heißt doch immer, die Besten gehen zuerst. Warum nicht auch er?»

«Was nun?», fragte Koch.

«Warten wir ab, was die Veröffentlichungen in der Presse bringen. Irgendwer wird die Dame doch vermissen. Und vielleicht findet sich auch an den Resten ihrer Kleidung oder in ihrem Magen etwas, das uns weiterbringt. Dass sie eine Identität gehabt hat, davon können wir ja ausgehen.»

«Apropos, ich werde jetzt auch ausgehen. Tschüs dann!»

SIEBZEHN
Juni 1973

OBERSTLEUTNANT BENNO PANSEGRAU war ein altgedienter MfS-Kader der ersten Stunde. 1933 war er leider noch zu jung gewesen, um wie sein Vater Mitglied der Kommunistischen Partei zu sein, aber von den verhassten Nazis hatte er sich stets ferngehalten, bis sie ihn zum Arbeitsdienst und gleich anschließend zum Barras holten. Sie hatten ihm die besten Jahre seines Lebens geraubt, und das verzieh er ihnen nie. Bei Welikije Luki war er in sowjetische Gefangenschaft geraten und bald im Lager als Roter verschrien gewesen, weil er sich auf seine unbeholfene Weise für das Nationalkomitee eingesetzt hatte. Das bestand allerdings aus Offizieren, an denen die Russen anscheinend mehr Interesse hatten als an dem bäuerlichen Muschkoten Pansegrau.

Im Herbst 1948 hatten sie ihn nach Hause geschickt. In dem zerschossenen Heimatdorf bei Seelow hielt es ihn nicht lange. Er meldete sich zur Polizei und wurde – nunmehr als Genosse – im März 1950 vom neuen Ministerium für Staatssicherheit als Kommissar übernommen.

Er erinnerte sich nicht gerne an diese unruhige Zeit, in der er die Kreisdienststelle Müncheberg aufgebaut, die überall herrschende Schlamperei und Gewalt in den eigenen Reihen und die Sabotage der angloamerikanischen Agenten energisch bekämpft und nebenbei seine Sekretärin geschwängert und geheiratet hatte. Die Tochter war jetzt 21 und ging eigene Wege, aber seine Inge hielt noch immer treu zu ihm und wertete in der Abteilung 26 verdächtige Telefongespräche aus.

Er selber hatte Glück gehabt. Nach relativ kurzer Zeit erkannte man seine Fähigkeiten und versetzte ihn zur Berliner Bezirksverwaltung, wo er bis zum Abteilungsleiter und Major aufstieg. Eine Entwicklung, die sein eigener Vater leider eher kritisch als mit Stolz betrachtete. Der Alte hatte zwei Jahre im KZ und ein weiteres im Strafbataillon 999 verbracht und war nach dem Krieg im Heimatdorf Bürgermeister geworden und geblieben, bis man ihn als nicht mehr tragbar in den ehrenvollen Ruhestand versetzte.

Benno musste glücklicherweise nicht lange in den düstergelben Ziegelgebäuden einer ehemaligen Siechenanstalt aushalten, in denen die Bezirksverwaltung residierte. Im Ministerium harrten seiner neue Aufgaben. Seit nunmehr zwei Jahren war er für die Absicherung der Grenze zur selbständigen politischen Einheit Berlin (West) zuständig, und es erbitterte ihn jeden Tag aufs Neue, auf welche Tricks und Finten der nimmermüde Klassenfeind verfiel, um die Souveränität des ersten deutschen Friedensstaates zu bedrohen. In einer künftigen Bezirksverwaltung West würden ihn eine verantwortliche Dienststellung und viel Arbeit erwarten. Leider war damit vorläufig nicht zu rechnen.

Mit gemischten Gefühlen las Benno den täglichen Rapport und bewertete die vorgeschlagenen Maßnahmen. Zu dem vor zwei Tagen von Grenzposten beobachteten Zwischenfall auf der Havel lagen noch immer keine neuen Erkenntnisse vor, und das erboste ihn. Motorboote trugen auch im Westen eine Registriernummer, also bedurfte es wohl keiner besonders aufwendigen operativen Maßnahme, den Besitzer festzustellen und weiterführende Ermittlungen einzuleiten. In der West-Berliner Verwaltung saßen genügend Informelle Mitarbeiter, für die eine solche Recherche eine Kleinigkeit darstellte. Wofür sonst erhielten die ihre Westgeldbezüge?

Am einfachsten wäre es gewesen, sich mit dem verantwortlichen Leiter der dafür zuständigen Diensteinheit direkt ins Benehmen zu setzen, um schnell zu einem Ergebnis zu gelangen. Leider war sein persönliches Verhältnis zum Genossen Major Aderhold durch einige unerfreuliche Vorkommnisse, bei denen auch übermäßiger Alkoholgenuss auf beiden Seiten eine Rolle gespielt hatte, nachhaltig getrübt. Also musste er einen anderen Weg suchen.

Der seiner Diensteinheit jüngst im Rahmen der Aktion Banner zugeordnete Oberleutnant Gutzmann fiel ihm ein, ein zaundürrer pommerscher Sturkopf, mit dem sich im operativen Einsatz wenig anfangen ließ. Das war genau die passende Aufgabe für diesen Fischkopp. Der war schließlich an Wasser gewöhnt. Mit Banner, sprich den bevorstehenden Weltfestspielen, würden sie auch ohne Gutzmann klarkommen.

Pansegrau konnte nicht ahnen – und die strengen Regeln der Konspiration verboten es, ihn darüber zu informieren –, dass in einem der inzwischen in Diensträume umfunktionierten Nebengebäude zur gleichen Zeit der Major Heribert Aderhold die Meldung seines Unterleutnants Knut Konopatzki entgegennahm, die Quelle Elvira sei im Operationsgebiet entweder abgetaucht oder festgenommen worden, jedenfalls seit mehr als einer Woche gänzlich verstummt. Ermittlungen im Umfeld hätten bisher zu keinem auswertbaren Ergebnis geführt.

Nachdenklich starrte Aderhold aus dem Fenster ins Grüne. Sein Dienstzimmer befand sich im Hochparterre eines ehemals hochherrschaftlichen Wohnhauses gleich neben dem einstigen Lichtenberger Finanzamt und gab den Blick frei auf den baumbestandenen Mannschaftshof der Untersuchungshaftanstalt. Für ihn unsichtbar und von der U-Form des 65 Jahre alten Gebäudekomplexes umschlossen, lagen dahinter die mit Gittern abgedeckten Freistundenkäfige der Gefangenen. Links erhob sich der graue Kasten des Stadtbezirksgerichts. Das Glockengeläut der neogotischen Kirche vor dessen Barockfassade bemerkte Aderhold nur noch selten.

Der Standort des Ministeriums war vom Genossen Minister klug gewählt, wie er wieder einmal feststellen musste. Nur die beiden Kirchen störten die Harmonie des Gesamtensembles. Unmittelbar neben dem Haupteingang in der Normannenstraße gab es nämlich noch eine im besten Bauhausstil erbaute Kapelle der Neuapostolischen Gemeinde, einer Sekte, wie Aderhold wusste, die sich zu ihren Gottesdiensten eines erstaunlichen Zulaufs erfreute. Deshalb wurde es Zeit, dass die lästigen Kirchgänger endlich aus dem Umfeld verschwanden, und die Fußballanhänger von Lichtenberg 47 am besten gleich dazu, deren lautstarkes Getöse im gegenüberliegenden Stadion den operativen Dienstablauf beeinträchtigte. Außerdem lebten in den angrenzenden Häusern der Magdalenen- und der Normannenstraße – einige davon hatte der von Aderhold geschätzte Bruno Taut gebaut – noch immer einzelne alteingesessene Bewohner, deren Aufklärung erhebliche personelle Kräfte band und deren permanente Anwesenheit die Regeln der Konspiration gröblichst verletzte. Außerdem behinderte ihr Vorhandensein die Errichtung längst notwendiger Ergänzungsbauten auf dem gesamten Areal.

Aderhold hatte einmal Architekt oder Stadtplaner werden wollen und beschäftigte sich gerne mit solchen Fragen. Im Augenblick jedoch stand die Quelle Elvira im Vordergrund, nach den spärlichen Archivunterlagen, die man Konopatzki als ihrem Führungsoffizier zugestanden hatte, eine 27-jährige Ökonomin aus Lehrte, über die bisher nichts Nachteiliges vorlag. Nach einem von ihr auf der Transitautobahn Berlin—Hannover verschuldeten Verkehrsunfall war sie in der Untersuchungshaftanstalt Magdeburg von einem Mitarbeiter der dortigen Bezirksverwaltung auf eine künftige Zusammenarbeit angesprochen worden, der sie schließlich - durchaus auch aus ideologischen Gründen - zustimmte. Sie zählte sich zum linken Spektrum der bundesdeutschen Gesellschaft und stand der Deutschen Friedensunion nahe. Sie hatte einige Schulungen durchlaufen und galt als hoffnungsvoller Perspektivkader.

Nichts deutete auf eine Dekonspiration hin oder darauf, dass Elvira übergelaufen war. Mit großer Sicherheit hätten BND oder Verfassungsschutz sie in einem solchen Fall aufgefordert, ihre Zusammenarbeit mit dem MfS wie bisher fortzusetzen.

Aderhold hob den Blick und sah Knut Konopatzki an. Ein Milchbubi, wie er im Buche stand, mit rotblondem Pinselhaar und weißlichen Wimpern und Augenbrauen. Wer suchte solche Leute für den operativen Einsatz aus?

«Welche Maßnahmen schlägst du vor?», fragte Aderhold strenger, als es seiner sonst eher umgänglichen Art entsprach. Er war ein großgewachsener, drahtiger Thüringer mit leichtem Bauchansatz, der sich todkrank fühlte, wenn er nicht mindestens zweimal im Jahr in der Heimat Ski laufen konnte. Doch bis zum Winter war es noch lange hin, und es drohte ein heißer Sommer zu werden.

Konopatzki wich seinem Blick aus und starrte in sein Dienstbuch. «Zuerst mal die üblichen», memorierte er, «also Fahndung für alle Passkontrolleinheiten, falls sie in die BRD ausreisen will. Dazu verdeckte Maßnahmen im Flugverkehr, Telefonkontrolle, Ermittlungen im Umfeld.» Er machte eine Pause. «Am besten wäre es natürlich, jemand von uns begibt sich ins Operationsgebiet und überprüft die Sachlage.»

Aderhold war lange genug im Geschäft, um die Absicht dieses Milchbartes zu durchschauen. Er griente schief und sagte hämisch: «Damit er dort bereits vom gegnerischen Dienst erwartet wird!» Einen wie Konopatzki musste auch ein erblindeter Klassenfeind nach der Personenbeschreibung erkennen. Aber das sagte er nicht.

Er selber, nach dem gescheiterten Architekturstudium in Weimar Ende der 1950er Jahre in die Reihen der Tschekisten aufgenommen, hatte sich von Anfang an für das Operationsgebiet West interessiert, war jedoch klug genug gewesen, dies niemals vorlaut oder direkt zu äußern. Still und beharrlich hatte er an seiner Karriere gearbeitet, alle Aufträge in der Republik wie im Operationsgebiet gewissenhaft und erfolgreich erfüllt und es verstanden, seine überdurchschnittlichen Ergebnisse als Werber wie als Führungsoffizier ins rechte Licht zu rücken. Dafür saß er jetzt auf einem Posten, der ihm Reisen gen Westen nur noch in brisanten Sonderfällen ermöglichte. Blieb abzuwarten, ob der Fall Elvira sich zu einer solchen Ausnahmesituation ausbauen ließ. Die Lust, mal wieder den Kudamm entlangzubummeln und endlich das neue Bauhausarchiv in Charlottenburg zu besuchen, verspürte er schon lange.

«Welche Aufträge hatte Elvira zuletzt?», fragte er Konopatzki.

«Aufklärung eines Hochschulprofessors und seiner Familie. Der Mann ist nicht ohne Einfluss in der SPD, und der Sohn gilt als hoffnungsvoller Kader für eine eventuelle politische Karriere.»

«Und die bisherigen Ergebnisse?»

«Elvira gilt eher als Perspektivkader. Immerhin wissen wir durch sie, dass dieser Erkenbrecher verwandtschaftliche Beziehungen in die DDR unterhält, die bisher unbekannt waren. Außerdem gibt es Hinweise auf eine geplante Fluchthilfe.»

Aderhold wurde hellhörig. «Das ist doch ein Ansatz! Die sieben W, verstehst du?» Dabei grübelte er, wo ihm der Name Erkenbrecher schon begegnet war.

Diensteifrig nickte Konopatzki.

«Was ist mit der Fluchthilfe?», schob Aderhold nach.

«Das wissen wir eben nicht. Es war Elviras Auftrag herauszufinden, um wen es sich bei der zu schleusenden Person handelt. Vermutlich ebenfalls um eine weibliche.»

«Das muss doch zu ermitteln sein! Wie steht es denn um die DDR-Verwandtschaft von diesem Erkenbrecher?» Im gleichen Augenblick fiel ihm ein, dass er den Namen im Zusammenhang mit Architektur und West-Berliner Filz gelesen hatte. «Ernest Erkenbrecher», sagte er ahnungsvoll, «der sollte mal Kultursenator werden.»

«Deswegen ja die Maßnahme», bestätigte Konopatzki. «Der Erkenbrecher hat eine Halbschwester, die in der Volksbildung tätig ist.»

Auch das noch! Um die Volksbildung machte jeder einen großen Bogen, seit sie Margot Honecker unterstand. Die Dame konnte geradezu eklig werden, wenn es um ihren Verantwortungsbereich ging.

«Sie und ihr Mann gelten als zuverlässige Genossen. Beide liegen bei uns als GM ein.»

Aderhold nickte verdrossen. Gesellschaftlicher Mitarbeiter – was sagte das schon! Das verstand sich für jeden Kaderfritzen und jeden Parteisekretär von selbst. «Haben sie die Verwandtschaft in ihren Kaderunterlagen angegeben?»

Konopatzki schüttelte sein rotblondes Haupt. Einen Trumpf hatte er noch im Ärmel, wie Aderhold ihm ansah. Und richtig: «Die einzige Tochter ist als Hauptsachbearbeiterin im Fernsprechamt tätig.»

«Na siehst du!» Der Major klatschte mit der flachen Hand auf die Tischplatte. «Das ist doch ein Ansatz! Kümmere dich mal um die Frau. Umfeld, persönliche Beziehungen, Auffälligkeiten ...»

Der Unterleutnant schien nicht sehr glücklich über den Auftrag. «Und was wird mit Elvira?», wagte er zu fragen.

«Die Unterlagen bleiben hier.» Aderhold legte seine schmale Künstlerhand auf den dünnen Aktendeckel. «Darum kümmere ich mich persönlich.»

Genau das hatte Knut Konopatzki befürchtet. Dass auch sein Chef nicht ganz glücklich mit der eigenen Entscheidung war, ahnte er nicht.

Um die Fahndung nach Elvira einzuleiten, musste Aderhold sich an Pansegrau wenden. Für ihn war der

Oberstleutnant einer von den alten Saufsäcken, die ewig ihre unüberprüfbaren Widerstandstaten aus der NS-Zeit repetierten und taten, als wären sie vorher Teddy Thälmanns persönliche Leibwächter gewesen. Oder wenigstens hohe Funktionäre im Geheimapparat der KPD. Er selber war Tschekist mit Leib und Seele, aber schon lange nicht mehr mit heißem Herzen. Er besaß eine Untugend: Wenn ihn etwas interessierte, versuchte er, es hundertprozentig aufzuklären. In der DDR wie in der Sowjetunion – Heribert Aderhold war dank seines Studiums in Moskau ein exzellenter Kenner der russischen Sprache – galt Literatur über die wahre Geschichte der ruhmreichen sowjetischen Sicherheitsorgane als ausgesprochen rar. In Erinnerung an gewisse Entstalinisierungstendenzen der 1950er Jahre (und ohne jede konterrevolutionäre Absicht) hatte er Einsätze im Operationsgebiet zu gelegentlichen Bibliotheksbesuchen genutzt und dabei Erschreckendes gelesen. Wenn auch nur ein Viertel der gegnerischen Behauptungen zutraf – die Quellenlage sprach eher für einen höheren Anteil –, so waren die befreundeten Organe über Jahrzehnte hinweg nichts anderes als blutige Erfüllungsgehilfen eines gnadenlosen Diktators gewesen. Diese jähe Erkenntnis hatte ihn zwar nicht in seinem Berufsethos beeinflusst, jedoch verursachte der als ehrenvoll geltende Titel Tschekist ihm seitdem gewisse Magenbeschwerden. Pansegrau war einer von denen, die den Begriff gerne dreimal in jedem Satz unterbrachten.

Seufzend griff Aderhold zum Telefon.

Leutnant Gutzmann, Jahrgang 1934 und mit den verdächtigen Vornamen Adolf Herrmann behaftet, weshalb er sich gern Rudolf nannte, fühlte sich gänzlich verloren in dem endlosen Gebäudekomplex, in dem er schon ein paar Mal unangenehm aufgefallen war, weil er sich schlicht verlaufen hatte. Er hatte in seinem ganzen Leben nie in einer größeren Stadt als Stralsund gelebt, und auch dort nur für drei Wochen. Die unüberschaubar riesige Hauptstadt deprimierte ihn. Mit Schrecken sah er den fünf Wochen entgegen, die ihm noch bevorstanden. Man hatte ihn und drei weitere Genossen aus verschiedenen Bezirken in ein spartanisch möbliertes Gemeinschaftsquartier in einer eher dörflichen Straße unmittelbar am Zaun des Ministeriums gepfercht. Immerhin lag die U-Bahn-Station nur hundert Meter entfernt, aber wenn er dort alleine oder mit den anderen Genossen in den Zug zum Alexanderplatz stieg, empfand er die Blicke der Leute als spöttisch, ja mitunter als feindlich. In dieser grauen, abweisenden Stadt irgendeine angenehme Bekanntschaft zu machen erschien ihm unmöglich. Außerdem waren die Gaststätten voll wie zu Hause nur in der Sommersaison und die Preise hoch.

Bis ihn Pansegraus Auftrag erreichte, hatte er versucht, sich auf ausgedehnten Fußmärschen einen Eindruck von der Stadt und vom Grenzverlauf zu verschaffen, und war dabei von den eigenen Genossen vorläufig festgenommen worden. Nicht einmal der Klappausweis hatte den zuständigen Offizier sofort von seinem Misstrauen befreit. Also hatte Rudi von der Elsenbrücke nur aus weiter Ferne und am Checkpoint Charlie etwas näher einen Blick auf das Operationsgebiet werfen können und blieb ansonsten auf das für ihn zugängliche Kartenwerk angewiesen.

Am Dienstag war er, ausgerüstet mit den entsprechenden Papieren, mit dem Sputnik nach Potsdam gereist – nicht mal einen Dienstwagen hatte man ihm gegönnt –, um den Ort des Vorkommnisses aus der Sicht der Grenzgenossen in Augenschein zu nehmen. Viel herausgekommen war dabei nicht. Je intensiver er die Augenzeugen einzeln befragte, umso mehr verwickelten die sich in Widersprüche, was das Ereignis selbst und das Aussehen der daran beteiligten Personen anging. Rudi saß bis in die Nacht an seinem Bericht.

Als er damit am Morgen bei Pansegrau auftauchte, schob der ihm eine zusammengefaltete Westzeitung über den Tisch und sagte: «Da hast du deine Leiche.»

Erschüttert blickte Rudi auf das Bild einer jungen Frau.

Die gleiche, ihm nur mit kargen Worten mündlich mitgeteilte Zeitungsmeldung hatte Knut Konopatzki den Tag gründlich verhagelt. Elviras Tod, noch dazu von der gegnerischen Presse gemeldet, war ein wirklicher Schock für ihn. Insgeheim hatte er die hübsche junge Frau angehimmelt und ihre Figur wie ihre lockeren Umgangsformen bewundert und sich in seiner Position als ihr Führungsoffizier gesonnt. Leider hatte sie sich bei den Treffen ihm gegenüber eher ernsthaft und reserviert gebärdet, was ihm die dienstlich vorgeschriebene Zurückhaltung erleichterte. Sie nun als Wasserleiche in der Sensationspresse präsentiert zu finden traf ihn tiefer, als er sich selber eingestehen wollte. Sie war in seinem Alter gewesen, und der Klassenfeind hatte sie getötet. Daran zweifelte er keinen Augenblick. Er verspürte keine Furcht, doch ein merkwürdiges Gefühl war es schon, die Gefahr so nahe bei sich zu wissen. Ob man Elvira vor ihrem Tod gefoltert hatte, um die Namen ihrer Verbindungsoffiziere, also auch den seinen, aus ihr herauszupressen? Die Wahrscheinlichkeit sprach dafür, woraus sich allerdings keinerlei persönliche Gefährdung für ihn ergab. Sie hatte ihn lediglich unter dem Namen Udo gekannt und getroffen. Nur die beiden dafür genutzten konspirativen Wohnungen mussten als verbrannt gelten. Er hatte inzwischen auf verschlungenen Dienstwegen den für das Fernsprechwesen Verantwortlichen ermittelt und ein Treffen mit ihm vereinbart. Die Gedanken an Elvira machten es ihm schwer, sich auf seine Aufgabe zu konzentrieren.

Der maulfaule Unterleutnant, auf den er traf, kam ihm keinen Schritt entgegen. «Ich schicke euch die Unterlagen rüber, sobald ich sie gesichtet habe», bot er lediglich an, und es war klar, dass dieses Sichten ebenso gut noch eine Woche dauern konnte.

Entweder war Knut Konopatzki noch nicht lange genug im Geschäft, um seine Emotionen vollständig zu beherrschen, oder er setzte, Elviras gedenkend, einfach alles auf eine Karte. «Hör mal», sagte er und beugte sich dabei so vertraulich über den Schreibtisch von Norbert Marsilius, dass der erschrocken seine Papiere mit den Armen bedeckte, «es geht hier um eine ernsthafte Sache, verstehst du?» Er fixierte sein Gegenüber, was ihm angesichts dessen getönter Brille nicht ganz leicht fiel. «Es geht hier um Leben und Tod! Eine Leiche haben wir schon. Wir sind da einer ganz üblen Machenschaft auf der Spur.»

Das war viel mehr, als er sagen durfte, doch es schien diesen Marsilius zu beeindrucken.

«Ich verstehe schon», antwortete der so laut, als wisse er, dass jemand mithörte. «Aber das Fernsprechwesen ist ein hochsensibler Bereich, in dem wir uns keinerlei Unruhe leisten können. Und schon gar nicht unter dem Vorzeichen von Banner!»

«Alles klar. Bedenke nur, es geht immerhin um RF! Wir brauchen dringend eine OPK und schnelle Ergebnisse.»

Marsilius schüttelte den Kopf. «Unmöglich jetzt, in der heißen Phase vor dem Treffen!» Wie die sich das vorstellten! Eine aufwendige operative Personenkontrolle unmittelbar vor den Weltfestspielen, bloß weil bei denen einer was von Republikflucht roch. An die Leiche glaubte er sowieso nicht. Außerdem traute er der angegebenen Person keine RF zu. Sie stammte aus besten Parteikreisen, was natürlich keine Gewähr bot. Er hütete sich jedoch zu erwähnen, dass er genau wusste, um wen es sich handelte. «Ich schlage vor, ihr kümmert euch selber darum», sagte er. Das schien ihm der beste Ausweg. Sollten die sich doch den Schädel bei Mohnholz einrennen. «Ihr seid kadermäßig sicherlich besser ausgestattet als wir. Du bekommst die Angaben über die zuständigen GM und IM – aber bedenke, die sind augenblicklich alle ziemlich im Stress.»

«Wir auch!», entgegnete Konopatzki gallig. Das hatte er nun davon. Statt endlich mal ins Operationsgebiet abzudüsen, durfte er sich mit irgendwelchen Postbeamten rumschlagen. Trotzdem widersprach er nicht. Durch Elviras Tod hatte die Angelegenheit Dimensionen angenommen, in denen man sich besser vorsichtig bewegte.

ACHTZEHN

Juli 1973

UNVERSEHENS war der Juli herangerückt und mit ihm die letzte Möglichkeit für Hartmut und Carola, sich auf die große Reise vorzubereiten.

Im Amt spielten langsam alle verrückt. Selbst Mohnholz ließ die gewohnte Ruhe vermissen. Die ständigen zusätzlichen Anforderungen an das marode und unzureichende Fernsprechnetz nervten ihn. Die meisten davon betrafen auf dem einen oder anderen Umweg immer nur die Sicherheit, deren Mitarbeiter wie ein Schwarm Heuschrecken in die Hauptstadt eingefallen waren und sich als die wahren Herren des Landes präsentierten.

Aus dem Internationalen Pressezentrum in der Berolinastraße brachte Hartmut den Spruch mit, die Weltfestspiele würden sowieso ausfallen.

«Was soll denn das nun wieder?», polterte Mohnholz ungehalten.

Hartmut griente. «Es findet lediglich ein Treffen der Sicherheitskräfte mit internationaler Beteiligung statt.»

Nicht mal darüber vermochte Mohnholz richtig zu lachen. Ihm ging das pinselhaarige Milchgesicht nicht aus dem Kopf, das sich vor einigen Tagen so intensiv nach Carola erkundigt hatte und dessen Miene förmlich aufleuchtete, als Mohnholz ganz nebenbei und im festen Glauben, das wisse der längst von Norbert, die Beziehung zu Hartmut Battin erwähnt hatte. Battin war ebenso wie Carola als Chefsekretärin VVS-verpflichtet, was für den Umgang mit vertraulichen Verschlusssachen nötig war, zu denen Fernsprechleitungen nun einmal gehörten, selbst wenn sie seit Heinrich von Stephans Zeiten in der Erde lagen.

Soweit Mohnholz wusste, hatte Hartmut alle Überprüfungen unbeanstandet überstanden, und bei Carola Weigang war da auch nichts zu befürchten. Leider wusste man nie, wonach diese Engel mit den vier Flügeln wirklich schnüffelten. Zu gut erinnerte sich Mohnholz an die bösen Sabogentenjagden in den 1950ern, als auch zwei, drei Kollegen aus seinem Geschäftsbereich verhaftet und als Agenten vor Gericht gestellt worden waren, während andere - schuldig oder nicht - vorher die Flucht ergriffen hatten. Mit einem davon hatte Mohnholz bei den technischen Verhandlungen über die Ost-West-Leitungsschaltungen an einem Tisch gesessen. Sie hatten sich zugenickt, mehr nicht. Niemand brauchte zu wissen, wie viele ehemalige Kollegen Mohnholz im Westteil der Stadt kannte.

Mohnholz war sein Fauxpas in Bezug auf Carola und Hartmut peinlich, musste er doch befürchten, dass irgendwo auch über ihn derartige Auskünfte eingeholt und gesammelt wurden - zu welchem Zweck auch immer. Mit Ausnahme seiner Mutter hatte er nichts zu verbergen, aber die genügte vermutlich. Überprüften sie dann noch seine gesamte Tätigkeit während der NS-Zeit, ließ sich daraus bestimmt etwas zusammenbasteln. Wenn die wollten, hatten sie jeden in der Hand.

Er erschrak selber über seine Gedanken. Schlug er die Zeitung auf, so war alles in Ordnung. Es ging aufwärts, der Westen biederte sich an, in der Oranienburger Straße wurden an einem Stand sogar Kirschen verkauft. Die Schweiz, Frankreich und Großbritannien hatten die DDR anerkannt, von weniger bedeutenden Staaten ganz abgesehen. Jemand meinte, die neuen Mehrzweckgaststätten mit ihren gezackten Zeltdächern wären gut als Botschaftsgebäude zu gebrauchen, falls die Indianer die DDR anerkennen sollten.

Heute erfuhr er, dass die Weltjugend unterwegs war in die Festivalstadt und die Erntetechnik in drei Schichten genutzt wurde.

Dazwischen zehn Zeilen über den ernsten Gesundheitszustand des Genossen Walter Ulbricht nach einem Schlaganfall. Er hatte den Sachsen mit der Fistelstimme nie gemocht. Jetzt tat er ihm leid.

Sorgenvoll saß Mohnholz hinter seinem Schreibtisch und harrte der nächsten unangenehmen Überraschung. Herein kam aber nur Carola, um ihm ein paar Briefe zur Unterschrift vorzulegen. Sie sah mal wieder zum Anbeißen aus in ihrer engen Sommerbluse und dem kurzen Rock. Selbst das nicht einmal streichholzlange Haar passte zu ihr.

Mohnholz musterte sie prüfend. Das war sonst nicht seine Art und fiel ihr auf. «Ist was?», fragte sie.

Mohnholz zögerte. «Ich weiß nicht ...»

Die Zeit, als sie noch schüchtern gewesen war, lag lange zurück. «Gefällt Ihnen irgendwas an mir nicht?»

«Ach, Mädel», sagte er, «wenn mir nur alles so gut gefallen würde wie du ...»

Nur selten nahm er sich heraus, sie zu duzen, und sie ging wie gewohnt darüber hinweg. Lächelnd sagte sie: «Der Frühling ist doch längst vorbei.»

Jetzt lachte auch Mohnholz, wurde aber sehr schnell wieder ernst. «Wir müssen mal miteinander reden.»

«Aber nicht über Frühlingsgefühle.» Auch sie war jetzt ganz ernst. «Ist irgendwas an meiner Arbeit auszusetzen?»

Er schüttelte den Kopf. «Setz dich mal einen Augenblick.»

Es ging auf die Mittagszeit zu, eine Störung war nicht ohne weiteres zu befürchten. Die Tür zum Sekretariat stand offen.

«Du meldest mir in letzter Zeit ziemlich merkwürdige Kunden an», begann er.

Sie guckte misstrauisch.

«Und manche davon kommen deinetwegen.»

Es war unverkennbar, dass sie unter ihrer Sonnenbräune erblasste. «Was wollen die denn wissen?», fragte sie gepresst. Auf ihren Wangenknochen breiteten sich hellrote Flecke aus.

«Das sagen sie nicht so deutlich.» Er sprach nur halblaut. «Wie es scheint, geht es um irgendwelche Westverwandschaft. Gibt es da etwas, das man melden müsste?»

Sie schüttelte sofort energisch den Kopf. «Nein!», sagte sie fest, und nach einem kleinen Zögern: «Soviel ich weiß, ist mal ein Cousin von mir aufgetaucht.» Sie starrte auf das übergroße Porträt an der Wand. «Ich habe keinerlei Verbindung zu ihm.»

Sie war aufgebracht, das merkte Mohnholz. Er versuchte, sie zu beruhigen. «Ist ja gut. Ich möchte euch nur Ärger ersparen.»

Euch. Also ging es auch um Hartmut. In Carola stieg Panik auf. War da etwa doch jemand hinter ihre Pläne gekommen? Dann konnte es nur an Rainer und seiner Ungeschicklichkeit liegen. Nicht an Hartmut. So umsichtig wie in dieser ganzen Angelegenheit hatte sie ihn nie zuvor erlebt. Sie erinnerte sich an Rainers merkwürdiges Benehmen beim letzten Besuch. Mit Schrecken fiel ihr ein, dass für die nächste Woche ein letztes Treffen geplant war. Nicht auszudenken, wenn jemand Rainer als Fluchthelfer denunziert hatte und man ihn beim Grenzübertritt festnahm! Oder ihn bis nach Schmöckwitz verfolgte, um sie dann alle zusammen ...

Das alles schoss ihr durch den Kopf, während Mohnholz' väterlich prüfender Blick auf ihr ruhte. Der Alte hatte es gut, noch ein, zwei Jährchen bis zur Rente – und dann ab die Post. Selbst die treuesten Genossen verschmähten die zugelassenen dreißig Tage Freigang nicht und sprachen hinter vorgehaltener Hand darüber. Nur ihrem Vater traute sie einen Verzicht auf die Westreise zu, stur wie der war. Beim letzten ihrer seltenen Besuche zu Hause hatte ihn mal wieder eine abendliche Versammlung ferngehalten, und sie hatte ausführlich mit ihrer Mutter quatschen können. Dabei war herausgekommen, dass ihn die Partei Anfang der 1950er Jahre mit einer sogenannten Pfanne bedacht hatte, einem Parteiverfahren aus nichtigem Anlass. Sechs Jahre später hatten ihn dieselben Genossen sichtlich widerwillig rehabilitiert. Seitdem war er ein gebrochener Mann und der strammste Parteisoldat, der sich denken ließ.

«Na, die hätten mich sonst wo lecken können!», hatte Carolas Kommentar gelautet.

Doch die Mutter hatte ihr müde entgegengehalten: «Du warst eben nie in der Partei und weißt nicht, wie das ist.»

Na, Gott sei Dank nicht! Carola war sich in diesem Augenblick nicht sicher, ob Mohnholz nicht vielleicht im Parteiauftrag mit ihr sprach. Vielleicht wollten die sie auf diese Weise aushorchen und kirre machen?

Sie erhob sich, strich ihren kurzen Rock glatt und sagte: «Schönen Dank jedenfalls. Wenn es was zu melden gibt, werde ich daran denken.» Dann nahm sie die Mappe mit den unterschriebenen Briefen und verließ hoheitsvoll den Raum.

Irgendwie tat ihr der Alte auch leid. Was würde es für einen Aufstand geben, wenn ihre Flucht bekannt wurde! Früher, so erzählten die Älteren, hatten die Abgehauenen als Zeichen der geglückten Flucht den Dienstausweis zurückgeschickt. Aber den wollten Hartmut und sie sowieso nicht mitnehmen. Überhaupt keinerlei Papiere, vom Ausweis abgesehen und dem Film mit den abfotografierten Zeugnissen. Hartmut hatte ein Stück Blei dazu in die Perlontüte getan mit dem Kommentar «Wenn sie uns schnappen, geht das über Bord». Metall war sonst verboten für ihre Fahrt - wegen der Radarüberwachung, die Hartmut vor allem fürchtete.

«Und was ist mit deinem Sender?», wollte Carola wissen.

Es war nur ein winziger Peilempfänger, den er sich ausgedacht hatte. Rainer, dieser technische Idiot, hatte noch immer keinen passenden Sender dafür besorgt. Das war eine der offenen Fragen, die es noch mit ihm zu klären galt.

Verzagt saß Carola hinter ihrem Schreibtisch und fuhr sich mit den Fingern durch die kurzen Stoppeln. Hartmut hatte so wunderbares langes Haar ...

Mohnholz kam aus seinem Gehäuse. «Bin in zehn Minuten wieder da!», sagte er, der als des Hauses schnellster Esser bekannt war. Anschließend ging Carola gewöhnlich essen.

«Lassen Sie sich ruhig Zeit», sagte sie, «mir ist heute der Appetit vergangen.»

Es war das letzte Wochenende vor dem großen Ereignis, was immer man darunter verstehen wollte. Für alle anderen außer Hartmut und Carola waren es natürlich die Weltfestspiele. Vom stündlich erwarteten Ableben des todkranken Staatsratsvorsitzenden sprach kein Mensch. Der würde doch nicht etwa mit einem unzeitigen Todestermin das große Fest stören?

Sie fuhren noch am Freitagabend raus nach Schmöckwitz, machten das Boot klar und paddelten hinüber zur Wiese, wo sie wie üblich das kleine Zelt aufbauten. Das war nicht viel wert, und sie hatten die Absicht, es mit den Luftmatratzen und allem Übrigen darin einfach auf Ummanz stehen zu lassen.

Die *Early Bird* waren sie vor drei Wochen an einen echten Fan losgeworden, der ganz begeistert war und dem sogar der Name gefiel. «Ich bin ein Frühaufsteher», hatte er gemeint. «Der frühe Vogel fängt bekanntlich den Wurm.»

Er hatte bar bezahlt, und so hatten sie sich diesmal etwas üppiger verproviantiert.

Was es zu bereden gab, war gesagt. Nur dass es ihnen nicht gelungen war, Rainer Erkenbrecher telefonisch zu erreichen, beunruhigte sie. Von Carolas Anschluss wollten sie es nach Mohnholz' Warnung nicht riskieren, vom Amt aus hatte es Hartmut mehrmals vergeblich probiert. Es hatte sich niemand gemeldet, und weitere Versuche aus öffentlichen Telefonzellen waren ebenfalls fehlgeschlagen.

Nun herrschte eine melancholische Stimmung. Sie sprachen wenig, tranken still eine Flasche weißen Bordeaux aus und krochen ins Zelt.

«Woran denkst du?», flüsterte Hartmut nach einer sehr langen Zeit.

Carola gestand, dass sie an ihre Mutter dachte. «Ich hätte nicht geglaubt, dass es mir mal schwerfallen würde, für immer von ihr wegzugehen.»

«Für immer ...» Hartmut dachte an seine eigene Mutter und daran, wie die es wohl aufnehmen würde. Emotionen waren ihr selten anzumerken. Er versuchte abzuwiegeln: «Erstens dürfen die Alten ja irgendwann reisen. Und zweitens ist es immerhin möglich, dass wir selber ...»

«Du meinst, die lassen uns jemals wieder rein, ohne uns nach Bautzen zu schicken?»

«Es heißt, dass sie sogar die früheren Republikflüchtigen hereinlassen. Und durchreisen lassen sowieso.»

Carola schniefte verdrießlich. «Soll ich mich mit meiner Mutter heimlich auf der Autobahn treffen?»

«Besser in Prag», schlug Hartmut vor, «oder in Budapest.»

«Na, ich weiß nicht ...» Carola wandte sich ihm zu und kuschelte sich an ihn.

«Du hast ja mich», tröstete er sie. Als er ihre Wange küsste, spürte er das Salz ihrer Tränen.

Am Morgen waren sie längst nicht die Ersten, die aufbrachen. Rund um die Müggelberge wollten sie noch einmal paddeln, eine Abschiedsreise besonderer Art. Sie gingen es eher gemächlich an, paddelten mit einem leichten Westwind über den Seddinsee und durch den Gosener Graben. Immer wieder ließ einer das Paddel sinken und sah sich um.

«So schön werden wir es vielleicht nie wieder haben», sagte Carola sehnsuchtsvoll.

Hartmut hätte ihr gerne widersprochen, doch er schwieg lieber. Niemand wusste, was kommen würde. Sie waren sich nicht einmal einig darüber, ob sie nach West-Berlin gehen wollten, wofür Hartmut plädierte. Carola dachte eher an die Beschaulichkeit ihrer Kindheit im Vorerzgebirge und wollte endlich einmal die Alpen sehen, möglicherweise auch in deren Nähe wohnen.

«Guck dir noch mal die Müggelberge an», riet Hartmut, als sie am späten Vormittag den Müggelsee erreichten.

Auf der Müggelspree herrschte Verkehr wie auf einer Ausfallstraße. Im Sog der Ausflugsdampfer hatten sie Mühe, ihren Kurs zu halten. Die Leute winkten ihnen zu, und die Männer sparten nicht mit anzüglichen Bemerkungen. Am häufigsten hörten sie: «Wer von euch beiden ist denn das Mädchen?»

Es blieb ein fast ereignisloser Tag. Sie lagen gut in der Zeit, durchquerten Köpenick und passierten am Nachmittag Grünau und die Regattastrecke. Am Abend fanden sie ein Tischchen für zwei in der Schiffsgaststätte nahe der Brücke.

Sie saßen lange dort und tranken mehr als üblich.

«Für so wenig Geld werden wir uns nie wieder derart beballern können», sagte Hartmut mit schwerer Zunge.

Carola wollte nur noch ins Zelt und fiel dort in bleiernen Schlaf.

Diesmal weckte sie erst die Vormittagshitze. Für die

geplante Umfahrt reichte die Zeit nicht mehr aus. Also schwammen sie ein Weilchen und beschlossen, wenigstens ein letztes Mal bis Rauchfangswerder und zurück zu paddeln. Für den Nachmittag hatte sich Hartmut bei seiner Mutter angemeldet. Mit einer Überraschung, wie er ihr am Telefon verkündete.

Die Überraschung hieß Carola. Hartmut war selbst erstaunt, dass es ihm gelungen war, der Mutter Carolas Bekanntschaft bis zu diesem Tag vorzuenthalten. Sie hatte bis jetzt noch an jeder seiner Freundinnen etwas auszusetzen gehabt. Doch Eugens Anwesenheit schien sie milder zu stimmen.

«Sie hat einen besseren Haarschnitt als du», bemerkte sie immerhin. Es klang wohlwollend.

Carola lächelte ihr zu und half, das Kaffeegeschirr hinaus auf die Terrasse zu tragen. Sie hatte noch nie Probleme gehabt, einen guten Eindruck zu machen.

Eugen grübelte derweil noch über ihren Namen nach. «Weigang», sagte er nachdenklich. «Ich hatte mal vor Jahren mit einem Genossen gleichen Namens zu tun. Karl Weigang. Er wohnte in der alten Karl-Marx-Allee, gleich hinter dem Frankfurter Tor.»

«Da wohnen Carolas Eltern», bestätigte Hartmut. «Und ihr Vater heißt Karl-Heinz.»

Carola kam mit der Kaffeekanne.

Eugen wies mit dem Zeigefinger auf sie und sagte fröhlich: «Du hast schon auf meinem Schoß gesessen!»

Carola sah ihn befremdet an.

Die Mutter, die aufgeschnittene Torte in den Händen, erstarrte förmlich zur Salzsäule. «Aber Eugen ...», war alles, was sie hervorbrachte.

Eugen erklärte unbefangen die Situation. Leider

habe er seinen alten Freund Karl Weigang seinerzeit gänzlich aus den Augen verloren, freue sich nun jedoch umso mehr, seiner ebenso hübschen wie wohlgeratenen Tochter bei einer so angenehmen Gelegenheit wiederzubegegnen.

Nun, da man sich quasi unter alten Bekannten und Kindern treuer Genossen befand, verlief der Nachmittag von Seiten der Älteren sehr harmonisch. Die Befangenheit des jungen Paares nahm man als verständliche Schüchternheit hin.

«Grüß mir deinen Vater ganz, ganz herzlich!», bat Eugen Carola beim Abschied. «Vielleicht sehen wir uns ja demnächst mal bei einer Familienfeier ...»

Dazu nickten Carola und Hartmut nur.

«Es war wenigstens kein trauriger Abschied», tröstete Carola später den schweigsamen Hartmut.

Der antwortete: «Nur ein endgültiger.»

Der bang erwartete Tag des letzten, entscheidenden Treffens mit Rainer Erkenbrecher nahte schneller als erwartet. Es war ihnen nicht gelungen, ihn vorher zu erreichen. Einen Brief oder eine Karte zu senden war in der Kürze der Zeit sinnlos. Weniger als eine Woche war die Post nie unterwegs. «Die Genossen können nicht so schnell lesen», vermutete Hartmut. Hören konnten sie hingegen gut, das wusste er. Aber gelang es ihm wirklich einmal, per Telefon nach West-Berlin durchzukommen, nahm bei Erkenbrechers niemand den Hörer ab.

Da sie nicht einmal ahnten, über welchen Grenzübergang Rainer einreisen würde, konnten sie ihn dort auch nicht abfangen. Hartmut hatte sich entschlossen, den Besucher wenigstens vor dem Eingang des Hochhauses zu empfangen und herauszufinden, ob er eventuell verfolgt wurde, während Carola vom Balkon aus den Überblick behalten sollte.

Leider erwiesen sich diese Vorkehrungen als einigermaßen sinnlos: Hartmut hatte bis fast zwanzig Uhr an den Leitungen für das Pressezentrum zu arbeiten, und als er endlich Carolas Wohnungstür aufschloss, vernahm er bereits eine fremde Männerstimme aus dem Zimmer. Das war nicht Rainer!

Einen Augenblick versuchte er zu lauschen. Er überlegte sogar, ob er sich einfach wieder davonmachen sollte, aber das konnte er Carola nicht antun, falls es wirklich zum Schlimmsten kam.

Mit Schwung riss er deshalb die verglaste Tür auf und sah sich zu seiner Erleichterung keinem finsteren Stasi-Mann, sondern nur dem fröhlich grienenden Günther Zützer gegenüber, der Carola wort- und gestenreich seine Erlebnisse als Filmkomparse präsentierte.

Für solches Gerede fehlte Hartmut heute wirklich der Nerv. «Hier ist sogar ein Ami aufgetaucht, der sich als Schauspieler und Sänger ausgibt», war alles, was er dazu mit deutlicher Anspielung anmerkte. «Irgendein mieser Ersatz-Cowboy, der bei euch keinen Job gefunden hat.»

Das konnte Carola nicht widerspruchslos hinnehmen. «Immerhin sieht er ganz gut aus», sagte sie.

Zützer fragte: «Wie heißt er denn?»

«Dean Reed.»

Zützer schüttelte den Kopf. «Nie gehört, den Namen.»

«Du kennst wahrscheinlich nicht mal Angela Davis», sagte Carola. «Aber das ist ja jetzt auch vollkommen unwichtig.»

Wichtig war, dass ihn niemand verfolgt oder beobachtet hatte, und noch viel wichtiger die Frage, weshalb Rainer – Gott sei Dank – nicht selber gekommen war. Und ob es vielleicht irgendwo eine undichte Stelle gab und ihr Plan verraten war.

Zützer gab sich alle Mühe, ihre Befürchtungen und Bedenken zu zerstreuen. Er musste zwar zugeben, dass Rainer Erkenbrecher in irgendeine dumme Geschichte hineingeraten war, die aber, so schwor er hoch und heilig, absolut nichts mit ihrer Flucht zu tun habe. Mit der Braut hatte es Ärger gegeben, so viel gestand er ein, aber der alte Erkenbrecher würde das schon ausbügeln. Er war schließlich nicht irgendwer in dieser Stadt, in der eine fette Krähe neben der anderen hockte, und noch keiner war ein Auge ausgehackt worden. Jedenfalls hatte es Rainer vorgezogen, nicht auch noch durch einen Besuch im Osten aufzufallen, und deshalb ihn beauftragt, die letzten Absprachen zu treffen. Er hatte es schließlich auch noch geschafft, den von Hartmut so dringend verlangten Kleinsender aufzutreiben, den ihm einer seiner Kreuzberger Spezies in null Komma nichts zusammengelötet und gestern Abend überreicht hatte.

«Der Kerl ist dumm wie Brot, aber für jede handwerkliche Arbeit die absolute Sahne!», erzählte Zützer. «Der hat sich nur gewundert, was du da auf der Langwelle rumpiepen willst, wo höchstens sein Urgroßvater einen passenden Sender finden würde.»

«Das lass nur meine Sorge sein», konterte Hartmut. «Hast du etwa erwähnt, wozu du den Sender brauchst?»

«Du hast wohl nicht mehr alle Nadeln an der Tanne! Mein Meerschwein pfeift gerne zweistimmig *La Paloma*, hab ich dem gesagt. Und dass die Kiste idiotensicher sein muss, damit auch ’n Studierter den richtigen Schalter findet.»

«Okay. Dann zeige ich dir hier auf der Karte noch mal, welchen Kurs wir nehmen wollen. Das hängt natürlich auch vom Wind und vom Wellengang ab. Wir paddeln von Hiddensee Südwest in Richtung Kalundborg Nordost, immer ungefähr auf dem Peilstrahl zum Sender lang. Rainer kann sich mit Hilfe seiner nautischen Geräte ohne weiteres auf dem gleichen Strahl bewegen und ab und zu mal den Sender einschalten, damit ich ihn bemerke, wenn wir dicht genug dran sind. Wenn alles gutgeht, starten wir am 31. spätestens um null Uhr von Hiddensee. Merk dir das gut!»

Zützer starrte auf die Karte. «Bisschen viel Wasser», sagte er skeptisch. «Meinst du wirklich, ihr trefft euch da im Dunkeln?»

Das waren genau die Zweifel, die Hartmut selber hatte. Doch was blieb ihnen übrig?

«Schlimmstenfalls paddeln wir an ihm vorbei. Die dänischen Gewässer erreichen wir früher oder später auf jeden Fall, selbst wenn wir um dreißig Grad von unserem Kurs abweichen.» Er sah Carola an und fügte hinzu: «Weichen wir aber nicht. Da kannst du dich drauf verlassen!»

NEUNZEHN

Ende Juli 1973

AM SONNABEND waren die Delegierten aus 140 Ländern in das gefährlich nahe an West-Berlin grenzende Stadion mit dem neuen Namen eingezogen. Im Ostteil der Stadt herrschte eine lockere Feststimmung, von der sich selbst die jüngeren Sicherheitskräfte anstecken ließen. Die Innenstadt war bis tief in die Nacht belebt, im Brunnen am Alex, Nuttenbrosche genannt, sprangen Übermütige von Wasserschale zu Wasserschale, und die Volkspolizei sah großzügig darüber hinweg.

Bei der Staatssicherheit in der Normannenstraße ging es zu wie in einem Bienenkorb, während sich die Situation im Fernmeldeamt beruhigt hatte. Der Montag war fast wieder ein normaler Arbeitstag, sah man von der Hektik der sogenannten Stabsarbeit mit ihrem ausufernden Berichtsunwesen ab.

Carola hatte sich nicht sonderlich verstellen müssen, damit ihr Mohnholz den angegriffenen Gesundheitszustand abnahm und sie zum Arzt schickte. Nach zwei nahezu schlaflosen Nächten fühlte sie sich wirklich nicht gut. Ihre Hausärztin zögerte keine Minute und schrieb sie wegen akuter Angina krank.

Damit war der erste Teil ihres Plans aufgegangen. Als Hartmut am späten Nachmittag von der Inspektion der Fernmeldeschwerpunkte nach Friedrichsfelde heimkehrte, hatte Carola alle Vorbereitungen abgeschlossen und wartete nur noch auf ihn.

Noch einmal gingen sie die Checkliste durch, bevor sie das Papier verbrannten und in der Toilette herunterspülten. Auf den ersten Blick deutete nichts in der Wohnung auf eine längere oder gar endgültige Abwesenheit hin.

Mit Bedauern warf sie einen letzten Blick vom Balkon und in das Zimmer, an das sie sich gerade angefangen hatte zu gewöhnen. «Los!», sagte sie entschlossen.

Das Faltboot lag zuunterst im Beiwagen, darüber ausgebreitet allerlei Unwichtiges, die Schlafsäcke und das Zelt.

Der Weg durch die überfüllte Stadthälfte gen Norden war mühsam. Erst gegen sieben waren sie hinter Oranienburg auf der brechend vollen F 96 unterwegs. Außer ihnen schienen auch viele andere auf die Idee gekommen zu sein, der Festivalstadt zu entfliehen und ausgerechnet noch heute Abend an die Ostsee zu gelangen. Das ständige Kolonnenfahren bot jedenfalls keine Chance, schneller zu sein als andere. Vertrauenerweckend tuckerte die alte EMW vor sich hin. Auch von dem alten Ofen würden sie sang- und klanglos Abschied nehmen. Seinen geliebten Bass hatte Hartmut schon im Mai verkauft.

Es war schon fast dunkel, als sie auf Ummanz eintrafen. Niemand kümmerte sich darum, wo sie ihr kleines Zelt aufschlugen und in welchem nahen Gebüsch sie die EMW mit dem gut getarnten Kanu im Beiwagen abstellten. Der weitläufige Zeltplatz war groß genug, und niemand hinderte sie daran, bis zum Mittag im Zelt liegen zu bleiben und sich endlich auszuschlafen.

Sie wuschen sich und machten sich auf den Weg, um

irgendwo zu essen. Das war ein unsicheres Unterfangen: Es war Montag, und montags war die DDR geschlossen. Zumindest die meisten Gaststätten. Und die einzige im Umkreis von fünfzig Kilometern, die keinen Schließtag hatte, war völlig überfüllt. Die Wartenden standen in Dreierreihen inmitten ihrer plärrenden Kinder.

Entnervt hielt Hartmut vor einem Dorfkonsum, der nach der Mittagspause gerade wieder öffnete. Wozu, war nicht ganz klar. Das Angebot bestand aus altem Brot, Marmelade und Schnaps. Selbst das Bier war alle, von alkoholfreien Getränken ganz zu schweigen.

«In Berlin sind Weltfestspiele!», erklärte die voluminöse Verkäuferin patzig. «Wenn Sie einkaufen wollen, müssen Sie dahin fahren!» Doch sie fand noch ein schrumpliges Stück Jagdwurst im Kühlschrank.

Dazu kauften Carola und Hartmut ein Glas gelbe Erbsen mit Bauchspeck. Carola fand, es sei ein durchaus passendes Abschiedsmahl.

Norbert dachte an nichts Böses, als er sein lila bebrilltes Mondgesicht schon wieder in Mohnholz' Vorzimmer schob. Sein Blick fiel auf ein etwas merkwürdig gekleidetes und anscheinend ungekämmtes kleines Mädchen, das auf Carolas Platz saß und ihn befremdet anstarrte. «Wo ist denn Fräulein Weigang?», erkundigte er sich.

Sie entgegnete: «Nich da!», und schien das für eine ausreichende Erklärung zu halten, denn sie wandte sich sofort wieder der Schreibmaschine zu, ohne allerdings eine Taste zu betätigen.

«Ich muss dringend den Genossen Mohnholz sprechen», sagte Norbert.

Die Kleine, wahrscheinlich ein Lehrling, gekleidet in

sehr enge Beinlinge, ausgelatschte Turnschuhe und ein weites Männerhemd, blieb ungerührt. «Der is auch nich da!», äußerte sie im gleichen abweisenden Ton.

«Und wann kommt er wieder?»

Immerhin belohnte sie seine Hartnäckigkeit mit einem zweiten, allerdings gleichermaßen unfreundlichen Blick. «Woher soll ich das wissen!», fuhr sie ihn an. «Wer sind Sie überhaupt?»

Danach hatte ihn hier im Amt noch nie jemand gefragt. Mit geübtem Griff förderte er seinen Klappausweis zutage und hielt ihn ihr unter die Nase. «Ministerium für Staatssicherheit», fügte er erklärend hinzu.

Gewöhnlich veränderte sich das Verhalten seiner Gesprächspartner spätestens in diesem Augenblick grundlegend. Das Mädchen jedoch schien zu seiner Verwunderung kaum eingeschüchtert.

«Weiß trotzdem nich, wie lange der Mohnholz isst», sagte sie unwirsch und musterte ihn dreist, als wäre ihr noch nie ein Mitarbeiter des MfS begegnet.

«Und Fräulein Weigang? Ist die auch zu Tisch?»

Sie schüttelte den Kopf mit der ungepflegten Kurzhaarfrisur. Es sah aus, als hätte jemand ihre Haare mit einer Heckenschere geschnitten. Schließlich bequemte sie sich zu einer ergänzenden Erläuterung: «Die is krank.»

«Nanu, so plötzlich? Und ausgerechnet jetzt?» Norbert konnte sehr verbindlich sein, wenn er wollte.

Es schien vergebene Liebesmüh.

«Bin nur die Vertretung», war alles, was das Mädchen von sich gab, bevor es sich endgültig über den Papierstapel auf dem Schreibtisch beugte und nicht wiederaufschaute.

Glücklicherweise kam in diesem Augenblick Mohnholz von seiner mittäglichen Bockwurst zurück. Auch er zeigte angesichts des unerwarteten Besuchers keinerlei Begeisterung. «Alles in Ordnung?», fragte er müde. «Oder gibt's irgendwas an unseren Meldungen zu bemängeln?»

Norbert bestätigte: «Alles in Ordnung. Ich muss nur sehr dringend mit dir sprechen.»

Mohnholz öffnete die Tür zu seinem Büro. Direkt einladend wirkte seine Geste nicht. Schwerfällig ließ er sich auf seinem antiken Drehstuhl nieder und bot Norbert einen Platz an. «Wenn ihr jetzt noch was zusätzlich braucht, kann ich nur sagen: Sense. Wir sind bis zum letzten Z-Draht ausverkauft. Wirklich.»

Norbert beugte sich vor. «Darum geht es nicht», sagte er mit seiner gewohnt gedämpften Stimme. «Ich habe gerade mitgekriegt, dass deine Sekretärin ganz plötzlich erkrankt ist.»

«Scheint so. Sie sah in den letzten Tagen gar nicht gut aus. Das geht alles ein bisschen über die Kräfte, verstehst du?»

Norbert nickte eifrig. «Natürlich. Aber es gibt da ein paar Zusammenhänge, die uns interessieren ...»

Ungläubig sah Mohnholz ihn an. «Zusammenhänge mit Carola Weigang?», fragte er gedehnt.

Wieder nickte Norbert. «Du verstehst, dass ich keine Einzelheiten nennen kann. Aber die Sache ist ernst ...» Er sah sich um, als könnte ihn jemand belauschen. «... und kommt von ganz oben.» Sein Finger wies die Richtung. Dass er selber keinerlei Einzelheiten kannte, musste Mohnholz nicht erfahren. Sonderlich beeindruckt schien der sowieso nicht.

«Dann musst du zu ihr nach Hause gehen», sagte

Mohnholz schließlich. «Ich habe sie gegen zehn zum Arzt geschickt.»

«Alles klar. Und ihr ...», er suchte nach einem passenden Ausdruck, «... ihr Partner ist im Dienst?»

Mohnholz verzog das Gesicht, als plagten ihn Zahnschmerzen. «Battin? Da müsste ich nachfragen, was der für einen Dienst hat.» Er blickte Norbert an.

Der spürte den Vorwurf.

«Wir arbeiten nämlich seit Wochen nach einem Sonderdienstplan.»

Wir auch, hätte Norbert jetzt sagen können, doch er unterließ es. Mohnholz rief irgendwo an, und so erfuhr Norbert, dass Battin ab fünfzehn Uhr die Inspektion der Schwerpunkte fortsetzen würde, wahrscheinlich ohne vorher im Amt aufzukreuzen.

«Er fährt ein Beiwagengespann, nicht wahr?», vergewisserte er sich, bereits in der Tür stehend.

Jetzt schien Mohnholz doch ein wenig beunruhigt. «Wollt ihr ihn zur Fahndung ausschreiben?», fragte er bissig zurück. «Was hat er denn ausgefressen?»

Norbert winkte beruhigend ab und wies unauffällig auf das Mädchen hinter der Schreibmaschine, das der Szene offenen Mundes lauschte. «Kein Grund zur Panik», sagte er und lächelte verkniffen. Dabei verspürte er selber durchaus so etwas wie eine leichte Panik, hatte doch sein Auftrag deutlich gelautet, die Verbindung zwischen Weigang und Battin aufzuklären und zu sichern. Und nun war keiner der beiden zu erreichen. Es ginge vor allem um die Frau, hatte man ihm anvertraut. RF stand als dunkle Andeutung dahinter. Kein Wunder, dass ihn deren plötzliche Krankheit alarmierte.

Er hastete zu seinem Dienstwagen, der im Parkverbot stand. Also schnellstens in die Winsstraße! Da war die Weigang polizeilich gemeldet, und wahrscheinlich hielt sich auch Battin dort auf.

Unter der angegebenen Adresse konnte er jedoch nirgendwo ein Namensschild *Weigang* entdecken. An zwei Klingeln im Hinterhaus fehlten die Schilder, die Briefkästen im Hausflur waren zum Teil demoliert.

Nach längerem Zögern entschloss sich Norbert, es in dem privaten Gemüseladen im Vorderhaus zu versuchen. Er gab an, zufällig zu den Weltfestspielen in Berlin zu sein und eine Bekannte zu suchen: Carola Weigang. Die Gemüsefrau misstraute seiner Legende, das spürte er.

«Die jungen Leute hier aus dem Haus kenne ich alle nicht», sagte sie ablehnend, ohne sich beim Bedienen stören zu lassen.

Norbert gab nicht auf. «Sie ist mittelgroß und hat ganz kurzes blondes Haar.»

Ein Kunde fühlte sich angesprochen. «Die mit dem langhaarigen Musiker, wo man immer den Bass durchs ganze Haus hört?»

«Ja, genau die!», freute sich Norbert, obwohl er von Hartmuts Bass noch nie etwas gehört hatte.

«Die sind hier vor ein paar Wochen ausgezogen.»

Das fehlte noch! «Und wohin?»

Der Mann hob die Schultern. «Keine Ahnung. Wahrscheinlich in 'ne Neubauwohnung. Ich glaube, sie hat mal 'ne Genossenschaft erwähnt.»

Die Gemüsefrau schüttelte den Kopf. «Was die ihnen so alles erzählt hat, Herr Osterfeld», sagte sie tadelnd.

Der senkte verlegen den Kopf und schwieg.

Als Norbert sich umsah, blickte er nur in abweisende, beinahe feindselige Gesichter.

Zwei Stunden später war er noch nicht viel weiter. Battin war in Eichwalde gemeldet. Deshalb fuhr Norbert dorthin.

Im Garten wässerte eine schlanke ältere Dame die Blumen. Battins Mutter, wie sich herausstellte. Eingedenk der Erfahrungen im Gemüseladen gab sich Norbert nicht zu erkennen, sondern bezeichnete sich als Kollege von der Post.

Das rief bei ihr Verwunderung hervor. «Ja, ist er denn nicht auf der Arbeit? Jetzt, während des Festivals?»

Die Kontrolle der Fernmeldestützpunkte hatten inzwischen die dafür zuständigen Genossen übernommen. Norbert kannte das Ergebnis nicht. «Haben Sie zufällig ein Telefon?», fragte er.

«Ja, natürlich. Ich hätte Ihnen jederzeit auch telefonisch sagen können, dass Hartmut nur sehr selten hier vorbeikommt.»

Auf die Idee, einfach anzurufen, war Norbert nicht gekommen. «Aber er ist doch hier gemeldet», wandte er ein.

Diese Feststellung schien ihr unangenehm. «Ich glaube, er wohnt bei seiner Verlobten», sagte sie spitz.

Norbert schöpfte wieder Hoffnung. «Haben Sie deren Adresse?»

Sie sah ihn befremdet an.

Er versuchte, ihr Vertrauen zu gewinnen. «Carola Weigang, nicht wahr?», sagte er munter. «Sie hat jetzt eine Neubauwohnung, wie ich hörte.»

Die Frau verschloss sich mehr und mehr. «Wenn Sie das alles so genau wissen, werden Sie Hartmut in Berlin ohne Schwierigkeiten finden», sagte sie und wollte sich ihren Blumen zuwenden.

Er nickte sehr eifrig. «Ich hatte die Adresse irgendwo aufgeschrieben, aber der Zettel ...» Hilflos hob er die Hände.

Sie glaubte ihm kein Wort. «Ich habe keine Adresse», sagte sie.

Norbert wollte nicht aufgeben. «Dürfte ich Ihr Telefon einmal benutzen?», erkundigte er sich und bestärkte sie damit erst recht in ihrem Misstrauen.

Sie antwortete: «Wenn Sie hier geradeaus fahren und dann rechts, kommen Sie zur Post. Da sind zwei Telefonzellen.»

Norbert überlegte. Vielleicht war es besser, sie mit der Wahrheit zu konfrontieren. Er erinnerte sich, dass die Mutter Genossin war und als GM geführt wurde. Also zückte er seine Klappkarte und zeigte sie ihr über den Zaun.

Wie erwartet erschrak sie. Sie sah sich um. In den Nachbargärten war niemand zu sehen. «Kommen Sie rein», sagte sie mit flacher Stimme und rannte fast zum Gartentor.

Genaueres erfuhr Norbert dennoch nicht. Sie kannte weder die alte noch die neue Adresse der Weigang, die sie nur einmal – am vergangenen Sonntag – gesehen hatte, und sie wusste nichts zur Aufklärung beizutragen. Nicht einmal das Kennzeichen des Beiwagengespanns war ihr geläufig. Dass es bei der Anmeldestelle nicht unter Hartmut Battins Namen geführt wurde, wusste Norbert bereits. Und dass Battin an keinem der dienstlich zu inspizierenden Schwerpunkte gesehen worden war, erfuhr er nun telefonisch. Immerhin hatte irgendwer herausgefunden, dass die Weigang neuerdings vermutlich eine Wohnung der Arbeiterwohnungsbaugenossenschaft der Deutschen Post bewohnte, möglicherweise in Friedrichsfelde. Im Büro der AWG war niemand mehr zu erreichen. Ein schwarzer Tag für Norbert.

Battins Mutter bemerkte beunruhigt seine sorgenvolle Miene. «Was ist denn nur passiert?», fragte sie ein ums andere Mal.

Norbert schüttelte den Kopf. «Haben Sie gar keine Vorstellung, wo sich Ihr Sohn und seine Verlobte aufhalten könnten?»

«Aber nein. Es ist ja nicht mal Wochenende. Also können sie eigentlich auch nicht mit dem Boot unterwegs sein.»

Sofort war Norbert alarmiert. «Sie haben ein Boot?», erkundigte er sich inquisitorisch.

Sie verstand seine Aufregung nicht. «Seit Jahren schon. Es muss doch auf seinen Namen registriert sein.»

Norbert sah neue Komplikationen auf sich zukommen. Wie um alles in der Welt sollte er an einem Montagabend die Registriernummer eines Sportboots ermitteln?

Glücklicherweise wusste Frau Battin, in welchem Bootshaus der Sohn seinen Kahn untergestellt hatte. Es befand sich nach ihren Angaben kaum einen Kilometer entfernt in Schmöckwitz.

Norbert informierte vorsichtshalber den Operativstab. Nur keine ungenehmigten Alleingänge! Man forderte ihn auf, am ehemaligen Grenzkontrollpunkt einen weiteren sachkundigen Genossen zu erwarten, der ihn bei den weiteren Ermittlungen unterstützen würde.

Die Unterstützung erwies sich als ein hagerer Mensch undefinierbaren Alters, der Küstendialekt sprach – wenn er denn überhaupt sprach.

«Mach du mal!», forderte er Norbert auf. «Ich weiß man hier in Berlin nicht so recht Bescheid.»

Er schien aufzuatmen, als sie sich dem Wasser näherten. Ein richtiger Fischkopp also, der sich als Rudi vorgestellt hatte.

Für taktische Überlegungen blieb ihnen nicht viel Zeit, wenn sie heute noch ein Ergebnis haben wollten. Den Besitzer des Bootshauses zu finden bereitete ihnen keine Schwierigkeiten. Das konnte nur der selbstbewusst auftretende Mann mit der weißen Kapitänsmütze auf dem kahlen Kopf sein.

Schmidt, so hieß er, lehnte es mit einer Handbewegung ab, sie in seinem Büro zu empfangen. «Ich habe hier die Verantwortung», erklärte er mit einer gewissen Arroganz. Auch während ihres Gesprächs sandte er unaufhörlich prüfende Blicke zu den Stegen, als wären das alles unmündige Kinder, die da mit ihren Booten anlegten. «Battin, Battin, Battin ...», sprach er laut vor sich hin, als bereite es ihm Probleme, sich an diesen Namen zu erinnern. «Hier sind Hunderte Bootsbesitzer. Wie sieht der Mann denn aus? Oder noch besser: Was hat er für ein Boot?»

Eben das wussten weder Norbert noch Rudi. Der schwieg sowieso die ganze Zeit. «Battin ist ein großer, kräftiger Kerl mit schulterlangem dunklem Haar. Fährt angeblich ein EMW-Gespann.»

«Schulterlanges Haar sagt mir etwas. Aber der kommt immer mit dem Moped ...»

«Mit einer blonden Frau mit sehr kurzem Haar?»

Schmidt dachte nach. «Das könnte sein. Ein hübsches Mädchen.»

«Wann waren die beiden zum letzten Mal hier?»

Schmidt hob die Schultern. «Was glauben Sie, was hier am Wochenende für ein Betrieb ist ...»

Plötzlich mischte sich Rudi ein. «Und um was für ein Boot handelt es sich?»

«Um ein sehr gepflegtes geklinkertes Mahagoniboot. Ein Paddel-Zweier.» Schmidt wies auf den weit offenstehenden Bootsschuppen. «Rechts die dritte Reihe, zweites Boot von unten.»

Norbert fiel ein Stein vom Herzen. «Der Kahn ist also da!» Das war die Hauptsache, geklinkert oder nicht. Er wusste sowieso nicht, was das bedeutete.

Rudi war schon im Schuppen verschwunden. «Alles in Ordnung», sagte er, als er wiederauftauchte.

Beruhigt rückten sie ab.

Bodo Schmidt sah ihnen hinterher.

Auf seinen Stock gestützt, kam der alte Breitkreuz aus seiner Hütte. Erst zum Herbst gedachte er, sie zu kündigen. «Was wollten denn die beiden hier?», erkundigte er sich argwöhnisch.

«Sie wollten den Kahn von Battin sehen.»

«Das habe ich gehört. Und?»

Schmidt wies zum Schuppen. «Der liegt da drin.»

Breitkreuz sah ihn zweifelnd an. «Aber der hat doch unseren Klepper gekauft», sagte er halblaut.

Schmidt schlug sich mit der Hand an den Mützenrand. «Natürlich!», sagte er treuherzig. «Das habe ich ja völlig vergessen.»

Breitkreuz griente schief. «Na, Hauptsache, das gibt keinen Ärger.»

Schmidt hob die Achseln. «Nach einem Faltboot haben die nicht gefragt.»

ZWANZIG

Juli 1973

HANS-JÜRGEN MANNHARDT referierte bei der «Morgenandacht» in der Keithstraße über die Wasserleiche in der Spandauer Schleuse: «Die Identität des Opfers konnten wir noch immer nicht herausfinden, wir sind aber unserem Ziel schon ein erhebliches Stück näher gekommen. Im Mageninhalt haben sich Spuren von Valium gefunden, und das Armband, das sie am rechten Handgelenk getragen hat, ist in Hannover gekauft worden, was beides darauf schließen lässt, dass wir es mit keiner Bürgerin der DDR zu tun haben. Zumal eine Westreise bei einer derart jungen Frau mehr als unwahrscheinlich wäre.»

«Sie kann das alles vom Westbesuch geschenkt bekommen haben», kam Dr. Webers Einwand. «Die Sache ist also noch *in suspenso*.»

«Was ist im Suspensorium?», brummte Koch.

«Bei einigen bestimmt eine ganze Menge», sagte Dr. Weber. «Die einen haben's im Kopf, die anderen im Suspensorium. Zum Mitschreiben: *In suspenso* bedeutet zweifelhaft, unentschieden, unklar, noch nicht entschieden, noch nicht geklärt.»

«Einspruch, Euer Ehren!» Mannhardt feierte heute den Tag der Zivilcourage. «Ich glaube schon, dass wir von einer West-Berlinerin ausgehen können, denn die

Gerichtsmediziner sind sich ziemlich sicher, dass die Frau beim Schwimmen ums Leben gekommen ist.»

«Also ein natürlicher Tod und kein Mord?», hakte Dr. Weber nach.

«Ja, würde ich sagen, wenn da nicht etwas wäre, das mich stutzig macht: Ihr linkes Handgelenk ist ganz eindeutig gebrochen.»

«Kann das nicht von der Schiffsschraube herrühren?», fragte ein Kollege.

Mannhardt schüttelte den Kopf. «Der Pathologe verneint das. Solche Verletzungen seien typisch für Kämpfe, bei denen der eine den anderen umklammert hat und der den Griff zu lösen versucht, indem er heftig an der Hand reißt. Was die Gewalteinwirkung angeht, sieht es so aus, als habe sich die Tote gegen einen Mann zur Wehr gesetzt. Es ist also naheliegend, dass der Kampf auf einem Boot oder einem Schiff stattgefunden hat, denn welche Frau steigt mit einem gebrochenen Handgelenk vom Ufer aus ins Wasser, um auf die Havel hinauszuschwimmen?»

Dr. Weber nickte. «Klingt logisch, eins rauf mit Mappe. Aber warum hat keiner beobachtet, dass da ein Mann und eine Frau auf einem Schiff miteinander ringen?»

«Zumal auf einem vollbesetzten Ausflugsdampfer», warf Koch in die Runde.

«Sie sollten sich mal bei den ‹Stachelschweinen› bewerben», sagte Dr. Weber. «Bis dahin aber können Sie sich noch bei uns nützlich machen. Sie fahren gleich im Anschluss zu den Reedereien und den Anlegestellen und fragen die Süßwasserkapitäne, ob sie irgendetwas gesehen haben. Und Sie, Herr Kollege Mannhardt, was planen Sie?»

«Nichts weiter, ich warte. Es heißt doch immer, wer warten kann, zu dem kommt alles.»

Dr. Webers Vorrat an Humor war erschöpft. «Meine Herren, das ist eine Arbeitsbesprechung und kein Betriebsausflug! Ansonsten sollten Sie bei unserer nächsten Morgenandacht ausrufen: *Ave Caesar, morituri te salutant.*»

Mannhardt musste erst, als er ins Büro zurückgekehrt war, seinen alten Lateinlehrer anrufen, um zu erfahren, was Dr. Weber damit gemeint hatte: *Sei gegrüßt, Kaiser, die dem Tod Geweihten grüßen dich.*

Koch zog los, um alles abzuklappern, was in West-Berlin mit der Binnenschifffahrt zu tun hatte, während Mannhardt genau das machte, was er Dr. Weber angekündigt hatte: Er setzte sich an seinen Schreibtisch und wartete. Und tatsächlich ging seine Taktik voll auf, denn kurz vor der Mittagspause meldete sich am Telefon jemand aus dem Siemens-Hausgerätewerk in Gartenfeld.

«Mein Name ist Edda Dannenberg, und ich habe so ein dummes Gefühl, nachdem ich ...» Sie musste schlucken und hatte anscheinend mit den Tränen zu kämpfen. «Ich habe eben die Zeitung gelesen und das Gesicht gesehen, das sie rekonstruiert haben.»

«Was für ein Gesicht?», fragte Mannhardt. «Das von der Toten an der Spandauer Schleuse?»

«Ja, das könnte meine Kollegin sein, die ist nämlich seit drei Tagen verschwunden ... Sonst war sie immer so zuverlässig.»

Mannhardt griff zum Kugelschreiber. «Wenn Sie mir bitte den Namen und die Adresse nennen.»

«Sie heißt Gabriele Goltz, Charlottenburg-Nord, Heckerdamm. Die Hausnummer weiß ich leider nicht.»

«Danke, die finden wir schon heraus.» Mannhardt

überlegte einen Augenblick. «Sie würden uns bei der Identifizierung sehr helfen, wenn Sie die Tote ...»

«Nein», schrie die Frau, «ich gehe in kein Leichenschauhaus, nie und nimmer!»

Mannhardt kannte diese phobischen Ängste und verzichtete darauf, sie zu überreden oder ihr gar mit juristischen Argumenten zu kommen. «Schade. Dennoch ganz herzlichen Dank, Frau Dannenberg.»

Nachdem er aufgelegt hatte, verharrte er einige Sekunden lang wie schockgefrostet. Dann drehte er sich um, nahm das Branchenfernsprechbuch vom Aktenbock und machte sich daran, nacheinander alle Zahnärzte und Dentisten in Charlottenburg-Nord und dem angrenzenden Siemensstadt anzurufen und zu fragen, ob es bei ihnen in der Praxis eine Gabriele Goltz gäbe. Beim vierten Versuch hatte er Glück.

Ohne lange nachzudenken, holte er sich den Gebissabdruck der Toten und fuhr mit seinem privaten Pkw nach Siemensstadt. Sein Gefühl sagte ihm, dass er auf der richtigen Spur war. Und dieses Gefühl sollte ihn nicht getäuscht haben, denn eine knappe Stunde später war die Identität der Toten geklärt.

«Ohne Zweifel ist dieser Abdruck meiner Patientin Gabriele Goltz abgenommen worden», erklärte der Zahnarzt. «O Gott, und nun ist sie ermordet worden!»

Rainer Erkenbrecher hatte an diesem Tag erst um zehn Uhr im OSI zu sein, konnte also in aller Ruhe frühstücken. Manchmal ging er zu seinen Eltern hinauf, heute aber war niemand außer ihm im Haus, und so kochte er sich seinen Kaffee selbst und gab sich mit dem zufrieden, was in seinem Kühlschrank lag. Sein Vater hatte vier

Tageszeitungen abonniert, zwei Berliner und zwei überregionale Blätter, und eine davon ließ er immer für seinen Sohn im Briefkasten zurück.

Sein Herzschlag setzte aus, als Erkenbrecher die *Berliner Morgenpost* aufschlug. Die Tote an der Spandauer Schleuse war identifiziert worden als Gabriele Goltz – seine Gabi. Ihm wurde schwarz vor Augen, und hätte er sich nicht an der Tischkante festgeklammert, wäre er zu Boden gestürzt.

Seine Gedanken überschlugen sich: Gabi tot! Mein Gott, nein, das darf nicht wahr sein, das ist ein Irrtum ... Das hab ich nicht gewollt ... Doch, das ist ihr recht geschehen, das ist der Lohn für ihren Verrat ... Sie hat es nicht bis zum Ufer geschafft, sie muss ertrunken sein ... Hätte ich mich doch bloß noch einmal umgedreht nach ihr ... Ich muss bei der Polizei anrufen ... Nein, nicht anrufen, weil sie dich dann für ihren Mörder halten!

Seine Angst, als Mörder verurteilt zu werden, wuchs sich aus zu einer Panikattacke. Er stürzte zum Telefon, um Zützer anzurufen.

«Du, die wollen mir einen Mord anhängen! Ich soll Gabi umgebracht haben, ich brauche ein Alibi von dir! Ich war zu Hause, du hast mit ihr im Motorboot gesessen.»

Zützer hatte noch geschlafen und bekam nichts auf die Reihe. «Du redest wirr. Noch mal von vorn und langsam bitte zum Mitschreiben.»

Erkenbrecher gelang es, sich ein wenig zu sammeln und Zützer zu erzählen, was passiert war, von der Enttarnung Gabis über den Streit auf der Motoryacht seines Vaters bis hin zum Fund der Leiche an der Spandauer Schleuse.

«Da steckst du ganz schön tief in der Scheiße», sagte Zützer.

«Und nur du kannst mich da rausholen!», rief Erkenbrecher. «Sag den Bullen, wenn sie kommen, dass du mit Gabi auf dem Wasser warst und nichts passiert ist. Oder sag ihnen, dass ich zur fraglichen Zeit bei dir in der Kneipe war.»

Zützer zögerte mit einer Antwort. «Gerne, Rainer, aber das bringt doch nichts.»

«Doch!»

«Nein!»

Mannhardt und Koch standen mit dem Staatsanwalt in den Räumen, in denen Gabriele Goltz zu Hause gewesen war. Sie suchten nach der Adresse von ihren Eltern oder anderen Angehörigen und nach Hinweisen auf ihren Mörder – falls sie tatsächlich ermordet worden war. Dafür gab es im Augenblick nur einen Anhaltspunkt: ihr gebrochenes Handgelenk.

«Eltern scheint sie keine mehr gehabt zu haben», sagte Koch. «Geschwister auch nicht.»

«Aber einen festen Freund.» Mannhardt hatte ihren Taschenkalender gefunden, und da tauchte öfter der Name Rainer auf. «Und hier ...» Mannhardt hätte fast einen Triumphschrei ausgestoßen. «*Wannsee – Motorboot mit R.*»

Das deckte sich mit der Information, die Koch von einem Kapitän der Stern- und Kreisschiffahrt und einem Segler bekommen hatte. Beide hatten beobachtet, wie sich auf einer Motoryacht eine jüngere Frau und ein jüngerer Mann heftig stritten. Leider hatten sie den Namen des Bootes nicht lesen können.

«Rainer gibt es viele», sagte der Staatsanwalt.

«Ja, besonders Barzel!» Wäre Mannhardt als Beamter nicht zu politischer Mäßigung verpflichtet gewesen, hätte er vor Abscheu ausgespuckt. «Aber suchen wir mal weiter ...»

Nach einer guten halben Stunde fanden sie in der Post der Goltz eine Ansichtskarte aus Hannover mit einem kurzen, aber sehr aufschlussreichen Text: *Liebe Gabi, einen Gruß und viele heiße Küsse aus Deiner alten Heimat. Dein Rainer*. Der Absender war fein säuberlich vermerkt: *Rainer Erkenbrecher, z. Zt. Hannover, Hotel am Aegidientorplatz.*

«Rainer Erkenbrecher», murmelte der Staatsanwalt, «hoffentlich nicht der Sohn von Ernest Erkenbrecher.»

Mannhardt überhörte dies und ging schon zum Telefon, um die Kollegen von der Wasserschutzpolizei anzurufen und sie um Amtshilfe zu bitten. «Könnt ihr bitte mal nachsehen, ob ein Motorboot unter dem Halter Erkenbrecher registriert ist?»

Nach fünf Minuten kam die Antwort. «Ja, die *SMS Brummer*. Halter ist ein Professor Ernest Erkenbrecher, Berlin-Lichterfelde, Kadettenweg.»

Die Sache war klar. Mannhardt und Koch machten sich mit dem Segen und im Auftrag der Staatsanwaltschaft auf den Weg in den Berliner Süden, was via Stadtautobahn und Avus keine große Sache war.

Mannhardt hatte schon die ganze Zeit gegrübelt. Jetzt, auf Höhe des Funkturms, hatte er es: «Mensch, der Name Erkenbrecher ist mir doch gleich bekannt vorgekommen!»

Koch lachte. «Du wirst lachen, mir auch. Der alte Erkenbrecher ist doch dauernd in der Zeitung oder im Fernsehen und lässt was unter sich.»

«Nein, ich meine seinen Sohn, den Rainer. Den habe ich wegen des Einbruchs in seine Wohnung und des Anschlags auf Diether Keiner vernommen. Da könnte es doch einen Zusammenhang geben.» Mannhardt erklärte ihm die Sache.

«Und nun die Tote an der Spandauer Schleuse.» Koch dachte nach. «Wenn der Tod der Goltz nun nichts mit den Schüssen auf Diether Keiner und dem Einbruch bei den Erkenbrechers zu tun hat, dann schreiben wir beide einen Artikel mit dem Titel *Nichts hängt mit nichts zusammen* und kriegen dafür den Ehrendoktor der FU.»

«Aber nur, wenn uns Ernest Erkenbrecher das Vorwort liefert», fügte Mannhardt hinzu.

Sie fanden Rainer Erkenbrecher in einer Verfassung vor, die ihnen sofort signalisierte: Achtung, Ausnahmezustand! Blass war er und fahrig, seine Finger zitterten, er brachte keine zusammenhängenden Sätze zustande und schien keine klare Strategie zu haben.

Mannhardt brauchte sich nicht mehr groß vorzustellen. Er erklärte nur, als Erkenbrecher sie in sein Wohnzimmer führte, dass er und sein Kollege nicht wegen des Einbruchs gekommen seien, sondern wegen der Toten von der Spandauer Schleuse.

«Sie haben Gabriele Goltz gut gekannt?», war Mannhardts erste Frage.

«Gabi ... ja. Wie gut ich sie gekannt habe ... Was soll ich darauf antworten? Ich würde sagen, nicht gut genug.»

«Sie sind aber mit ihr auf dem Motorboot Ihres Vaters unterwegs gewesen. Und zwar am ...» Koch sah in seinem Notizbuch nach und nannte Erkenbrecher die Daten, die er von seinen Zeugen bekommen hatte.

«Ja, ich bin mit ihr auf dem Wasser gewesen. Auf dem Wannsee, das stimmt ... Aber einen Tag früher.» Erkenbrecher schloss die Augen, als wolle er die Bilder an sich vorbeiziehen lassen.

«Schön, streiten wir uns nicht um einen Tag», sagte Mannhardt, der nicht wollte, dass sie sich an dieser Frage festbissen, so entscheidend war das nicht. «Sie räumen aber ein, mit Fräulein Goltz an Bord der *SMS Brummer* gewesen zu sein?»

«Ja, wir waren ein richtiges Paar, wenn Sie wissen, was ich damit meine ...»

Koch lachte. «Klar, dass sie sich beide heftig gepaart haben.»

«Ich habe sie geliebt!», rief Erkenbrecher mit einigem Pathos. «Sie war meine große Liebe!»

Mannhardt hatte genau hingehört. «Sie sprechen in der Vergangenheit. Bedeutet das, Fräulein Goltz und Sie hatten sich ... sagen wir ... schon auseinandergelebt, als sie ...»

Erkenbrecher schien einen Augenblick zu überlegen, welche Gefahren dieser Zug des anderen für ihn bedeutete, war aber wohl zu durcheinander, um einen klaren Gedanken zu fassen. «Auseinandergelebt ist gut ... Gott, wenn Sie wüssten!»

«Was ist es denn, was sie beide auseinandergebracht hat?»

Erkenbrecher schlug mit beiden Fäusten auf den Tisch. «Das darf doch alles nicht wahr sein! Ich sitz doch in Wahrheit nur im Kino und seh das alles im Film!»

«Das, was Sie mit Gabriele Goltz auf dem Motorboot Ihres Vaters erlebt haben?»

«Ja, ja, ja!», schrie Erkenbrecher.

«Wollen Sie nicht etwas zur Beruhigung nehmen?», schlug Koch vor. «Valium vielleicht.»

«Ja, mach ich!» Erkenbrecher lief zu einem Schrank, riss die Tür auf und holte die Packung hervor. «Seit meiner Diplomprüfung hab ich dieses Zeugs nicht mehr genommen. Aber jetzt ...»

Mannhardt wartete, bis er die Tablette mit einem Schluck Wasser hinuntergespült hatte. «Nun zurück zu Ihrer Bootsfahrt mit Gabriele Goltz ...»

«Die *Brummer* war ihr Schicksal», murmelte Koch.

«Ruhe!», zischte Mannhardt.

Aber Erkenbrecher hatte gar nicht zugehört. Er vergrub das Gesicht in seinen Händen und schien vergessen zu haben, dass die beiden Beamten bei ihm waren. «Also ... Sie war meine große Liebe, wie gesagt ... Gabi, für dich tu ich alles. Ich wollte sie heiraten. Wollte ich wirklich, ja, ich schwöre es bei allem, was mir heilig ist, aber ... Angesprochen hat sie mich bei der Ausreise aus Ost-Berlin am Bahnhof Friedrichstraße. Und dann hatten wir eine herrliche Zeit. Bis mir mein Vater gesagt hat, dass sie eine Stasi-Agentin ist, die sie auf ihn und mich angesetzt haben. Es war furchtbar für mich. Alles nur Lug und Trug statt wahrer Liebe! Auf dem Motorboot habe ich ihr die Wahrheit ins Gesicht gesagt. Da hat sie mich niedergeschlagen, um mit mir ans DDR-Ufer zu fahren und sich zu retten und mich drüben einsperren zu lassen. Ich bin aber wieder zu mir gekommen und habe mich gewehrt. Wir haben miteinander gekämpft, sie wollte mich erwürgen. Ich habe es schließlich geschafft, sie über Bord zu stoßen. Dann ist sie zum DDR-Ufer geschwommen, und ich bin mit Vollgas Richtung Wannsee. Ich wollte alles so schnell wie möglich hinter mir lassen. Nur weg!»

Koch und Mannhardt schwiegen, bis alles aus Erkenbrecher heraus war. Jetzt sahen sie sich an. Inwieweit war das glaubwürdig? Hatte er die Goltz in Wahrheit erschlagen und ins Wasser geworfen, oder war alles so abgelaufen, wie er es ihnen eben geschildert hatte? Koch machte eine hilflose Geste, Mannhardt zuckte mit den Schultern.

«Ja, Herr Erkenbrecher ...» Mannhardt musste eine Entscheidung treffen, und er hatte Angst davor, dass alles wieder vom West-Berliner Filz sprach, wenn er Rainer Erkenbrecher laufenließ. Sollten sich andere daran die Finger verbrennen! «Ihre Version ist in sich logisch, aber ob sie auch der Wahrheit entspricht, müssen wir erst noch verifizieren. Darum möchte ich Sie jetzt bitten, uns zu folgen, und dann soll der Untersuchungsrichter entscheiden, was wird. Sie können natürlich Ihren Anwalt anrufen.»

EINUNDZWANZIG

31. Juli 1973

DER TAG wollte überhaupt nicht enden. Carola fühlte sich, als würde jede einzelne gelbe Erbse in ihrem Gedärm Sprengkraft erzeugen, und Hartmut ging es nicht viel besser. Der starke Kaffee, den er gegen Abend gebraut hatte, trug nicht zu ihrem Wohlbefinden bei. Sie waren einfach nervös und fanden auch im Zelt keine Ruhe. Kinder spielten in ihrer Nähe Ball, der Eisesel trompetete von der Weide seine Schreie herüber.

Also standen sie auf und gingen hinauf zum Deich. Der Himmel war bedeckt, doch es blieb trocken. Die Wellen auf dem flachen Bodden waren nicht einmal handhoch.

«Wie gefällt dir das Wetter?», fragte Carola.

Hartmut sog den Duft des Wassers ein. Es roch nicht besonders gut. «Könnte schlechter sein», meinte er.

Sie hatten das alles tausendmal besprochen. Sollte der Himmel klar sein, konnten sie sich am Polarstern orientieren, blieb es bedeckt, vertraute Hartmut dem Kompass und seinem Peilempfänger. Auf Rainer Erkenbrecher setzte er am wenigsten. Aber das gestand er sich nur selber ein, Carola wollte er damit nicht zusätzlich beunruhigen. Zwei winzige Boote mit völlig unzureichender elektronischer Ausrüstung mitten auf hoher See – wie sollten die sich jemals finden?

Für einen Augenblick überkam auch ihn Niedergeschlagenheit. War es nicht Wahnsinn, worauf sie sich da einließen? Und weshalb hatte er Carola in ein so fragwürdiges Unterfangen verwickelt? Wenn man sie fasste, bedeutete das mindestens zwei, drei Jahre für jeden. Er griff nach Carolas Hand und sagte leise: «Denk dran, wenn wirklich was schiefgeht, schiebst du alles auf mich. Alles! Ich habe dich überredet, meinetwegen sogar gezwungen. Du wolltest gar nicht weg.»

Sie sah ihn an wie einen armen Irren. «Hast du plötzlich Angst?», fragte sie nüchtern.

«Nur um dich.»

Sie presste seine Finger zusammen. «Da mach dir mal keine Sorgen!», versicherte sie gewollt optimistisch.

Auf der Bank vor dem Ferienheim saß Onkel Paul. «Na, ihr beiden», begrüßte er sie behäbig, «haben sie euch Urlaub gegeben bei der Post?»

«Nur drei Tage», antwortete Hartmut. «Bei uns lag die Hauptarbeit vor den Weltfestspielen.»

Paul nickte wissend. «Tja, die machen man ganz schön Betrieb da in Berlin, wie?»

«Kann man wohl sagen.»

«Sind wohl viele aus dem Westen da?»

«Glaube schon.» Hartmut blieb wortkarg, wollte aber den Alten auch nicht verärgern. «Gab sogar Westzeitungen zu kaufen. Für unser Geld.»

Paul staunte. «Donnerwetter!»

Dass man das Zeitungsmädchen im Pressezentrum sofort abgelöst hatte, weil sie zwei Mark West als Bezahlung angenommen hatte, erwähnte Hartmut lieber nicht.

«Setzt euch doch ’n Augenblick», sagte Paul und rückte auch schon zur Seite.

Die beiden wechselten einen Blick und ließen sich nieder.

«Habt ja man kein schönes Wetter mitgebracht», meinte Paul.

Hartmut fragte: «Wie wird es denn morgen?» Die Nacht wollte er lieber nicht erwähnen.

Paul kratzte sich die weiße Mähne. «Sieht nach'm kleinen Unwetter aus. Der Wind weht so merkwürdig von Land.»

Den ablandigen Wind hatte Hartmut auch schon wahrgenommen. Ungefähr Ostsüdost. Das konnte ihnen nur recht sein.

Sie schwatzten noch ein Weilchen über das Wetter und an welchen Zeichen ein alter Fahrensmann wie Paul sich orientierte.

«Kann gar nicht verstehen», sagte Paul schließlich, «was euch junge Leute ausgerechnet hierher zieht. Der Strand ist doch man ganz mies und das Wasser flach ...»

«Die Ruhe», beeilte Hartmut sich zu versichern. «Wir wollen nur ein bisschen ausspannen.»

Endlich begann es zu dämmern. Auf dem Plattenweg näherten sich zwei Gestalten, im Näherkommen als Grenzposten zu erkennen. Carola rückte unwillkürlich an Hartmut heran. Die beiden grüßten, und Hartmut erwiderte den Gruß scheinbar unbefangen. Paul hob nur die Hand. Sie wechselten ein paar belanglose Worte, wobei die Augen des Postenführers aufmerksam über den Zeltplatz schweiften, während sich der andere mehr auf Carola konzentrierte.

«Da hat einer sein Gespann ganz schön weit ins Gebüsch geschoben», stellte der Postenführer fest.

Hartmut brummte etwas Undeutliches, gab sich aber nicht als Übeltäter zu erkennen.

Auch Paul schwieg dazu.

«Weiter geht's», sagte der Postenführer. Der Jüngere konnte sich anscheinend nur schwer von Carolas Anblick losreißen. Während er hinter dem anderen zum Deich hinaufstieg, drehte er sich noch mehrmals um.

«Ich werd man auch ...», meinte Paul und erhob sich ächzend. Seltsamerweise ging er jedoch nicht zu seinem Haus hinüber, sondern ins Ferienheim.

«Der wird sich noch 'n Fläschchen kaufen», vermutete Hartmut.

Aber Paul brauchte kein Fläschchen. Er wollte telefonieren, und das gelang ihm nicht. Jahnke, der misstrauische Hund von einem Heimleiter, blieb bei ihm stehen und guckte ihm über die Schulter, während er mit unsicheren Fingern die Wählscheibe drehte.

«Is meine Schwester nich da?», fragte Paul, nachdem sich nach endlosem Tuten jemand gemeldet hatte. Für den Notfall hatte er diesen Text mit Rudi vereinbart.

«Was denn für 'ne Schwester?» Die fremde Stimme am anderen Ende klang so scharf und unfreundlich, dass Paul jede Lust verlor, die Sache zu klären. Noch dazu vor den Augen und Ohren von Jahnke. «Hier ist der Paul», sagte er nur, worauf er die Antwort bekam: «Falsch verbunden.» Kopfschüttelnd legte er auf.

Jahnke griente verkniffen. «Scheint schon zu schlafen, deine Schwester», sagte er mit einem Unterton, der Paul nicht gefiel.

Der legte trotzdem fünfzig Pfennige auf das Telefonbuch und verzog sich. Die konnten ihn alle mal kreuzweise!

Hartmut und Carola warteten, bis Paul endlich in seinem Haus das Licht einschaltete. Mit wenigen Handgriffen zerrte Hartmut den Klepper aus dem Beiwagen und hob ihn auf die Schulter. Alles andere trug Carola in einem Perlonbeutel bei sich.

Am Wasser war es stockfinster und kühl. Rechts fuhr der Lichtfinger des Gellen-Feuers über den dunstigen Bodden, weit links der vom Bock, einer sandigen Insel hinter der Stralsunder Fahrrinne. Wir halten auf das nördliche Drittel zu, hatten sie vereinbart. Dort war Hiddensee nur etwa dreihundert Meter breit. Wortlos begannen sie, das Kanu zu montieren. Der Wind hatte aufgefrischt und trieb ihr schnell aufgebautes Boot vom Ufer weg. Das war gut so, falls die Grenzer noch einmal zurückkehren sollten.

«Alles in Ordnung?», flüsterte Hartmut.

Carola bejahte. Dass ihr linker Fuß samt Turnschuh patschnass war, spielte keine Rolle. Sie durften die Paddel nicht zu kräftig eintauchen, bis zur Fahrrinne war das Wasser laut Karte kaum dreißig oder vierzig Zentimeter tief. Die Fahrrinne war allerdings in dieser Richtung etwas breiter, bevor wieder das Flachwasser vor Hiddensee begann. Fünf bis sechs Kilometer mussten sie zurücklegen, gut zwei waren es bis zu den Bojen. Im vorbeihuschenden Schein des Leuchtfeuers entdeckten sie eine davon.

«Richtung stimmt», raunte Hartmut Carola ins Ohr.

Als dunkler Schatten tauchte die flache Landzunge in der Dunkelheit vor ihnen auf. Die einzige Orientierung neben dem Leuchtturm war der Waldrand, der den südlichen Gellen vom Rest der Insel trennte. Genau diese Stelle wollten sie nutzen, um zur offenen See zu gelangen. Je näher sie dem Ufer kamen, desto mehr störte und blendete sie der Leuchtfinger. Taghell erschien es ihnen, wenn er über sie hinwegstrich. Stand an Land ein Posten bereit, war ihr Unternehmen bereits im Vorfeld gescheitert.

Endlich scharrte Sand unter dem Kiel. Sie trugen das Boot beinahe lautlos an Land. Der Wind verursachte genügend Geräusche. Ein paar Minuten kauerten sie hinter einem Busch, dann gab Hartmut das Zeichen zum Aufbruch. Dunkel hob sich der Waldsaum vor ihnen ab. Geduckt schlichen sie los, das Boot zwischen ihnen.

Carola schien der Weg endlos, dabei waren es nur ein paar Minuten, bis hinter der flachen Düne wieder Strand vor ihnen lag. Auf der diesig überhauchten See schimmerten Schaumkämme. Wieder verharrten sie stumm hinter einem zerzausten Gesträuch. Auf dem Strand in Richtung Leuchtturm, der sein Licht aus kaum zwei Kilometern Entfernung sandte, blitzte ein Licht auf. Dann ein zweites Mal, etwas weiter entfernt, wie Hartmut glaubte. Carola war der gleichen Meinung. Also entfernte sich die Grenzpatrouille, denn nur um die konnte es sich handeln.

Entschlossen hob Hartmut das Faltboot an, Carola griff das Heck. Auf dem Strand galt es, möglichst keine Spuren zu hinterlassen, vor allem nicht vom Boot. Glücklicherweise lagen genug Unrat und angespülter Tang herum.

Hartmut reichte Carola seine Schuhe und hob sie ins Boot. Es schaukelte gefährlich, als er einstieg und die Welle es im gleichen Augenblick anhob. Dann war auch das vorbei, und sie begannen zu paddeln.

ZWEIUNDZWANZIG

31. Juli 1973

HANS-JÜRGEN MANNHARDT ärgerte sich wie so oft darüber, dass es in der Welt Handlungen und Abläufe gab, die sich nicht mehr genau rekonstruieren ließen, und ihm jede Möglichkeit fehlte, einen allwissenden Gott darüber zu befragen, einen Gott, der ganz penibel war und völlig objektiv alles festhielt, was auf dem Erdball geschah, wie beispielsweise den Streit zwischen Rainer Erkenbrecher und Gabriele Goltz auf der *SMS Brummer*. Hatte Erkenbrecher eine Bewusstlose ins Wasser gestoßen und ihren Tod durch Ertrinken billigend in Kauf genommen? Oder war Gabriele Goltz ins Wasser gesprungen, um sich schwimmend in die DDR zu retten, nachdem man sie als Agentin des Ostens enttarnt hatte? Da hatte vor wenigen Tagen möglicherweise ein Verbrechen stattgefunden, und es schien genauso schwer aufzuklären, als hätte sich alles vor zweitausend Jahren auf dem Tiber im alten Rom abgespielt. Ein unerträglicher Gedanke!

Während er noch dabei war, Gott und die Welt zu verfluchen, klopfte es an seiner Tür, und da Koch, dessen Amt es war, «Bitte, herein!» zu rufen, nicht zugegen war, musste er dies selber tun. Doch noch ehe er dazu angesetzt hatte, stand ein Mann im Zimmer, den er aus den Medien kannte und schon lange einfach nur zum Kotzen fand:

Ernest Erkenbrecher. Diese hochmütige Visage, dieses elitäre Gehabe, dieser nervende Sprechsingsang. Zum Teufel mit diesen Kulturfuzzis!

«Ich komme wegen meines Sohnes.»

Natürlich stellte sich Ernest Erkenbrecher nicht vor, weil er glaubte, alle müssten ihn kennen. Das war eine Vorlage, die zu nutzen Mannhardt sich nicht entgehen ließ. «Ah, Herr Stein!»

Das saß. Erkenbrecher nannte wütend seinen Namen. «Ich bin nicht der Senator für Wissenschaft und Kunst.»

«Pardon, ich bin auf diesem Gebiet nicht so bewandert.» Mannhardt versuchte, sich schleimig zu geben. «Wenn Sie bitte Platz nehmen würden, Herr Professor.» Beflissen rückte er Erkenbrecher den Stuhl zurecht und wartete, bis dieser Platz genommen hatte, ehe er zu seinem Schreibtisch zurückkehrte. «Ihr Sohn, ja, dieser Anfangsverdacht ...» Er suchte nach dem Aktenordner.

«Ich lege die Hand dafür ins Feuer, dass mein Sohn kein Mörder ist!», rief Erkenbrecher.

Mannhardt hatte die Akte Rainer Erkenbrecher gefunden, schlug sie auf und sagte bedeutungsschwer: «Paragraph 211 StGB: *Mörder ist, wer aus Mordlust, zur Befriedigung des Geschlechtstriebs, aus Habgier oder sonst aus niederen Beweggründen ... einen Menschen tötet.*» Er machte eine kleine Pause, um den Trennungsstrich zwischen dem Gesetzestext und seiner persönlichen Meinung anzudeuten. «Ich bin kein Jurist, aber im Allgemeinen gilt Rache als niederer Beweggrund, und da Ihr Sohn allen Anlass hatte, sich an Frau Goltz zu rächen, ist die Sache bei der Mordkommission gelandet. So einfach ist das, und darum ist Ihr Sohn derzeit auch nicht auf freiem Fuß.»

«Rainer ist kein Täter, Rainer ist ein Opfer!», rief Ernest Erkenbrecher. «Diese Frau wollte ihn in den Osten entführen, und er hat sich nur gewehrt. Dabei ist sie über Bord gegangen und hat versucht, die DDR schwimmend zu erreichen.»

«Und das hätte sie womöglich auch geschafft, aber nicht mit einem gebrochenen Handgelenk. Und es besteht ja kein Zweifel daran, wer ihr das gebrochen hat. Ob nun vorsätzlich oder nicht, das müssen wir noch herausbekommen.»

«Und wenn, dann war es Notwehr!» Ernest Erkenbrecher erregte sich immer mehr. «Rainer muss noch in dieser Stunde freigelassen werden, sonst sind Sie, mein Lieber, schuld am Tod zweier Menschen!»

«Wie das?» Mannhardt konnte ihm nicht folgen.

«Jetzt haben wir es zehn Uhr vormittags, und wenn Rainer nicht in dieser Nacht mit einem Motorboot von Gedser aus auf die Ostsee hinausfährt, dann ...» Ernest Erkenbrecher blieb die Luft weg, und er hustete und röchelte eine Weile, bevor er weitersprechen konnte. «Seine Cousine und ihr Verlobter wollen heute einen Fluchtversuch wagen, mit einem Faltboot über die Ostsee, und Rainer soll sie unterwegs aufnehmen.»

«Oh ...» Mannhardt wusste, dass es eine gewichtige Trumpfkarte war, die Erkenbrecher da aus dem Ärmel gezogen hatte.

Erkenbrecher spürte, dass er mit diesem Schachzug Wirkung erzielt hatte, und setzte noch einen drauf. «Wenn die beiden im Faltboot auf der Ostsee umkommen, egal, ob sie von Kugeln der Grenztruppen durchsiebt werden oder in den Fluten ertrinken, weil Sie meinen Sohn daran gehindert haben, die beiden mit seinem Motorboot rechtzeitig zu retten, dann tragen Sie die Schuld an ihrem Tod, Herr Mannhardt! Und Sie werden schwer daran zu tragen haben.» Er erinnerte an die Macht der Springerpresse und seine guten Beziehungen zu einigen West-Berliner Spitzenpolitikern. «Rufen Sie also den Untersuchungsrichter an, und sagen Sie ihm, dass gegen meinen Sohn Ihren neuesten Erkenntnissen zufolge kein Mordverdacht mehr besteht und dass es sich beim Tod der Gabriele Goltz eindeutig um einen Unfall handelt.»

Für den Luftverkehr von und nach Berlin waren schon 1945/46 detaillierte Vereinbarungen durch den Alliierten Kontrollrat getroffen worden. Den Flugzeugen der westlichen Siegermächte wurden drei jeweils 32 Kilometer breite Luftkorridore zur Verfügung gestellt: Berlin–Hamburg, Berlin–Bückeburg (Hannover) und Berlin–Frankfurt/Main. Für die Lufthansa wie für deutsche Privatflieger war jegliche Luftfahrt nach West-Berlin verboten. In der Praxis fanden die Flüge der amerikanischen, britischen und französischen Fluggesellschaften, vor allem die der Pan American, der British Airways und der Air France, in einer Höhe von 2500 bis 3000 Metern statt, überwacht von einer besonderen Luftsicherheitszentrale im Kontrollratsgebäude.

In einer Super-one-eleven der BEA saß nun Rainer Erkenbrecher auf dem Weg nach Hamburg. Für eine Reise mit dem eigenen Pkw war keine Zeit mehr gewesen, nachdem sein Vater ihn freibekommen hatte, und die Fahrt durch die DDR wäre ohnehin zu gefährlich gewesen. Gern hätte er Günther Zützer mitgenommen, was eigentlich auch fest abgesprochen war, doch der Freund war ganz überraschend nicht zu erreichen gewesen. Es hieß, er habe mit der Stammbesetzung seiner Kneipe einen Ausflug in den Spreewald unternommen.

Kaum in Fuhlsbüttel gelandet, stürmte Erkenbrecher zum Autoverleih. Die Sache war in einer Viertelstunde abgewickelt, und er lenkte seinen Mercedes mit Höchstgeschwindigkeit Richtung dänische Grenze. Laut Karte waren es knapp 250 Kilometer bis zum Ziel, und er rechnete mit einer Fahrtzeit von vier Stunden. Die Route war klar: Hamburg, Lübeck, Fehmarn, dann von Puttgarden mit der Fähre nach Rødby und weiter über Maribo und Sakskøbing.

Kurz vor 21 Uhr war er in Gedser angekommen und hatte Angst, den alten Mogensen nicht mehr anzutreffen, doch der Däne saß noch vor seiner Hütte und las Zeitung. So schnell wurde es im Norden nicht Nacht. Die *Penelope* schaukelte im kleinen Hafen.

Sie begrüßten sich kurz, und Mogensen fragte ihn auf Englisch, ob er denn wirklich noch auf die Ostsee hinauswolle, wo das Wetter immer schlechter wurde.

«Ja, ich muss wohl ... Nachts zu fischen ist nun mal mein Hobby.»

Mogensen grinste und sprach plötzlich deutsch: «Und ganz ohne Angel. Ich kann mir schon denken, wen du rausfischen willst ... Na, in Gottes Namen!»

Einige Formalitäten waren noch zu erledigen, dann band sich Erkenbrecher seine Schwimmweste um und ging an Bord. Erst in dem Moment, als er den Motor anließ, wurde ihm so richtig bewusst, dass er allein war. Hatte er an den Abenden zuvor beim Einschlafen an diese Fahrt gedacht, dann war er immer mit Günther Zützer zusammen über die Ostsee gefahren, und sie hatten miteinander gescherzt und sich Mut zugesprochen. Nun war alles anders gekommen. Er nahm es Zützer übel, dass er gekniffen hatte. Alles nur Ausreden, Zützer hatte doch gewusst, wann es nach Gedser gehen sollte!

Erkenbrecher konzentrierte sich auf seinen Kurs. Mogensen winkte noch und war bald so klein geworden wie ein Playmobil-Männchen. Nicht lange, dann waren auch Gedsers Türme und die Odde hinter dem Horizont verschwunden. Als ihm nun bange wurde, sagte sich Erkenbrecher immer wieder, dass ja die Ostsee gar kein richtiges Meer war und im Bereich Gedser, Møn, Trelleborg, Ystad, Bornholm, Kap Arkona, dem Darß, Rostock, Wismar und Fehmarn nur als ein besserer Bodensee angesehen werden konnte. Aber auch auf dieser eng umgrenzten Wasserfläche fühlte er sich bald so einsam und verlassen, als würde er sich zwischen den Kanaren und der brasilianischen Küste befinden.

Kaum war eine Stunde vergangen, hatte sich der Himmel völlig zugezogen, und die Wolken wurden immer schwärzer. Der Wind frischte auf und drehte ständig. Es begann zu regnen. Erkenbrecher dachte mit Schrecken an Hartmut und Carola. Er selber hatte seine Kajüte, aber die beiden ... Seine *Penelope* war verglichen mit ihrem Faltboot geradezu ein Kreuzfahrtschiff, doch auch er wurde von den immer höheren und steileren Wellen hin und her geworfen wie ein Tischtennisball, der auf den Wasserstrahlen eines Rasensprengers tanzte, ohne auf den Boden zu fallen.

Erkenbrecher hatte gedacht, er sei immun gegen die Seekrankheit, nun aber wurde ihm übel. Nachdem es wie auf der Achterbahn nach unten gegangen war, kam die erste Panikattacke: Nur weg von hier, zurück an Land! Nein, du kannst Carola und Hartmut nicht im Stich lassen. Reiß dich zusammen, du Sau!

Er begann, sich fürchterlich zu beschimpfen. Das half ein wenig. Der nächste Gedanke schoss ihm durch den Kopf: Wenn jetzt der Motor aussetzt ... Die Yacht schaukelte so sehr, dass die Kompassnadel kaum jemals richtig stillstand und er den Kurs nie ganz genau bestimmen konnte.

Nach einer weiteren halben Stunde war der Wellengang so stark geworden, dass sich die Schraube der *Penelope* des Öfteren im Leeren drehte, und das bekam dem Motor gar nicht gut. Erst begann er zu stottern, dann stand er plötzlich still. Erkenbrecher verstand nichts von Motoren, und je hektischer er auf alle möglichen Knöpfe drückte und an diversen Hebeln zog, desto geringer wurde die Wahrscheinlichkeit, dass das Ding wieder in Gang kam.

«Scheiße, verdammte!» Er wusste aus den Romanen, die er als Junge gelesen hatte, dass auf hoher See ein Schiff bei gebrochenem Mast und ohne Motor Wind und Wellen hilflos ausgeliefert war und irgendwann auf ein Riff geschleudert wurde. Wenn es nicht vorher kenterte.

Erkenbrecher musste zur Kenntnis nehmen, dass er keine Chance mehr hatte, Carola und Hartmut zu treffen und an Bord zu nehmen. Jetzt ging es nur noch darum, sich selbst zu retten. Am besten, er schoss seine Leuchtmunition in den Himmel und hoffte, von einer Fähre oder einem Frachter gesehen zu werden, vielleicht auch von einem Patrouillenboot der Dänen oder der Bundesmarine. Seinem Gefühl nach musste er sich auf dem Kurs der Fähre von Travemünde nach Trelleborg befinden und immer weiter nach Westen treiben.

Eine weitere halbe Stunde war vergangen, als er von einem Suchscheinwerfer erfasst wurde. Der Silhouette nach war es ein Patrouillenboot der Bundesmarine. Er atmete erleichtert auf.

Doch das Schiff, das vor ihm aufgetaucht war, gehörte zu den achtzehn Hochsee-, Minensuch- und Räumschiffen der 6. Grenzbrigade Küste der DDR.

Unter den 24 Mann Besatzung gab es auch einen Offizier, der Erkenbrecher, als man die *Penelope* aufgebracht und ihn an Bord gezogen hatte, mit einer ganz persönlichen Ansprache erfreute: «Herr Erkenbrecher, Sie sind hiermit wegen Verletzung der Territorialgewässer der DDR festgenommen. Es liegt aber auch noch etwas anderes gegen Sie vor ... Kennen Sie zufällig eine Gabriele Goltz?»

Da wusste Rainer Erkenbrecher, dass er sich auf einen längeren Aufenthalt in der DDR einzurichten hatte.

DREIUNDZWANZIG

1. August 1973

DIE NACHT wollte kein Ende nehmen. Eigentlich hätte es längst hell sein müssen, doch der Himmel blieb seit Stunden dunkelgrau wie an einem trüben Novembermorgen. Der Wind, der sich beinahe zu einem Sturm gesteigert hatte, blies in kurzen, scharfen Böen schräg von hinten. Steile Berge und tiefe Wellentäler wechselten sich bedrohlich ab. Carola hob die Arme nur noch ganz mechanisch und zog das Paddel durchs Wasser, wenn sie es denn traf. Sie hatte keine Vorstellung davon, ob sie überhaupt vorwärts kamen oder wie spät es sein mochte. Die Richtung stimmte, hatte ihr Hartmut ein ums andere Mal versichert. Jetzt schwieg er schon seit mindestens einer Stunde. An seinen schwachen Paddelschlägen hatte sie längst erkannt, dass etwas nicht in Ordnung war.

Die Spanten und Streben des Bootes ächzten beängstigend. Bei jedem Absturz in ein neues Tal fürchtete Carola, es würde einfach zusammenklappen, und alles wäre zu Ende. Sie war nicht müde und verspürte auch keinen Hunger. Sie wartete nur sehnsüchtig darauf, dass endlich aus diesem grauen Dunst rings um sie irgendetwas Sichtbares auftauchen möge, ganz gleich welcher Art. Seit sie vor einer Ewigkeit dem Lichtschein der Leuchtfeuer entkommen waren, umgaben sie nur noch Wasser und schaumgekrönte Wellen, die manchmal irgendeinen hölzernen Gegenstand transportierten. Einmal war in der Dunkelheit eine Planke haarscharf an ihnen vorbeigeschossen, wenig später war dumpfes Motorengeräusch zu ihnen gedrungen und hatte sich wieder verloren.

Sie legte das Paddel auf der Spritzdecke ab und umklammerte es mit der Linken. Mit der Rechten versuchte sie, nach der Wasserflasche zwischen ihren Knien zu greifen. Von Hartmut kam noch immer kein Ton, aber auch er hatte aufgehört zu paddeln.

«Geht es dir nicht gut?», fragte sie nach hinten. Der Wind riss ihr die Worte von den Lippen. Statt einer Antwort hörte sie nur einen undefinierbaren Laut. Sie drehte sich so weit um wie möglich und bemerkte mit Entsetzen, dass die nächste Welle sie seitlich packen würde. Im letzten Moment drehte Hartmut das Boot mit einem tiefen Paddelschlag, so dass die Woge sie nur halb überrollte. Gleichzeitig hörte sie, wie er sich erbrach.

Sie hatte das Paddel nicht losgelassen und fischte endlich die Wasserflasche hervor. Die mit einer Hand zu öffnen fiel ihr schwer, doch sie schaffte es. «Trink einen Schluck!», rief sie in den Wind und hielt die Flasche in Schulterhöhe.

Hartmut griff danach.

Sie hatten an beinahe alles gedacht, auch daran, dass Carola möglicherweise seekrank werden könnte. Nun aber hatte es Hartmut erwischt.

«Behalt die Flasche!», rief sie, als er ihr damit sanft in den Rücken stieß. «Und halte den Kurs! Weiter nichts. Nur den Kurs!»

Sie wusste, dass er mit seinem Peilempfänger ein schwaches Glimmlämpchen zum Glühen brachte, wenn sie exakt auf Kalundborg zuhielten. Außerdem war es inzwischen hell genug, um den Kompass abzulesen. Dass der bei dem ständigen Auf und Ab nur eine schwache Hilfe bot, ahnte sie nicht.

Hartmut fühlte sich so sterbenselend wie noch nie in seinem Leben. Hinzu kam das vernichtende Gefühl, ausgerechnet in diesem entscheidenden Kampf schmählich versagt zu haben. Seine zitternden Hände umspannten das Paddel, das Wasser riss es ihm fast aus den Fingern.

«Lass das!», befahl Carola. «Halte nur den Kurs!»

Das war einfacher gesagt als getan, hing doch das Steuerblatt bei jedem neuen Absturz in ein Wellental frei in der Luft, bevor die nächste Woge das zerbrechliche Boot überschüttete. Hartmut spürte, dass Sitz und Kissen längst durchnässt waren und sich bei jeder Bewegung ein Wasserschwall im Boot ausbreitete. Wie lange würde der Klepper noch mitmachen? Wann riss die erste Naht oder brach die erste Spante? Sie waren auch dann noch nicht verloren.

Eine neue Welle von Übelkeit überkam ihn. Er schloss die Augen und würgte das Wasser aus dem Magen.

Als er die Augen wieder öffnete, paddelte Carola vor ihm, als wäre nichts geschehen. Die Glimmlampe war erloschen, aber das konnte ebenso gut ein Kurzschluss sein. Die schwankende Kompassnadel wies beharrlich nach halbrechts. Ungefähr stimmte der Kurs also.

Ächzend stieg das Kajak einen neuen Wasserberg empor. Unwillkürlich schrie Hartmut auf. Auch Carola, die es längst aufgegeben hatte, weiter als bis zur nächsten Welle Ausschau zu halten, blickte auf und erkannte das Boot kaum hundert Meter links von ihnen. Dann sanken sie wieder ins Tal hinab.

Als sie das nächste Mal auftauchten, hatte das fremde

Boot den Kurs verändert und schien auf sie zuzuhalten. Hartmut zwängte die Hand unter die Spritzdecke und tastete nach der Filmrolle mit dem Bleigewicht. Wieder ging es hinab. Das Holz knarrte und knirschte, doch es hielt.

Dann war das fremde Boot plötzlich ganz nahe. Hartmut sah das Rot der Flagge am Heck, und sein Herz setzte für einen Augenblick aus. *Noret* las er, und eine Zahl davor. Im Wind flatterte die Fahne mit dem weißen Balkenkreuz.

Als Hartmut wieder richtig zu sich kam, fand er sich neben Carola unter einer Decke und einer weiten Kunststoffhaut kauernd. Alles um ihn herum roch intensiv nach Fisch. Ihm war immer noch speiübel. «Das Boot ...», sagte er schwach.

Carola beruhigte ihn. «Hängt hinten dran.»

Er schloss die Augen. Der Kutter hob und senkte sich viel sanfter in der immer noch kabbeligen See als ihr Kajak. Er drängte sich an Carola. «Alles in Ordnung?», fragte er schwach.

Sie lachte übermütig. Anscheinend ging es ihr gut. «Wir sind in Dänemark!», schrie sie ihm ins Ohr, und erst da begriff er, dass wirklich alles in Ordnung war.

Die Fischer boten ihnen Tee an. Selbst Hartmut trank welchen. Der Kutter war nur eine Nussschale, aber sie waren in Sicherheit. Aus der winzigen Steuerkajüte, deren Tür offen stand, quäkte feierlich getragene Musik. Irgendwann verlas jemand in deutscher Sprache den Seewetterbericht für die Küsten- und Ostseefischerei. Wieder ertönte Musik, gefolgt von einer langen Pause, in der nur atmosphärische Störungen verrieten, dass der Empfänger noch eingeschaltet war. Die beiden Fischer kümmerten sich nicht darum.

Plötzlich meldete sich eine markige Stimme, die sie aufhorchen ließ und die zunehmend ins Stocken geriet: «Das Zentralkomitee der Sozialistischen Einheitspartei Deutschlands, der Staatsrat der DDR, der Ministerrat der DDR, das Präsidium der Volkskammer und das Präsidium des Nationalrats der Nationalen Front der DDR geben in tiefer Trauer bekannt ... dass das Mitglied des Politbüros des Zentralkomitees der Sozialistischen Einheitspartei Deutschlands ... und Vorsitzende des Staatsrates der Deutschen Demokratischen Republik ... Ulbricht ... unser Genosse Walter Ulbricht heute, am 1. August 1973, um 12.55 Uhr gestorben ist ...»

Sie sahen sich an. «Das liegt nun endgültig hinter uns», sagte Carola.

Hartmut hätte sich gerne besser gefühlt.

Berliner Mauerkrimis

Horst Bosetzky: **Nichts ist verjährt**

Wolfgang Brenner: **Honeckers Geliebte**

Anja Feldhorst: **Teufels Genossen**

Horst Bosetzky / Steffen Mohr: **Schau nicht hin, schau nicht her**

Jürgen Ebertowski: **Tränenpalast**

Horst Bosetzky / Jan Eik: **Am Tag, als Walter Ulbricht starb**

Es geschah in Berlin ...

Horst Bosetzky: **Kappe und die verkohlte Leiche (1910)**

Sybil Volks: **Café Größenwahn (1912)**

Jan Eik: **Der Ehrenmord (1914)**

Horst Bosetzky/Jan Eik: **Nach Verdun (1916)**

Iris Leister: **Novembertod (1918)**

Horst Bosetzky: **Der Lustmörder (1920)**

Peter Brock: **Das schöne Fräulein Li (1922)**

Wolfgang Brenner: **Stinnes ist tot (1924)**

Petra A. Bauer: **Unschuldsengel (1926)**

Horst Bosetzky: **Bücherwahn (1928)**

Petra A. Bauer: **Kunstmord (1930)**

Jan Eik: **Goldmacher (1932)**